BENJAMIN LEBERT

Kannst du

Buch

Tim hat ein gutes Gefühl für Entfernungen. Vor allem für die Entfernungen zwischen Menschen. Sein früher Erfolg als Bestsellerautor hat ihm viel Aufmerksamkeit und so manchen Liebesbrief beschert und ihn rund um den Globus geführt. Aber bei all den Begegnungen war es ihm doch, als sei er nicht wirklich dabei. Froh über den Anstoß, aus seinem solitären Leben auszubrechen, sagt Tim zu, als Tanja, eine Kneipenbekanntschaft, ihn fragt, ob er sie auf ihrer geplanten Interrailreise begleiten wolle. Tanja, eine hübsche, fröhliche und mitten im Leben stehende junge Frau, scheint mit ihren achtzehn Jahren viel besser zu wissen, wo es langgeht, als der drei Jahre ältere Tim. So wirkt es. Völlig überrascht und hilflos wird Tim dann aber Zeuge von Tanjas nächtlichen Heulanfällen, von ihren verzweifelten Versuchen, sich selbst zu verletzen, die sie aber kurz darauf mit einem fröhlichen »Lass uns nicht darüber reden« wegzuwischen versucht. Beide spüren sie, dass sie einander nicht helfen können, dass sie es vielleicht noch nicht einmal stark genug wollen, weil sie zu sehr in ihren eigenen Kummer vertieft sind. Und dennoch unternimmt Tim in einem gewaltigen Kraftakt einen Rettungsversuch.

Autor

Benjamin Lebert, Jahrgang 1982, lebt in Hamburg. Er hat mit zwölf Jahren angefangen zu schreiben. 1999 erschien sein erster Roman, »Crazy«, der in 33 Sprachen übersetzt und von Hans-Christian Schmid fürs Kino verfilmt wurde. »Kannst du« ist sein dritter Roman.

Von Benjamin Lebert außerdem bei Goldmann lieferbar:

Crazy. Roman (54159)
Der Vogel ist ein Rabe. Roman (54160)

Benjamin Lebert

Kannst du

Roman

GOLDMANN

FSC
Mix
Produktgruppe aus vorbildlich
bewirtschafteten Wäldern und
anderen kontrollierten Herkünften

Zert.-Nr. SGS-COC-1940
www.fsc.org
© 1996 Forest Stewardship Council

Verlagsgruppe Random House FSC-DEU-0100
Das FSC-zertifizierte Papier *München Super* für Taschenbücher
aus dem Goldmann Verlag liefert Mochenwangen Papier

1. Auflage
Taschenbuchausgabe Juni 2008
Wilhelm Goldmann Verlag, München,
in der Verlagsgruppe Random House GmbH

Umschlaggestaltung: Design Team München
unter Verwendung des Designs von Barbara Thoben, Köln
Umschlagfoto: buchcover.com/Claas Adler
An · Herstellung: Str.
Druck und Bindung: GGP Media GmbH, Pößneck
Printed in Germany
ISBN: 978-3-442-46728-0

www.goldmann-verlag.de

Immer wenn ich traurig bin, versuche ich an Fotoalben zu denken. Immer wenn ich daran zweifle, ob es gut ist, dass ich existiere, blättere ich in meinem Geiste all die Fotoalben durch, Fotoalben verschiedenster Menschen aus verschiedensten Ländern, in denen zufällig und, ohne dass diese Menschen Notiz davon nehmen würden, ein Foto klebt, auf dem *ich* zu sehen bin.

Fünf japanische Männer vor einem Brunnen in München. Im Hintergrund, am Brunnenrand sitzend: eine dicke, ältere Frau in einer blauen Bluse, die gerade ein Eis schleckt. Zu ihren Füßen, sehnsuchtsvoll zu ihr heraufblickend: ein kleiner Jack-Russell-Terrier. Rechts neben ihr, zwar nicht in ihre Richtung, nicht in Richtung des Eises, doch mindestens genauso sehnsuchtsvoll dreinblickend wie der Hund: ich.

Zwei Schülerinnen an einem winterlichen Tag, an Deck einer Fähre. Um sie herum Leute in dicken Jacken oder Mänteln. Die meisten haben Mützen auf dem Kopf, ihre Hände stecken in Handschuhen. Und alle haben verkniffene Gesichter, weil ihnen der Wind so um die Ohren pfeift. Einer dieser Leute, ein dünner junger Kerl mit blauen Augen und Walkman-Stöpseln im Ohr: ich.

Ein älteres Ehepaar an einem herrlichen Sommertag an der französischen Atlantikküste. Sie hat einen weißen Strohhut auf dem Kopf, er ein Basecap. Beide tragen Strandkleidung und Sonnenbrillen. Er hat seinen Arm um sie gelegt. Über ihnen azurblauer Himmel, hinter ihnen heranrollende Wellen. Seitlich barfuß ins Bild rennend, mit einem Bodysurfbrett unterm Arm, einem von der Sonne verbrannten Oberkörper und einer engen roten Badehose: ich.

Wenn mich also tiefe Traurigkeit überkommt, denke ich daran, dass natürlich auch ich unzählige Fotos besitze, auf denen Leute zu sehen sind, mit denen ich nicht das Geringste zu tun habe, von denen ich nicht weiß, durch was für ein Leben sie gehen. Ob der eine vorübergehend, weil es gerade nicht anders geht, bei den Eltern seiner Freundin leben muss und jetzt mit ihnen durch die Innenstadt spaziert. Ob eine gerade durch ihr Wirtschaftsexamen gefallen ist und jetzt verzweifelt nach Hause geht. Ob einer, der in seinem Heimatland ein Experte für die Fischart Rotauge ist, jetzt gerade mit seinen deutschen Bekannten in einem Café sitzt und sie in die Welt der Rotaugen einweiht. Plötzlich befindet sich diese Person mit ihrem kleinen, um sie kreisenden Universum in unmittelbarer Nähe von mir und *meinem* kleinen, um mich kreisenden Universum, just in dem Augenblick, in dem der Auslöser eines Fotoapparats betätigt wird. Sicher sind auch wir fotografiert worden. Zusammen. Irgendwo in einer Schachtel befindet sich ein Foto von Tanja und mir, auf unserer merkwürdigen Reise in den Norden. Ich weiß nicht genau warum, aber ich habe die Vorstellung, dass solche Fotos existieren, immer als sehr tröstlich empfunden. Wo immer man auch ist auf dieser Erde, man kann unmöglich verloren gehen.

1

Tanja kam an einem Juniabend in Berlin an.

Gegen sechs Uhr sollte ich sie vom Bahnhof abholen. Ich stand gegen einen Getränkeautomaten gelehnt. Leute eilten an mir vorbei, Getrappel, Bahnhofslärm, Durchsagen. Auf einmal war sie da.

»Tim!«

Das war der Anfang.

Sie schlang ihre Arme um meinen Hals und küsste mich.

Wir fuhren mit der S-Bahn zu mir.

Da ich noch nie Interrail gemacht hatte, und sie als Pfadfinderin eine Expertin war, hatte sie die Reise organisiert. Sie hatte mir am Telefon durchgegeben, welche Route wir nehmen würden, was alles sehenswert sei, und ich sagte immer: »Jaja, genauso machen wir's!« Sie hatte sogar ein Zelt mitgenommen und einen Rucksack für mich. Einen riesigen roten Wanderrucksack. Natürlich sagte sie mir auch, was ich einzupacken hatte.

Wir setzten uns in die Küche und tranken Wein. Draußen mischte sich Dunkelheit in den Tag. Eine kleine Kerzenflamme tänzelte in einem Glas auf dem Tisch. Lichtflecken zitterten auf der Tischplatte und auf der Wand. Die Rotweingläser schimmerten. Wir redeten wenig. Unsere Blicke hielten einander nicht lange stand. Gut möglich, dass wir uns beide heimlich fragten, ob es wirklich die richtige

Entscheidung gewesen war, sich auf diese Sache einzulassen.

Sie hatte zwei Reiseführer mitgebracht, Schweden und Norwegen.

»Damit wir nicht verloren gehen«, meinte sie. Wir legten uns früh schlafen. Und als Tanja ihr T-Shirt über den Kopf zog, meine Hände nahm und sie zu ihren runden, festen Brüsten führte, da wusste ich:

In dieser Nacht würde ich nicht verloren gehen.

Am Morgen darauf stiegen wir in den Zug nach Rostock. Es schien, als ob sich ganz Berlin in diesem Zug befände. Die Leute drängelten. Wir ergatterten gerade noch zwei einzelne Plätze in einem Großraumabteil. Unsere Rucksäcke quetschten wir zwischen andere Gepäckstücke auf den Gang.

Beim ersten Halt kam eine Schulklasse in das Abteil gerauscht. Alle waren ungefähr vierzehn Jahre alt. Sie rauchten, nannten sich Penner und Wichser. Ein fülliges Mädchen wirkte, als wäre es nicht sonderlich beliebt in ihrer Klasse. Zwei Jungen liefen abwechselnd zu ihr hin und flüsterten ihr etwas zu. Sie tippte sich daraufhin mit dem Zeigefinger an die Stirn. Sie tat mir Leid. Später tauchte ein Bundeswehrsoldat auf. Er rauchte am geöffneten Fenster. Der Rauch seiner Zigarette wurde aus dem Spalt gerissen. Er stieg eine Station vor Rostock aus.

Tanja wirkte fröhlich. Immer wieder küsste sie mich.

Im hellen Grün ihrer Augen zeigte sich nichts von dem, was mir später so zu schaffen machen sollte.

Kurz bevor der Zug in Rostock einrollte, half Tanja mir, den Rucksack aufzusetzen. Ich hatte mit diesem Ding so meine Schwierigkeiten.

Es war heiß. Ein strahlend blauer Himmel wölbte sich über der Stadt. Es war so hell, dass man die Augen zukneifen musste. Wir aßen am Bahnhof Currywurst mit Pommes. Und wurden Zeugen eines Streits zwischen den beiden Wurstverkäuferinnen, offenbar Mutter und Tochter. Die Tochter hörte sich die Schimpftiraden ihrer Mutter an und machte mich zu ihrem Verbündeten, indem sie jedes Mal die Augen verdrehte, wenn sich unsere Blicke trafen.

Man merkte, dass Tanja oft und gern mit dem Rucksack unterwegs war. Die Art, wie sie ihn aufsetzte, abstreifte, gegen eine Wand lehnte, das alles zeugte von großer Routine. »Wir müssen los«, sagte sie. »Das Schiff wartet nicht auf uns!«

Ich lächelte der Würstchentochter zum Abschied zu. Sie gefiel mir eigentlich sehr.

2

In Berlin hatte ich mich seit geraumer Zeit mit einem Mädchen getroffen, das Ines hieß und als Volontärin bei der Literaturagentur arbeitete, die mich vertrat. Ich traf mich mit ihr in Cafés und Restaurants, wir gingen durch Charlottenburg spazieren, ins Kino. Schnitten uns gegenseitig mit unseren Traumscherben ins Fleisch.

Es war die Art von Beziehung, aus der eine ernste Sache oder eine Affäre hätte werden können. Aber die Sache war die: Eigentlich konnte ich sie nicht ausstehen. Sie redete zu viel. War zu geschäftig. In den letzten Jahren war es mir allerdings immer schwerer gefallen, mich überhaupt mit Menschen zu treffen. Ich hatte mich nach und nach isoliert. Manchmal fühlte ich mich so verlassen, dass ich über jede Art von Kontakt froh war. Zu wem auch immer. Und genau in solchen Momenten rief ich Ines an.

An einem Nachmittag im April war ich mit Ines im Café Simon in der Kantstraße verabredet, und sie brachte Tanja mit. Ein blond gelocktes Mädchen mit Sommersprossen, die lustig auf dem Gesicht verteilt waren, funkelnden Augen und nervösen Händen. Tanja trug eine enge Jeans und ein rosafarbenes, ärmelloses Oberteil aus Polyester. Um ihren Arm hatte sie eine farblich perfekt dazu passende Tasche hängen, auf die eine Lilie gestickt war.

»Na, ihr! Wie geht's?« Eine angenehme Frauenstimme.

Leicht norddeutsche Färbung. Sie nickte mir lächelnd zu, beugte sich zu Ines herab und drückte ihr einen Kuss auf die Wange.

Die beiden kannten sich aus Bremen. Ihre Familien wohnten schon seit vielen Jahren nebeneinander.

Sie setzte sich.

»Gibt's hier Eis?«

Sie griff sich die Karte. Als der Kellner ihre Bestellung aufgenommen hatte, kramte sie aus ihrer Tasche eine Zigarettenschachtel hervor und legte die Tasche auf einen leeren Stuhl neben sich. Sie steckte sich die Zigarette zwischen die Lippen und entzündete sie an der Tischkerze.

»Ines«, sagte sie dann mit vorwurfsvoller Miene, »du hast heut Nacht so dermaßen geschnarcht!«

»Blödsinn!«

»Aber hallo! Man hatte das Gefühl, man würde in einem Freigehege im Jurassic Park übernachten. Wenn ich hier auch nur halbwegs zu meinem Schlaf kommen soll, dann müssen wir das irgendwie anders regeln.«

»Wie denn? Ich habe nur dieses eine Zimmer!«

»Tja, dann musst du wohl im Bad schlafen.«

»Nein, du musst dir eben Ohrenstöpsel besorgen«, antwortete Ines. »So sieht's aus.«

»Wie auch immer. Irgendwie werden wir das schon hinkriegen.« Tanja blies feinen blauen Rauch in die Luft.

»Was ist?«, sagte sie schließlich. »Freut ihr euch auch so auf den Sommer? Ich freue mich tierisch. Ist es nicht herrlich, rauszugehen und zu spüren, dass alles wieder leichter und freier wird um einen herum, dass sich die eisige Umklammerung, in der man so lange gefangen war, nun nach und nach lockert? Oh, ich liebe das!« Während sie das sagte, streichelte sie sich sanft über ihre Schultern und Arme, und ihr Gesicht nahm einen Ausdruck an, als würde sie sich in der warmen Sonne räkeln. Einen Moment kam mir der Verdacht, dass sie mit der eisigen Umklammerung nicht nur den Winter gemeint haben konnte.

Ich erfuhr, dass Tanja noch zur Schule ging. In die zwölfte Klasse. Also musste sie ungefähr drei Jahre jünger sein als ich. Und dass sie gerade Ferien hatte, die sie nutzte, um in Berlin ein Praktikum bei einer Zeitung zu machen, zu der ihre Eltern Beziehungen hatten. Der vorige Tag war ihr letzter Arbeitstag gewesen.

»Weißt du«, sagte sie zu mir, »ich will nicht warten, bis ich mein Abitur hinter mir habe. Es ist besser, früh anzufangen, schon Erfahrungen zu sammeln, damit man später etwas vorweisen kann.«

»Du willst also Journalistin werden?«, fragte ich.

»Ja, das wäre eine Möglichkeit. Aber ganz sicher bin ich mir noch nicht. In den Osterferien habe ich ein Praktikum bei einem Öko-Institut in Freiburg gemacht. Da musste ich Lebensmittelstudien und so was durchführen. Das war eher nervig.«

»Ja«, entgegnete Ines, mit einem Bierdeckel spielend. »Unsere Tanja ist ein cleveres Kerlchen. Wenn sie etwas nicht genug fordert, findet sie es nervig oder langweilig! Das ist auch so, was Männer betrifft.« Sie lachte.

»Hör auf!«, sagte Tanja und verpasste ihrer Freundin einen Schlag an die Schulter. »Das stimmt nicht. Das weißt du!«

Der Kellner trat an unseren Tisch. »Einmal Fruchtbecher!«

»Für mich!«

Während sie mit ihrem Eis beschäftigt war, erzählte sie mir, dass sie Pfadfinderin sei und gerade eine Sippschaft von

13-jährigen Jungs betreuen würde. Die Sippschaft *Snoopy*. So wie ihr Bruder früher. Ich erzählte ihr, dass ich gerade an einem neuen Roman schrieb. Tags. Nachts. Ununterbrochen.

»Großartig«, sagte Tanja. Ihre Augen strahlten. »Ich bewundere Leute, die so etwas können.«

Beinahe hätte ich geantwortet: Ja, ich auch. Denn genau genommen hatte ich seit langem keine Zeile mehr geschrieben.

»Kunst zu schaffen – etwas Besseres kann man im Leben doch gar nicht machen!«

»Dann solltest du vielleicht nicht Journalistin oder Ökotante werden, sondern Künstlerin!«, sagte ich.

»Ökotante«, wiederholte Ines und fing zu lachen an.

»Künstlerin zu sein wäre schön«, meinte Tanja. »Nur habe ich leider kein Talent.«

Ein paar Herzschläge lang blickte sie mich schweigend an. Schließlich sagte sie: »Berlin ist so toll! Einfach sagenhaft! Wisst ihr, vorhin bin ich mit einem Taxi gefahren. Wir waren in einer schmalen Straße unterwegs, irgendwo in Mitte, und vor uns war so eine Frau, die viel zu langsam war. Da fuhr mein Taxifahrer einfach auf den Gehsteig zum Überholen. Die Leute sprangen zur Seite, haben geschrien. ›Huups, was ist denn hier los?‹, hab ich gedacht. Stell dir diese Aktion mal in Bremen vor, Ines!«

Sie schwenkte ihren Löffel mit einem Batzen Eiscreme vor unseren Nasen herum: »Will jemand mal probieren?«

Wir bezahlten und verabredeten uns zu dritt für den Abend. Während ich nach Hause marschierte, in Richtung Savignyplatz, fing es leicht zu regnen an. Die gelben, doppelstöckigen Busse rasten an mir vorüber, als wären sie voller Flüchtlinge. Ich kam am *Schwarzen Café* vorbei, meinem

Lieblingscafé. Im Fenster neben dem Eingang leuchtete ein aus lauter verschiedenfarbigen Neonröhren zusammengesetzter Papagei. Er war ein kleiner Freund.

Ich grüßte ihn stumm und lief weiter. In meinen Gedanken führten Tanja und Ines noch immer ihr Gespräch. Zum Schluss hatte es sich hauptsächlich darum gedreht, wie man im Leben etwas auf die Beine stellte. Was und wo man am besten arbeiten sollte, wie man es hinkriegte, irgendwo unterzukommen, und welche Voraussetzungen man dafür bräuchte. Tanja erzählte von einem Freund, der eine Volontärsstelle hatte, von einem anderen, der gerade in Spanien studierte, von einem dritten, der diverse Jobs neben der Schule her machte, von einem vierten, der zwar das Abitur geschafft hatte, aber jetzt gar nichts machte, was sie verwerflich fand. Und zu jedem dieser Freunde hatte Ines mindestens ein ähnliches Fallbeispiel parat. Ich hatte bei diesem Thema geschwiegen. Für mich spielt es keine besonders große Rolle, was einer auf die Beine stellt oder nicht. Whatever gets you thru the night, it's alright, hat John Lennon gesungen. Das fand ich auch.

Für die beiden galt ein solcher Satz jedoch nicht. Vor allem was sie selbst betraf, wirkten sie rigoros. Sie verlangten extrem viel von sich. Über die hohe Arbeitslosigkeit wurde natürlich ebenfalls gesprochen. Und vielleicht störte mich das alles auch nur deshalb, weil ich darüber ins Grübeln geriet, was *ich* denn eigentlich den ganzen Tag lang tat.

Auf meinem Weg nach Hause änderte ich meine Meinung über Tanja mehrmals. Ich kam an dem Musikgeschäft *Klimmbimm* vorbei und dachte, dass sie eine absolut schreckliche Person sei. Ein dummes, aufgedrehtes Kind, das von der Geschwindigkeit unserer Zeit völlig überfordert ist. Ich stand vor dem wirklich schrillen Modeladen *Schrill* und mochte sie plötzlich wieder. Ich sagte mir: Du darfst nicht so streng mit ihr sein. Sie ist auch nur ein untergehendes Wesen. Genauso wie du.

Eines stand jedoch fest: Ich wollte mit ihr ins Bett. Aber um das zu erreichen, wollte ich mir nichts über irgendwelche Praktikumsplätze anhören. Und auch nichts über die Sippschaft *Snoopy*.

Die letzten Meter zu meinem Haus musste ich rennen, weil ich sonst patschnass geworden wäre.

3

Das Schiff hatte den Hafen von Warnemünde verlassen. Tanja und ich saßen alleine an Deck auf Plastikstühlen vor einer hüfthohen Glasbrüstung, auf der wir unsere nackten Füße platziert hatten. Die Sonne strahlte, der Himmel war tiefblau, das Wasser glitzerte. So weit das Auge reichte, ein Paradies aus unterschiedlichen Blautönen von immenser Leuchtkraft, untermalt von dem leisen, gemütlichen Brummen des Schiffsmotors. Tanja trug eine Sonnenbrille. Ein leichter, lauwarmer Wind huschte über uns hinweg. Er zupfte an Tanjas blonden Haaren.

Wir küssten uns und alberten herum.

Ich las ihr eine Kurzgeschichte vor, die ich als junger Spund geschrieben hatte. *Ninas Messer*, über ein 14-jähriges Mädchen, das heimlich Messer sammelt und sie eines Tages zuerst bei ihrem Hund und dann bei ihrem großen Bruder auf ihre Schärfe testet. Ich tat so, als wäre die Geschichte erst kurz vor unserer Abfahrt fertig geworden. Die Blätter bewegten sich sachte im Wind. Auf einmal tauchten zwei alte Pärchen auf, die sich Plastikstühle holten und sich neben uns setzten. Sie fingen an, sich lautstark sächselnd zu unterhalten, was mich beim Vorlesen störte. Alle vier trugen Sonnenbrillen. Der eine Mann war dick und hatte ein derbes, solariumgebräuntes Gesicht. Er trug ein schwarzes Basecap mit der Aufschrift *Coca Cola Light*. Die beiden Frauen ähnelten sich sehr. Sie hatten dünnes schwarzes Haar und bleiche Haut. Vermutlich waren es Schwestern. Der zweite Mann war ein Riese. Er hing tief in seinem Stuhl, die endlos langen Beine weit von sich gestreckt, die Füße übereinandergelegt. Mr. Basecap erzählte irgendeine Silvestergeschichte. Die beiden Damen kicherten. Der Riese blickte mit zusammengezogenen Augenbrauen schweigend vor sich hin, als hinge er trüben Gedanken nach. Als ich mich irgendwann wieder zu Tanja umwandte, merkte ich, dass sie eingeschlafen war.

Ich schaute lange in ihr Gesicht. Ich genoss das. Auf das Gesicht eines Schlafenden legt sich immer etwas von der anderen Welt, in der sich dieser Mensch gerade befindet.

»Beobachtest du mich?«, fragte sie mit geschlossenen Augen.

»Nein.«

Ein heftiger Windstoß riss dem einen Mann plötzlich sein Basecap vom Kopf und wehte es quer über das Deck.

»Ohjeminee!«, tönten die beiden Damen wie aus einem Mund und blickten sich erschrocken nach der Mütze um. Der Mann sprang auf.

Vier Stunden später kamen wir in Trelleborg an. Es war kühl geworden, und der Wind wehte stark. Die Sonne stand tief über dem Hafen und überzog ihn mit sanftem, leuchtend orangefarbenem Licht, das wirkte, als sei es ausgesandt, um zu heilen. Als wir das Schiff verlassen hatten, drehte ich mich noch einmal um und warf einen Blick zurück. Inzwischen hatte sich viel Weiß in die Himmelsfarbe gemischt, das Meer jedoch schien dunkler geworden zu sein. Das Schiff lag da und war die Ruhe selbst. Es schien irgendwie stolz auf sich zu sein, als wolle es sagen: Seht her! Ich komme immer an!

Lastwagen fuhren hinter uns aus dem Bauch des Schiffes und ratterten an uns vorbei, wirbelten Staub auf und peitschten uns heiße Luft ins Gesicht. Der Hafen von Trelleborg war gleichzeitig der Bahnhof. Trotzdem hatte man das Gefühl, man befände sich mitten auf einer gigantischen Baustelle. Wir verirrten uns und landeten auf einem riesigen, mit Glasscherben übersäten Platz, auf dem sich sonst keine Menschenseele befand. Nur haufenweise aufgetürmte Holzkisten und Gabelstapler, bei denen man das Gefühl hatte, dass sie sich in jedem Augenblick von allein in Bewegung setzen würden. Ein hoher Zaun lief um den Platz herum. Plastikfetzen flatterten durch die Luft. Ein Zug kam an, ich konnte ihn aber nicht sehen. Wir irrten weiter umher, bis wir endlich ein größeres Loch im Zaun fanden und hindurchschlüpften. Obwohl es kaum dunkler geworden war, hatte ich das Gefühl, der Abend senkte sich schwer über uns herab.

Tanja hatte auf dem Schiff aus ihrem Schweden-Reiseführer eine Jugendherberge herausgesucht. An der Straße befand sich ein kleines Office, in dem wir fragten, wie sie zu finden sei. Es stellte sich heraus, dass man einfach ein gutes Stück der Straße folgen musste. An der Rezeption der Herberge saß eine ungefähr 30-jährige Frau mit mittellangem blondem Haar. Als wir eintraten, war sie gerade in ein Solitaire-Spiel versunken. Sie blickte auf und musterte uns durch eine dunkel geränderte Brille.

Das Zimmer war klein. Zwei schmale, separat aufgestellte Betten, holzverkleidete Wände. Ein Fenster mit rotgepunkteten Vorhängen. Zwei Handtücher über einer Kleiderstange. Niedrige Decke. Es roch nach Mottenkugeln. Dusche und Toilette befanden sich auf dem Gang. Wir schoben die Betten zusammen.

Ich war sehr müde. Im Bett knutschten wir. Ich wollte das

Knutschen etwas ausweiten, aber ich konnte einfach nicht mehr. Mein Körper konnte nicht mehr. Tanja sagte:

»Weißt du, es ist so schwierig, das alles auszuhalten.« Ich wusste nicht, was mit *das alles* gemeint war.

Ich fragte nicht nach.

Ich schlief ein.

4

Als ich die Augen öffnete, war Tanja bereits wach. Sie lag neben mir, den Kopf auf einen Ellenbogen gestützt, und blickte auf mich herunter. Mit ihrer freien Hand, der linken, streichelte sie mir die Stirn. Es war sehr hell im Zimmer. Die Vorhänge flatterten ein wenig. Von draußen hörte man Motorengeräusche.

»Du glaubst gar nicht, wie froh ich bin, dass wieder Tag ist«, sagte sie. »Es war eine schreckliche Nacht.«

Ich antwortete ihr nicht. Stattdessen sagte ich: »Wieso riecht es hier so stark nach Rosen?«

Tanja sog lautstark Luft durch die Nase ein.

»Nach Rosen? Nö.«

»Doch, ganz heftig.«

»Also, ich rieche nichts.«

Wir fummelten ein wenig herum. Als ich mit meiner Hand zwischen ihre Beine fuhr, wehrte sie sich sanft dagegen. Als ich es ein zweites Mal versuchte, sagte sie: »Hör auf! Es geht nicht. Ich habe meine Periode.«

Sofort überkam mich ein Gefühl des Ekels. Ich wusste nicht genau, an was es lag. Ich ekelte mich einfach vor dem Herumfummeln. Oder dieser Bettdecke. Oder dem Rosengeruch. Mein Rücken fühlte sich pelzig an.

Nachdem ich geduscht und mich kräftig abgeseift hatte, zogen wir beide uns fertig an und packten unsere Rucksäcke zusammen. Wir liefen erneut nebeneinander die Straße entlang. Nur diesmal in die andere Richtung. Tanja sah nicht so hübsch aus wie sonst. Sie hatte ein altes, schwarzes T-Shirt an und trug eine abgewetzte braune Cordhose. Aber daran lag es nicht. Sie war sehr bleich, und ihr Blick war verschleiert. Dafür schien aber die Sonne, in einem tiefblauen Himmel mit vereinzelt dahintreibenden Wolken. Ab und zu knatterte ein Moped vorbei. Außer zwei älteren Damen begegneten wir niemandem. Am Ende der Straße befand sich ein McDonald's, wo wir einkehrten, wie es sich für Reisende gehört, die die Essgewohnheiten des fremden Landes kennen lernen wollen.

Beim Frühstück redete Tanja wenig. Sie sagte nur, dass sie heute gerne nach Malmö fahren würde. In ihrem Reiseführer stand, dass ein Bus nach Malmö fuhr. An der Haltestelle warteten wir eine Dreiviertelstunde auf den Bus. Als wir neben unseren Rucksäcken in der Sonne standen und dahinschmorten, sagte Tanja irgendwann: »Kennst du diese Zeile aus einem Ingeborg-Bachmann-Gedicht? *Wie bist du müde, Welt, die mich geboren, einzig bereit, mir Ketten aufzudrücken. Und, wo ich lodern kann und mich entzücken, mir deine Schatten fester einzugraben.*«

Ich wollte einen Scherz machen, darüber, dass das Gedicht unheimlich positiv sei und sehr gut zu dem herrlichen Wetter passte. Aber als ich ihr Gesicht sah, hielt ich mich zurück.

»Nein, dieses Gedicht kannte ich nicht«, sagte ich schließlich. »Es ist schön.«

Es waren sieben Stationen bis Malmö. Im Bus war es kühl. Ich saß am Fenster. Ich redete nicht. Tanja auch nicht. Ich dachte nach. Ich dachte darüber nach, wo man im Laufe seines Lebens überall landet. Plötzlich hatte ich den Gedanken, dass es schön war, an so vielen verschiedenen Orten gelandet zu sein. Ein angenehmes Gefühl breitete sich in mir aus. Zum ersten Mal, seit wir unterwegs waren, fühlte ich mich wohl.

Der Fahrer trat ziemlich aufs Gas. Der Bus rappelte dahin. Zur Linken, hinter Dünen, war das Meer zu sehen. Zur Rechten lagen weite grüne Felder, die in einiger Entfernung in Wald übergingen. Sie wirkten, als wären sie von einer feinen Staubschicht bedeckt. Manchmal schwangen sich Vögel aus ihnen empor.

Unsere Rucksäcke standen neben einem Kinderwagen. Die Mutter beugte sich über das Kind, lachte es an, zupfte an ihm herum. Ich fragte mich, ob der Bus von Trelleborg nach Malmö später einmal irgendeine Rolle im Leben des Kindes spielen würde. Ob es als Jugendlicher regelmäßig mit ihm fahren würde. Vielleicht, um zum Taekwondo-Training zu kommen. Und ich fragte mich, ob diese Tatsache jetzt schon feststand und über dem Kind schwebte oder es umgab.

5

In Berlin wohnte ich in einer 3-Zimmer-Altbauwohnung mit Parkettboden, hohen Wänden und Stuck an der Decke. Das eine Zimmer war zum Schlafen gedacht. Das andere zum Schreiben. Im dritten Zimmer wohnte mein zwanzigjähriger, ausgesprochen bodenständiger Mitbewohner Darius, der Slawistik und Theologie studierte und fast nie zu Hause war. An dem Abend, an dem Ines und Tanja mich zum Ausgehen abholten, war Darius auch nicht da. Er war nach Mannheim gefahren, um seine Freundin zu besuchen.

Wir saßen zu dritt in der Küche und tranken Wein und Bier, bevor es losging. Es war zwanzig nach elf, als wir schließlich aufbrachen. Eine angenehm lauwarme Nacht. Man konnte vereinzelte Sterne erkennen. Tanja trug einen kurzen schwarzen Rock und ein schön geschnittenes, enges weißes Hemd, darüber einen violetten Mantel aus Leder. Während ich neben ihr ging, konnte ich einem der schönsten Geräusche lauschen, die es für mich gibt: das Klacken hochhackiger Schuhe auf dem Asphalt. Ihr Haar trug Tanja offen. Es sah viel voller und voluminöser aus als am Nachmittag. Ines' kurzes dunkles Haar war glatt gegelt. Es glänzte. Ich hatte meine Hände in den Taschen meines beigefarbenen Mantels. Während wir leicht angetrunken in Richtung U-Bahn marschierten, durchzuckte mich das Gefühl der Aufregung, das man immer hat, wenn man ausgeht. Besonders mit zwei Mädchen im Schlepptau. Von dem Moment an, in dem ich Tanja an diesem Abend das erste Mal erblickte, hatte ich mir fest vorgenommen, sie zu verführen. Auf dem Weg zur U-Bahn fragte ich Tanja allerhand Sachen, alles, was mir so einfiel. Obwohl mich ihre Antworten eigentlich nicht interessierten. Ich ließ ihr kaum Zeit, überhaupt etwas zu sagen. Kaum war eine Frage gestellt, haute ich schon die nächste raus. Fragen über ihr gesamtes Leben, ihre Kindheit, ihre Eltern. Aufgrund dieser ganzen Fragerei erfuhr ich unter anderem, dass Tanja ein Jahr lang auf einem englischen Internat in Birmingham gewesen war, dass sie vor der Zeitung in Berlin schon Praktika beim *Weser Kurier* und bei *Radio Bremen* gemacht hatte. Und dass sie im letzten Jahr ihre gesamten Sommerferien in Ruanda verbracht hatte, um dort bei einer Organisation mitzuhelfen, die sich um Kinder kümmerte. Nebenher war sie von frühester Kindheit an Pfadfinderin gewesen. Als sie sechzehn war, hatte sie sogar an einem gigantischen Pfadfindertreffen in Santiago de Chile teilgenommen. Sie kam aus einer reichen Familie.

»Meine Eltern sind geschieden«, sagte sie. »Ich habe einen Stiefvater. Als ich vier Jahre alt war, hat meine Mutter einen neuen Mann geheiratet. Zu meinem richtigen Vater habe ich so gut wie keinen Kontakt, der lebt in New York. Mein Stiefvater ist für mich eigentlich mein richtiger Vater. Er ist schon sehr alt. Achtundsiebzig Jahre. Er war früher Diplomat und dann Intendant von *Radio Bremen*, bis er sich vor fünf Jahren zur Ruhe setzte.« Tanjas Mutter war freie Journalistin. Von ihr ging es hauptsächlich aus, dass Tanja von klein auf so viele verschiedene Sachen unternahm. *Mach so viel wie möglich aus deinem Leben!*, lautete die Devise. Außerdem gab es noch einen älteren Bruder. Olaf. Er war zuerst

Pfadfinder gewesen. Inzwischen studierte Olaf Philosophie und Geschichte in Oxford und führte deutsche Touristen in London herum.

Obwohl ich Tanjas Aussagen von Anfang an nicht an mich herankommen lassen wollte, beeindruckten sie mich. Ich hatte sie bei unserer ersten Begegnung als verwöhntes, verspieltes und naives Mädchen abgestempelt. Möglicherweise traf das alles auch zu. Aber da war noch mehr. Das wusste ich jetzt.

Wir wollten zuerst in eine Bar in Kreuzberg gehen, die *Orlando* hieß. In der U-Bahn setzte ich mich neben Tanja. Um ihre Hand halten zu können, wandte ich einen kleinen, ziemlich blöden Trick an, der aber immer funktioniert. Man fragt: Willst du wissen, wie viele Kinder du bekommen wirst? Soll ich es dir sagen? Reich mir mal bitte deine Hand! Und wenn das Mädchen sie einem dann zögernd hinstreckt, fährt man mit den Fingerspitzen über die Handfläche. Und dann schaut man die Linien auf der Handkante an und erfindet einfach eine Zahl: zwei. Und schon hat man, was man will. Und man hat zusätzlich ein neues Gesprächsthema. Kannst du dir überhaupt vorstellen, einmal ein Kind zu haben? Und während das Mädchen erzählt, kann man selbst genüsslich versinken in Phantasien von dem, was dem Kinderkriegen vorausgeht. Ines schwieg die ganze Fahrt über. Am Kottbusser Tor stiegen wir aus.

Die *Orlando*-Bar war ziemlich klein. Es gab ein paar lange schwarze Tische mit schwarzen Holzstühlen ohne Armlehnen. Schummriges Licht. Unter der Decke war ein Netz gespannt, in dem Flaschen hingen. An der einen Wand befand sich ein riesiger Spiegel. Weil es so voll war, mussten wir uns an einen Tisch mit dazusetzen. Ich setzte mich wieder neben Tanja, und wir bestellten Cocktails. Ines hatte ihre Piña Colada sofort leer getrunken und bestellte eine neue. Mir wurde bald ziemlich heiß. Laute Rockmusik tönte aus den Boxen. Zigarettenqualm stand über den Tischen.

»Machst du das eigentlich immer so?«, fragte Tanja wenig später. »Dass du den Leuten so viele Fragen stellst? Tust du das, um von *dir* abzulenken?«

»Weiß ich nicht. Kann sein.«

Ines sog kräftig an ihrem Strohhalm.

»Ich denke, du bist eben eher der stillere Typ«, fuhr Tanja fort. »Das habe ich mir gleich gedacht, als ich dich gesehen hab. Ich dachte: Das ist einer, der nicht gerne redet. Der andere reden lässt. Keine Ahnung, aber ich denk mal, dass viele Leute, die schreiben, so sind, nicht wahr?«

»Weiß ich nicht. Kann sein.«

Ines sog kräftig an ihrem Strohhalm.

Tanjas Augen blitzten mich an.

»Jedenfalls mag ich das. Das hat so was Mysteriöses.«

»He Sie, Kellner!«, brüllte Ines. »Noch so einen!«

»Wirklich«, meinte Tanja. »Weißt du, es gibt Leute, die reden und reden. Und am Anfang findet man das vielleicht gut. Aber irgendwann wird einem klar, dass das alles nur heiße Luft ist.«

»Richtig«, krächzte Ines. »Und genau einer von denen bist du!«

»Hey!«, entgegnete Tanja empört. »Was soll *das* denn jetzt?«

Ines hob ihre rechte Hand in die Höhe und ließ sie wieder auf den Tisch fallen.

»Hör dich doch an! Du redest über Leute, die nicht aufhören zu reden. Und kannst selbst nicht still sein!«

»So ein Scheiß. Das stimmt gar nicht. Ich hab' nur …«

»Glaub' mir, es ist so!«

»Na gut«, quetschte Tanja aus zusammengepressten Lippen hervor. »Dann sag' ich halt nichts mehr!« Sie verschränkte die Arme vor der Brust.

Gitarren kreischten aus den Boxen. Gelächter von den Leuten, die neben uns am Tisch saßen.

»Echt«, meinte Ines und klopfte mit dem Zeigefinger auf der Tischplatte herum. »Es ist nur gut, dass dir das mal jemand zu verstehen gibt.«

»Ich weiß nicht, was du auf einmal für ein Problem hast«, erwiderte Tanja. »Tim, findest du auch, dass ich …?«

»Hört auf!«

Kurze Zeit lang schwiegen wir alle drei, und jeder beschäftigte sich mit seinem Drink.

»Wisst ihr, was ich heute erfahren habe?«, fragte Tanja schließlich, nachdem sie sich eine Zigarette angezündet hatte.

»Nein, was denn?«, fragte ich.

»Im Juni wollte ich mit Steffi, einer Freundin von mir, eine Interrailtour durch Skandinavien machen. Wir hatten das alles fest geplant. Und heute ruft die mich an und sagt, dass sie doch lieber mit ihrem Freund Urlaub macht. Ich hasse so was. Wenn diese Tussis wegen ihren Kerlen immer alles absagen.« Ines schlürfte schon wieder den Rest ihres Cocktails aus dem Glas. Sie bestellte einen neuen. Kurze Zeit später war sie vollkommen hinüber. Sie hatte Mühe, sich noch auf dem Stuhl zu halten.

»Ach!«, grunzte sie. Sie blickte starr im Lokal umher. »Was mache ich hier überhaupt?«

»Was soll das heißen?«, fragte Tanja.

»Das, was es heißt«, gab sie zur Antwort. »Was mache ich hier?« Sie sah auf, machte eine unentschlossene Handbewegung.

»Spinnst du jetzt oder was?«, wollte Tanja wissen.

»Verdammtes verficktes Berlin!« Bei dem Wort Berlin ließ Ines ihre Hand wieder auf den Tisch fallen.

»Ey, was ist denn los?«, fragte ihre Freundin. Ines schüttelte den Kopf.

»Nichts!«

Sie legte ihren Oberkörper auf die Tischplatte und ihr Kinn auf ihren Unterarm. Irgendwann fing sie an zu murmeln: »Jetzt wohne ich extra in der aufregendsten Stadt Deutschlands und hab' noch dazu einen Superjob, einen, um den man mich beneidet. Ich telefoniere den ganzen Tag mit Schriftstellern, ich treffe mich mit Schriftstellern, ich geh' von mir aus mit ihnen einen saufen, den Schriftstellern, aber was soll das bringen? Dass sich einer von denen mal in mich verliebt ...? Ha!«, lachte sie. »Mein Papa hat gesagt, ›Ich weiß nicht, was du dir davon versprichst, nach Berlin zu gehen‹. Ich sag's echt nicht gern, aber er hatte Recht.«

»Jetzt mach mal halblang«, meinte Tanja. »So scheiße geht's dir hier doch auch wieder nicht.«

»Jaja«, antwortete Ines und wühlte mit ihren Händen krampfhaft in ihren Hosentaschen, als befände sich in einer ein winziger Zettel, auf dem die Auflösung für den Zauberwürfel ihres Lebens stand. Sie erhob sich schwankend, und der Stuhl hinter ihr kippte fast um. »Ich geh jetzt! Ich fahr nach Bremen! Und ihr ... geht ficken!«

Tanja drückte die halb gerauchte Zigarette im Aschenbecher aus, erhob sich ebenfalls. »Ines, mach keinen Scheiß. Komm, wir gehen zusammen nach Hause.«

»Nein, ich will nicht nach Hause!«

»Zahlen!«, brüllte Tanja in Richtung Bar. »Zahlen!« Man hörte sie nicht. Sie quetschte sich zwischen Tischen hindurch zu einem Kellner. Ich blieb bei Ines.

»Lass mich los!«, schrie sie. »Ich kann allein stehen!«

Als wir die Bar verlassen hatten, wollten Tanja und ich Ines in unsere Mitte nehmen. Sie wehrte sich dagegen, haute immer wieder ab, einmal rannte sie sogar auf die Straße vor ein Auto. Es bremste rechtzeitig. Die beiden Insassen, zwei junge Frauen, fanden die Situation sehr komisch. Sie kurbelten die Fenster herunter und wünschten Tanja und mir viel Glück. Ines brüllte: »Euch auch!« Und als sie wegfuhren: »Kleine Schlampen!«

»Jetzt häng' dich endlich ein!«, befahl Tanja.

»Weißt du, wann der nächste Zug nach Bremen fährt?«, fragte mich Ines.

»Heute fährt keiner mehr«, sagte ich.

»Da wäre ich mir aber nicht so sicher! Mann, die werden sich alle freuen, mich zu sehen. Vor allem mein Vater wird sich ausgesprochen freuen, mich zu sehen.«

Der U-Bahn-Waggon, in dem wir landeten, war fast leer. Uns gegenüber saß ein Mann mit dunkler Hautfarbe. Sein Kopf war gegen das Fenster gesunken. Er schlief, mit geöffnetem Mund. Ines beugte sich zu ihm hin und begann ihn anzusingen: *No matter what I do, all I think about is you!* Nach und nach sang sie lauter, aber der Typ schnarchte einfach weiter. Als wir endlich vor dem Haus am Lietzenseeufer standen, in dem Ines wohnte, wollte sie nicht, dass wir mit nach oben kamen. Auch nicht, dass nur Tanja mit nach oben kam. Sie schrie: »Haut verdammt nochmal ab! Verpisst euch! Ich will alleine sein!« Sie rannte ins Haus.

»Was sollen wir jetzt tun?«, fragte ich.

»Nichts. Die soll sich jetzt erst mal beruhigen, dann wird das schon wieder. Du kannst nach Hause gehen, wenn du willst.«

»Und lasse dich hier allein stehen? Nein, ich bleibe.«

Wir beschlossen, ein wenig am Lietzensee entlangzumarschieren. Schweigend liefen wir nebeneinander her. Alles war still und verlassen. Laternenlicht schwamm träge auf dem See. Irgendwann drehten wir um, und Tanja läutete bei ihr. Ines machte nicht auf. Tanja rief per Handy bei ihr an. Sie nahm nicht ab.

»Dann kann ich auch nichts machen«, meinte sie. Wir bestellten ein Taxi. Das Taxi brachte uns zum *Threshold*, einem Club in Mitte. Eine ganze Weile lang saßen wir nebeneinander auf einer Steintreppe und tranken Bier, während immer wieder Leute über uns hinwegstiegen. Als wir an der Bar standen, um uns ein neues Bier zu holen, machte sich ein riesiger Kerl mit Britpop-Frisur an Tanja heran. »Du Depp, siehst du nicht, dass ich mit meinem Freund hier bin!«, sagte sie. Sie legte ihren Arm um mich. Seine Augen blitzten mich abschätzig und zornig an. Aber er ging gleich. Wir tanzten. Die Haare, die ihr in die Stirn fielen, waren nass vom Schweiß. Sie hatte ein ganz heißes Gesicht. Sie hatte nasse Flecken unter den Achseln. Sie tanzte mit dem Rücken zu mir, rieb ihren Hintern gegen meinen Schwanz. Jetzt brauchte ich keine Fragen mehr zu stellen.

6

Der Bus hielt in Malmö direkt am Hauptbahnhof. Es war noch immer heiß. Der Himmel war noch immer blau.

Wir sperrten unsere Rucksäcke in Schließfächer. Außerdem wollten wir von einem öffentlichen Telefon aus bei unseren Eltern anrufen. Der Akku von Tanjas Handy war leer, und mein Handy hatte gerade kein Netz. An einem Kiosk holten wir Telefonkarten. Tanja ging als Erste telefonieren. Ich hockte mich so lange auf eine Bank in der Bahnhofshalle und wartete. Ich versuchte mich zu erinnern, wie es ohne Handys gewesen war. Ohne SMS. Ich dachte an meine ersten Wochen in Italien, in Arco.

Ich war damals fünfzehn und machte einen Schüleraustausch nach Italien mit. Ich sollte ein ganzes Schuljahr dort verbringen. Ich wohnte bei einer Gastfamilie. Den Alligianis. Sie hatten zwei Söhne in meinem Alter. Ziemliche Raufbolde. Später lernte ich sie wie alles andere in Arco zu mögen, ja sogar zu lieben. Anfangs jedoch war es die reine Hölle für mich. Ich hatte wahnsinniges Heimweh. Meine Familie schien mir für immer abhandengekommen zu sein. Ich heulte ganze Nächte durch, und ich riss mich tierisch zusammen, um nicht zu heulen, wenn ich im Wohnzimmer der Alligianis saß und von deren Telefon aus mit meinen Eltern sprach. Doch dann, völlig unerwartet, an einem Freitag, kam mein Vater. Ich werde es nie vergessen. Das Haus meiner Gastfamilie lag auf einem kleinen Berg. Und von meinem mit einem Moskitonetz bespannten Fenster aus sah ich, wie das Auto meines Vaters die Serpentinen nach oben gefahren und schließlich auf dem Parkplatz vor dem Haus zum Stehen kam. Ich konnte es kaum fassen. Es waren Sekunden glühenden Glücks. Mein Vater war gekommen! Und wenig später erfuhr ich, dass er das ganze Wochenende lang bleiben würde. Ein ganzes Wochenende lang! Leider ging es natürlich viel zu schnell vorbei. Doch am letzten Tag, kurz vor seiner Abfahrt, schenkte er mir ein Handy. Das erste Handy meines Lebens. Ein pechschwarzes. Nokia stand drauf. Und er sagte: »Jetzt kannst du uns, wo immer du auch bist, anrufen. Wann immer du willst.« Ich verstaute das für heutige Verhältnisse riesige Wunderding in der Schublade meines Nachtkästchens. Es war für mich die letzte Verbindung zu der verloren geglaubten Welt. In der folgenden Nacht konnte ich zum ersten Mal einigermaßen schlafen.

Tanja kam durch die Bahnhofshalle gerannt. Vollkommen außer Atem ließ sie sich neben mich auf die Bank fallen. Ihre Augen waren weit aufgerissen und leuchteten. »Oh, Tim«, keuchte sie. »Weißt du was?«

»Was ist denn?«, wollte ich wissen.

»Du wirst es nicht glauben!«

»Los, sag schon!«

»Die Verfilmung deines Buches hat gestern den deutschen Filmpreis gewonnen.«

»Wirklich?«, fragte ich. »Ist das dein Ernst?«

»Mein voller Ernst. Meine Mutter hat's mir erzählt.«

»Yippie!«

»Wusstest du überhaupt, dass der Film nominiert war?«

»Nein, wusste ich nicht.«

»Stell dir vor, sie war da, meine Mutter. Bei der Verleihung. Und die Macher des Films haben sich in der Dankesrede hauptsächlich bei dir bedankt. Ist das nicht genial? Deutscher Filmpreis! Mann o Mann, ist das cool! Das müssen wir feiern! Ich bin so stolz auf dich, Tim! Hörst du? Ich bin stolz auf dich!« Sie legte ihre Hände um meinen Kopf, zog mich zu sich und gab mir einen Kuss auf die Stirn. Und dann knutschten wir eine Weile ziemlich heftig herum.

»Rufst du jetzt *deine* Eltern an?«, fragte sie schließlich mit gerötetem Gesicht. »Ich hab gesehen, hier gibt's ein Internetcafé. Während du telefonierst, kann ich meine E-Mails checken.«

Ich rief zuerst bei meiner Mutter an, doch sie nahm nicht ab. Ich zögerte, ehe ich die Nummer meines Vaters wählte. Mein Vater arbeitet sehr viel, man erreicht ihn meistens nicht. Und wenn, dann sind die Telefonate mit ihm immer ziemlich bedrückend, weil er nie Zeit hat. Man muss vorher im Kopf die wichtigsten Sachen herausfiltern, die man ihm sagen will. Er wohnt in Hamburg, in einer traumhaften Wohnung mit einer Fensterfront direkt zum Hafen. Spätestens nach der Trennung meiner Eltern hatte sich mein Vater vollkommen in die Arbeit gestürzt. Er arbeitet in der Anwaltskanzlei Servers & Söhne. Er ist gut in seinem Job.

Vielleicht war es keine böse Absicht, aber er meldete sich fast nie bei mir. Und bei meinem Bruder auch nicht. Ich war oft sauer auf ihn. Wenn ich ihn sah, hatte ich oft das Bedürfnis, ihn anzubrüllen. *Setz dich hin, verdammt!*, hätte ich brüllen wollen. Und dann hätte ich ihm jede erdenkliche, blöde Einzelheit aus meinem Leben an den Kopf geknallt. Trotz allem kam ich nicht drum herum, ihn gern zu haben. Ich erinnerte mich daran, wie mein Bruder und ich ihn in Hamburg besuchten. Und er nicht so geschäftig war wie sonst. Wie er in der Früh in Unterhosen für uns beide

Rühreier machte. Wie er uns ein paar schwierige Griffe auf der Gitarre zeigte. Wie er während eines Films auf der Couch einschlief und laut zu schnarchen anfing. Zuvor hatte er gesagt, er wäre der Einzige von uns dreien, der auf der Couch liegen dürfe. Erstens, weil er der Älteste war. Zweitens, und er patschte sich auf den Bauch, weil er der Dickste war, und drittens sei er sowieso *Master and Commander*. Das war der Titel eines Abenteuer- und Seeschlachten-Romans, den er gern mochte. Und das ganze Wochenende hatten wir ihn dann so genannt. Und mein Bruder sagte: »Horch, *Master and Commander* schnarcht!« Und ich wusste, dass auch er unseren Vater liebte.

Ich wählte seine Nummer, aber die Mailbox war eingeschaltet. Ich hinterließ ihm eine Nachricht: »Hallo Papa, hier ist Tim. Ich bin gerade in Malmö. Mir geht es so weit ganz gut. Hoffe, dir auch. Hoffe, wir sprechen uns bald mal wieder. Bis dann. Ciao.«

Ich hängte den Hörer ein, blieb stehen und sagte laut die Zahlen der Telefonnummer auf, die ich jetzt so gerne gewählt hätte. Matthias' Nummer. 501 waren die letzten drei Ziffern. »Wie die Levis-Jeans«, hatte er immer gesagt. Ich überlegte, ob ich diese Nummer, trotz allem, was geschehen war, jetzt wählen sollte. In den ersten Tagen und Nächten nach diesem Freitag im April hatte ich das fast stündlich getan. Nur um seine Stimme zu hören. Die Stimme auf Band, die sagte: »Ich bin leider nicht erreichbar ...«

Nach der Nachricht vom Gewinn des Filmpreises begann ich vor Tanja den jungen, berühmten, den geborenen Schriftsteller zu markieren. Den zerrissenen Künstler, der schwierig im Umgang ist. Dessen Augen ganz wach sind. Der fragil ist und sensibel und alles. Stetig legt er die Stirn in Falten, und in seinem Kopf setzen sich unentwegt neue Geschichten zusammen.

Tanja gefiel das. Ich verfeinerte die Rolle. Baute meine Marotten aus. Ich spielte die Rolle so gut, dass ich für Momente selbst davon überzeugt war, ein großer Schriftsteller zu sein. Aber das Buch, woraus dann dieser Film entstanden war, hatte ich vor vier Jahren geschrieben. Das einzig Aussagekräftige, was ich seitdem zu Papier gebracht hatte, war meine Unterschrift unter den Vertrag für einen neuen Roman. Zwei Jahre waren mir eingeräumt worden, um ihn zu schreiben. In den zwei Jahren hatte ich es nicht geschafft. Nach Gesprächen mit dem Verlag bekam ich noch ein halbes Jahr Aufschub. Das Buch war immer noch nicht fertig. Ein weiterer Termin wurde angesetzt, wieder ein halbes Jahr später. Ich konnte ihn nicht einhalten. Der nächste Termin war nun in einem Monat. Ich hatte noch nicht mal den Anfang geschrieben.

Hinzu kommt, dass jemand meiner Ansicht nach nur dann Schriftsteller ist, wenn er schreibt. Und nicht, wenn er durch die Gegend flaniert. Und dabei spielt es keine Rolle, ob das, was er schreibt, gut ist. Ein Mann, der vor siebzehn Jahren einmal ein Buch geschrieben hat, das auf der ganzen Welt gut verkauft wurde, ist für mich viel weniger ein Schriftsteller als jemand, der ununterbrochen an der Schreibmaschine sitzt, aber keinen Verleger für seine Sachen findet.

Und obwohl Tanja in mir einen Schriftsteller sah, war ich ihrem nichtstuenden Freund, über den sie im *Café Simon* so abschätzig geredet hatte, viel ähnlicher. Und immer, wenn ich zwischendurch darüber nachdachte, was zum Schreiben dazugehört: dass man nicht aufgibt zum Beispiel, dass man immer weitermacht und nicht nur dann, wenn man gerade Lust verspürt (aufs Schreiben hat man nämlich nie Lust, Schreiben ist wie Sünden beichten); immer, wenn mir das alles wieder ins Bewusstsein sickerte, wurde mir schlecht, und ich musste mich irgendwo festhalten. Tanja hielt das für eine Marotte, die ihr künstlerischer Liebling so an sich hat, und tätschelte mir zärtlich die nass geschwitzte Wange.

Wir schlenderten durch die Innenstadt von Malmö. Alles war langsam, gemütlich, träge. Die sauberen, altmodischen Häuser wirkten, als schliefen sie gleich in der Sonne ein. Wenn man auf einen dieser winzigen Pflastersteine trat, war man erstaunt, dass er nicht gleich aufschrie. *He! Ich habe gerade so schön gedöst.* Eine junge, aufgelöste Frau, die wir nicht verstanden, bis sie dann Englisch sprach, erklärte uns, irgendetwas an ihrem Fahrrad wäre kaputt. Tanja sah es sich an und reparierte es mit zwei Handgriffen. Ich stand daneben und konnte nicht fassen, wie geschickt sie war. Wir gingen weiter. Tanja hängte sich bei mir ein. Das passte mir nicht. Egal, wo ich hinwollte, sie klebte an mir. Und wenn sie mich von Zeit zu Zeit ansah, dann nahm ihr Gesicht einen Ausdruck an, als wolle sie sagen: Solange du bei mir bist, werde ich nie mehr traurig sein müssen. Ein Ausdruck, der das Gefühl des Eingeengt-Seins in mir verstärkte. Der mich beinahe frösteln machte. Und plötzlich stieg mir wieder dieser Rosenduft in die Nase. Er war derart aufdringlich, dass mir sehr schnell sehr schlecht wurde.

Plötzlich hörten wir Geschrei und Applaus. Wir liefen in die Richtung, aus der der Lärm kam, bogen in eine Gasse ein und gelangten auf einen großen Platz, auf dem sich eine

Menschenmenge zusammengefunden hatte. Auf dem Platz war eine Art Pferdeparcours errichtet worden. Mit einer kleinen Tribüne davor. Auf der Tribüne hockten so viele Menschen, dass ich dachte, sie müsste jeden Augenblick zusammenbrechen.

Es gab auch ein Café, vor dem unter grünen Sonnenschirmen Tische und Stühle standen. Wir entdeckten noch einen freien Tisch. Ich wollte mich gerade setzen, da hörte ich, wie Tanja laut sagte: »Dieser Wichser!« Ich blickte auf und sah ihr entsetztes Gesicht. Ich wusste nicht, was los war, doch dann bemerkte ich die beiden jungen Typen, ungefähr zwanzig, die gerade an Tanja vorbeigegangen waren und sich an einen anderen Tisch setzten. Der eine in einer weißblauen Trainingsjacke mit längeren braunen Haaren und Koteletten grinste breit.

»Der hat mir an die Brüste gelangt!« Man sah, wie es in ihrem Kopf ratterte. Wie es in ihr tobte. Sie sagte: »Warte! Ich bin gleich zurück!« Sie marschierte zu den beiden rüber.

Ich saß verwirrt und ängstlich da. Mir war die Sache nicht geheuer. Kaum war Tanja bei den beiden angelangt, hörte ich sie *You fucking asshole!* sagen. Der Kerl breitete seine Arme aus, Mimik und Gestik ließen erahnen, dass er etwas Ähnliches entgegnete wie *Ach, komm schon, Süße!* Er lächelte abschätzig. Was er tatsächlich sagte, konnte ich nicht hören, weil es vom Beifall von der Pferdetribüne verschluckt wurde. Tanja stützte sich mit beiden Händen auf dem Tisch ab, neigte sich zu dem Kerl hinab und redete intensiv auf ihn ein. Der andere Typ, der ein *Nirvana*-T-Shirt trug, saß die ganze Zeit still da, aber seine Augen machten sich über Tanja lustig. Erneut Applaus für die Pferde. Während sie mit hochrotem Kopf zurückkam, blickten ihr die beiden grinsend hinterher. Der Koteletten-Typ tippte dem anderen auf die Schulter und flüsterte ihm etwas zu.

»Diese Arschlöcher!«, sagte Tanja und ließ sich mir gegenüber auf ihren Stuhl fallen.

Mehr sagte sie zunächst nicht. Dann brach es aus ihr hervor: »Diese verdammten, beschissenen Scheißkerle! Diese widerlichen Wichser!«

Ich war ziemlich eingeschüchtert davon, dass sie so zornig war. Ich wusste nicht, was ich sagen sollte. Sie fuhr fort:

»Diese ganze beschissene Welt!«

»Tanja! Du bist aufgebracht. Das ist verständlich.«

Sie stellte ihre Bierflasche knallend auf den Tisch.

»KLAR BIN ICH AUFGEBRACHT! SPINNST DU?«

»Hör mal, ich kann nichts dafür, dass dich diese Typen ...«

»Natürlich!«, sagte sie und sah mich dabei unglaublich finster an.

»Willst du ein Eis?«, fragte ich nach einer Weile. Ich schob die Karte zu ihr hinüber.

»Nein, ich will kein Eis!« Sie starrte vor sich hin. Endlos.

Ich sah, wie die beiden Kerle sich erhoben, leicht geduckt unter den Sonnenschirmen hindurchgingen und verschwanden.

7

Die Tage, nachdem ich Tanja in Berlin kennen gelernt hatte, waren wahrscheinlich die schönsten, die ich in diesem gesamten Jahr erlebt hatte. Ich hatte es wirklich bedauert, dass sie gleich am Morgen nach unserer *Orlando*-Nacht, wie wir sie später immer bezeichneten, zurück nach Bremen fuhr. Aber das war ihr Plan gewesen, als sie noch nichts von mir wusste. Wir telefonierten in dieser Woche oft und schrieben uns ständig SMS. Per SMS fragte sie mich auch, ob ich mir vorstellen könnte, anstelle ihrer Freundin mit ihr durch Skandinavien zu reisen. *Das kann ich mir vorstellen*, schrieb ich zurück. *Sehr gut sogar.* Keine Ahnung, wie groß letztendlich Tanjas Anteil daran war, aber ich fühlte mich so frei und beschwingt wie schon ewig nicht mehr. Ich stand morgens früh auf und ging joggen. Ich kaufte mir neue Klamotten, ging ins Solarium, hörte viel Musik und spazierte Luftgitarre spielend durch die Gegend. In Berlin waren die Vorboten des Sommers zu spüren. Es war ein warmer, duftender April. Die Bewegungen der Menschen wurden leichter, lässiger. Ich verabredete mich an zwei Abenden mit Menschen, was für mich außergewöhnlich war. Und was für mich noch viel außergewöhnlicher war: Ich schrieb. Zuvor hatte ich monatelang nichts geschrieben. In dieser Woche schaffte ich drei Seiten.

In dieser Woche, in der Nacht von Donnerstag auf Freitag, nahm sich Matthias das Leben und hinterließ keinen Abschiedsbrief.

Matthias war drei Jahre jünger als ich. Bei der Geburt hatte er die Nabelschnur um den Hals geschlungen gehabt, war ganz blau auf diese Welt gekommen und hatte deshalb eine linksseitige Lähmung davongetragen. Mit seiner linken Hand konnte er fast gar nichts machen, nichts greifen, nichts halten, nichts öffnen. Und sein linkes Bein zog er nach. Sein Fuß war ein wenig nach innen geneigt. Mich nervte diese Behinderung. Er war nicht nur der Kleine, er war auch noch der Behinderte. Alles wurde für ihn erledigt, Brote geschmiert, Schuhe gebunden, Spielzeug zusammengebaut. Ich dagegen musste alles alleine machen. Bei mir war es selbstverständlich, dass ich alles gebacken bekam.

Aber keiner lachte so wie der kleine Matthias. So plötzlich. Wie ein Silvesterknaller, der explodierte. Und wehe, jemand spottete über ihn oder wollte ihn benachteiligen, dann fühlte ich mich sofort verantwortlich und beschützte ihn. Einmal, als seine Mitschüler sich beim Fußballspielen über ihn lustig machten, fragte er mich, ob ich nicht einmal mit ihm zusammen gegen die spielen könnte, um es ihnen zu zeigen. Und ich gab mir die größte Mühe, die Kerle vom Platz zu fegen. Wir wohnten damals noch alle zusammen in München. Im Sommer fuhr ich mal mit ihm in einem Schlauchboot die Isar hinunter und zeigte ihm, wie man paddelt. Ich versprach ihm, ich würde eine Kreuzotter fangen, doch dann sahen wir gar keine. Dafür ging ich am nächsten Tag in den Museumsladen vom Deutschen Museum und kaufte ihm eine aus Plastik.

Matthias konnte sich stundenlang mit sich selbst beschäftigen. Darum beneidete ich ihn. Er lag flach auf dem Boden, den gelähmten Arm abgewinkelt unter seinem Körper, der intakte Arm bewegte ein Spielzeug auf dem Boden hin und her. Und seine Augen verfolgten es. Ich habe mich schon damals gefragt, was er dann sah. Was in seinem Kopf vor sich ging. Er hatte dabei einen sehr ernsten Gesichtsausdruck, den ich später, als er erwachsen wurde, auch immer wieder bemerkte. Später, als sein plötzliches Lachen seltener geworden war, als immer deutlicher wurde, dass etwas Dunkles in ihm war. Etwas, das er mit niemandem teilen konnte. Mit fünfzehn kam er das erste Mal für drei Monate in eine Klinik. Zwei weitere Klinikaufenthalte folgten. Die Ärzte sprachen zunächst von einer Adoleszenzkrise, später von Depressionen. Ich weiß noch, wie ich ihn dort besuchte, im Bezirkskrankenhaus Haar, Station für Jugendliche. Ich weiß noch, wie er in einem dämmrigen Zimmer auf dem Bett saß. Die Lampe auf dem Nachtkästchen beleuchtete das *Paris-Hilton*-Poster, das er aufgehängt hatte. Auf dem Nachtkästchen lagen noch die Bananen, die meine Mutter mitgebracht hatte. Und er erzählte von einem Telefonat mit unserem Vater, der sich um seine verfahrene Schulsituation kümmerte. Unsere Eltern lebten zu diesem Zeitpunkt schon getrennt.

In den letzten Monaten, in denen er am Leben war, hatte ich eigentlich das Gefühl gehabt, dass es ihm verhältnismäßig gut ging. Er war bei unserer Mutter ausgezogen und wohnte wie ich in Berlin, in einer Studenten-WG. Er war auf dem Weg zum Abitur: Außerdem fing er an, Gedichte zu schreiben. Er zeigte sie mir einmal und fragte mich, was ich von ihnen hielt. Nervös war er da und ich auch, ich hatte Angst, dass ich sie schlecht finden würde und ihm das sagen müsste. Aber seine Gedichte waren gut. Er nahm sogar an Berliner Poetry-Slams teil. Einmal machte er den dritten Platz. Er erzählte mir, dass man ihn immer auf die Bühne hinaufheben musste, weil er alleine nicht hochkam.

Matthias hat sich mit Schlaftabletten das Leben genommen. Er hat, bevor er ins Bett ging, dreißig Rohypnol geschluckt. Einer seiner Mitbewohner hat ihn am Nachmittag des folgenden Tages gefunden. Der Anruf meiner Mutter erreichte mich, als ich gerade mit zwei Freunden im Café saß und Backgammon spielte. Ich hatte nie vorher Backgammon gespielt, und ich werde mit Sicherheit nie mehr in meinem Leben Backgammon spielen.

Matthias wurde in München beerdigt. Föhnwetter, blauer Himmel. Frühere Mitschüler ließen den Song *Dream on* von *Depeche Mode* laufen. Meine Mutter und mein Vater schliefen zum ersten Mal seit Jahren wieder zusammen in einer Wohnung. Ich hatte meinen Vater noch nie so hilflos gesehen. Ihn, den ich in Gerichtssälen leidenschaftlich argumentieren gehört hatte. Den *Master and Commander*, der auch in scheinbar ausweglosen Situationen Zuversicht verbreitete. Der so überzeugend sein konnte. Und der doch meinen Bruder nicht hatte überzeugen können, dass es besser war zu leben als zu sterben.

In diesen Tagen hatte ich mehrmals das Telefon in der Hand, um Tanja anzurufen und unsere Reise abzusagen. Was mich davon abhielt, waren die Marmelade-Brötchen am Frühstückstisch meiner Mutter, das Aufhängen meiner Wäsche, die Busse, die auf der Straße fuhren, ein Kinoplakat, die Nachrichten im Fernsehen. Die furchtbare Gewissheit, dass alles weitergeht. Auch für mich weitergehen musste. Und die Vorstellung, alleine in Berlin zu sitzen, machte mir Angst.

8

Während der Zug langsam aus dem Bahnhof rollte, kam Tanja wieder auf den Filmpreis zu sprechen und betonte, wie stolz sie auf mich sei. Nachher steckte sie mir ihre Zunge in den Mund. Sie kletterte förmlich auf meinen Sitz rüber. Nach kurzer Zeit hatte ich genug. Ich drückte sie sanft von mir weg. Und mit roten Flecken im Gesicht und leicht durcheinandergeratenen Haaren fing sie an, von dem so genannten *Viertel* in Bremen zu erzählen, in das sie immer ging und wo sich so viel abspielte; wo es unfassbare Bars und Clubs gab und haufenweise coole, junge Leute. »Wenn du mich mal besuchen kommst, müssen wir unbedingt da hingehen«, sagte sie. Während sie redete, versuchte sie, ihr Spiegelbild in der Fensterscheibe auszumachen und ihre Haare zu richten. »Scheiße, man sieht es nicht richtig. Ist meine Frisur okay?«

Draußen rasten große, fabrikähnliche Gebäude vorbei.

Dann fing sie an, über meinen Roman zu reden. Sie hätte ihn jetzt endlich gelesen. Aber sie könne sich, um die Wahrheit zu sagen, nicht wirklich damit anfreunden. Diese ganzen philosophischen Gedanken übers Leben, über Menschen, über Beziehungen, und dann dieser wilde Sex. Das passe einfach nicht zusammen. »Was hat Philosophie mit Sex zu tun?«, wollte sie wissen.

»Bitte nicht schon wieder dieses Thema!«, sagte ich.

»Was soll das heißen?«, schnaubte sie. »Ich will, dass du mich ernst nimmst, wenn ich mit dir rede!«

»Ich nehme dich ernst.« Es herrschte Schweigen. Sie blickte mich an. Dann sagte sie: »Er hat mir jedenfalls nicht sonderlich gefallen. Das ist alles. Er war gut geschrieben und so, man merkt, dass viel Potenzial in dir steckt. Aber diese Geschichte ist dir einfach danebengegangen. Basta.«

»Ja«, antwortete ich. »Wenn du meinst. Ich ...«

»Aber meine Freundin«, unterbrach sie, »Sonja, mit der ich auch ab und zu ins *Viertel* gehe, die sagt, es wäre ihr absolutes Lieblingsbuch. Die war total aus dem Häuschen, als ich ihr erzählte, dass ich dich kenne.«

»Das freut mich.«

Wieder Schweigen. Ich blickte aus dem Fenster. Vorbeirasendes Grün.

»Tim?«

»Ja.«

»Wie willst du heiraten?«

»Was?«

»Wie willst du heiraten?«

»Wieso willst du das wissen?«

»Einfach so.«

»Ich weiß nicht, ob ich heiraten will.«

»Aber wenn ...«

»Ach, keine Ahnung. Weißt du etwa schon, wie du heiraten willst?«

»Nicht genau. Aber es muss auf jeden Fall auf einem Berg sein, das weiß ich schon. Ganz oben auf einem hohen Berg. Oder noch besser: auf einer Klippe. Und ich weiß, dass wir dann Blutsbrüderschaft schließen werden. Mein Mann und ich. Zuerst schneidet er mir in den Finger und dann ich ihm.«

»Muss das sein?«

»Ja.«

»Warum?«

»Alte, schöne Symbolik. Er bezeugt durch sein Blut, dass er immer für mich da sein wird.«

»Du spinnst! Und was, wenn er nicht will?«

»Er muss wollen.« Und dann begann sie leise zu singen. Wohl eines ihrer Pfadfinderlieder:

If you miss the train I'm on, you will know that I am gone … Lord I'm one, Lord I'm two, Lord I'm three, Lord I'm four, Lord I'm five hundred miles away from home. I'm five hundred miles from my home.

9

Als wir in Helsingborg eintrafen, war es halb acht. Es war kühler geworden. Wir verließen den Bahnhof auf der Suche nach einem Bus, der uns zu einer Jugendherberge bringen sollte. Während wir damit beschäftigt waren, die Bushaltestelle zu finden, bemerkte Tanja, dass sie ihre zwei Reiseführer im Zug hatte liegen lassen. Also rasten wir zurück zum Gleis, die Rucksäcke schaukelten auf unseren Rücken wild hin und her. Wir hatten Glück. Der Zug war noch da. Und die Bücher hatte auch noch niemand mitgenommen. »Oh, das wäre aber ein riesiger Verlust gewesen! Für uns hätte es finster ausgesehen!«, sagte ich.

»Mach dich nicht über meine Bücher lustig!«, lachte sie. »Du hast keine Ahnung, wie wichtig die sind!«

»Doch, doch, deshalb hatte ich ja so große Angst.«

»Du blöder Hund!«

Die Suche nach dem Bus ging weiter. Wir liefen um den Bahnhof herum, suchten nach Informationen in Schaukästen, ohne Erfolg. Wir fragten drei Passanten, die uns allesamt nichts sagen konnten. Die Rucksackgurte schnitten heftig in meine Schultern. »Das ist ein schöner Bus, den du da 'rausgesucht hast«, sagte ich. »Bist du sicher, dass er nicht nur in deiner Phantasie abfährt? Oder vielleicht hast du's auch verwechselt. Und er fährt nur durch dieses *Viertel* in Bremen.«

»Blöder Hund!«

Wir beschlossen schließlich, ein Taxi zu nehmen. Wir saßen auf der Rückbank. Die Taxifahrerin hatte das Radio laufen. Oldie-Sender. Es kam *Waterloo Sunset* von den *Kinks* und *Alabama Song* von *The Doors*. In meiner Familie war solche Musik immer hochgehalten worden. Mit Ausnahme von Matthias. Der hatte am liebsten Dark Wave gehört. Das Taxi fuhr direkt am Meer entlang. Ich kurbelte das Fenster ein Stück weit herunter, und der Wind kühlte mir den Kopf. Ich streckte meine Hand aus dem Fenster und begann, irgendeinen Schwachsinn vor mich hin zu sagen, was mir eben gerade einfiel: »… haben Sie das nie gehört, Frau Schmid? Dass der Himmel keine Günstlinge kennt? Das müssen Sie doch gehört haben! Tun Sie nicht so!«

»Was redest du da?«, wollte Tanja wissen. Ich fuhr einfach fort: »Sie sind doch auch unterwegs zu den kleinen, leuchtenden Lichtern, Frau Schmid, das können Sie nicht leugnen. Wir alle sind das. Ich habe Sie außerdem gesehen. Und auch Ihre Tochter Lavinia. Schön sah sie aus. Wirklich, das muss gesagt sein. So zierlich. Ich flog dicht über ihr. Und von oben, ich sag's Ihnen, da hat sie noch viel schöner ausgesehen als sonst. Ihr goldenes Haar flatterte. Sie und Ihre Tochter werden schon noch erfahren, was man über den Himmel so weiß. Die kleinen, leuchtenden Lichter sind nicht mehr weit … Grüßen Sie Lavinia!«

»Aus was für einem Film war *das* denn?«, fragte Tanja.

»Aus keinem. Ich hab' einfach ein bisschen Blödsinn verzapft.«

Sie lachte. »Lavinia! Du hast 'nen Knall!« Und dann sangen wir lautstark beim *Alabama Song* mit. *»Oh, don't ask why! Oh, don't ask why, I tell you we must die. I tell you, I tell you, I tell you we must die!«*

Das Taxi fuhr in einen dunkelgrünen Wald hinein. Irgendwo in diesem Wald befand sich die Jugendherberge, ein einstöckiger grauer Bau aus Stein, mit Efeu überwachsen. Vor dem Eingang war Kies aufgeschüttet, ein grauer, alter Hund mit traurigen Augen lag da und döste. Wir liefen um die Herberge herum auf eine Art Hinterhof, um irgendjemanden zu finden. Der Hund folgte uns. Hinter einem kleinen Fenster, das einen Sprung hatte, sah man eine Küche, in der ein paar Leute gerade dabei waren zu kochen. Ich klopfte vorsichtig ans Fenster. Ein ungefähr 30-jähriger Kerl mit Kurzhaarschnitt, der ein ähnlich verschlafenes Gesicht hatte wie der Hund, öffnete es. Man war nicht gerade erfreut, uns zu sehen. Der Mann wurde von den anderen mit bösen Blicken bedacht, als er sagte, eigentlich sei die Herberge geschlossen, aber zur Not wäre schon noch ein Schlafplatz zu haben. Tanja sagte sofort »No, thanks«.

Hinter diesem zersprungenen Fenster war auch ein unwahrscheinlich hübsches Mädchen. Ein junges Ding, vielleicht vierzehn oder fünfzehn, mit ganz glatten, langen, blonden Haaren, einem Muttermal auf der rechten Wange, weichen, schimmernden Lippen und zwei schiefen Vorderzähnen. Ihre Augen waren strahlend blau. Vielleicht konnte ich das auf die Entfernung auch gar nicht genau erkennen. Aber ein Freund hatte mal zu mir gesagt, ich hätte einen Frauenzoomblick. Jedenfalls stand das Mädchen da und schnitt Karotten. Sie trug ein rosafarbenes Polohemd und einen kurzen, weißen Faltenrock, als käme sie gerade vom Tennisspielen. Als sie mich mit einem Blick streifte, knickten mir fast die Beine weg. Ich spürte, wie ein Gefühl von Verzweiflung mehr und mehr meinen Brustkorb zuschnürte. Tanja sagte etwas zu mir.

»Wie bitte?«, fragte ich.

»Ich würde vorschlagen, wir übernachten einfach im Zelt. Hier irgendwo, im Wald. Einverstanden?«

»Geht das denn?«

»Ja, sicher.«

Sie fragte in das Fenster hinein, ob sie sich noch etwas Wasser holen dürfe.

Der Mann nickte und streckte den Zeigefinger aus. Auf dem Hinterhof, neben dem Traktor, befand sich ein Wasserhahn.

Ich marschierte hinter Tanja her. Wir folgten einem schmalen Pfad immer tiefer in den Wald. Am Anfang hatte man noch Autos gehört. Dann irgendwann nur noch das typische Zirpen und die Pfiffe der Vögel, leises Holzklopfen und Knacken. Den Wind in Blättern. Es war kalt geworden. Mich fröstelte. Der Rucksack ging mir tierisch auf die Nerven. Über die Aussicht, die heutige Nacht im Zelt zu verbringen, freute ich mich auch nicht gerade. Ein Zweig, den ich wegschob und zu früh wieder losließ, knallte mir ins Gesicht. Als wolle der Baum, zu dem er gehörte, sagen: *Reiß dich gefälligst zusammen, du Schlappschwanz!*

»Ja, ja!«, brabbelte ich und ging brav weiter. Tanja lief, eine voll gefüllte Kanne mit Wasser schleppend, weit voraus, als kenne sie den Weg.

Und tatsächlich: Kurz darauf gelangten wir auf eine freie, kleine, hügelige Rasenfläche, die für uns wie geschaffen schien. Über uns ein herrliches Stück blauer Himmel, wie extra für uns beide herausgeschnitten.

»Und? Gefällt's dir?«

Sie stellte die Wasserkanne auf den Boden.

»Du bist großartig«, entgegnete ich.

»Das will ich meinen.«

Ich umarmte sie.

Wir begannen sofort damit, das Zelt aufzubauen. Ich stellte mich jedoch derart ungeschickt an, dass sie sagte: »Setz dich hin! Wenn ich es alleine mache, geht es viel schneller!« Also setzte ich mich im Schneidersitz auf den Boden zwischen einhundertdreiundachtzigtausend Mücken und schrieb etwas in mein Notizbuch. Während Tanja weiter das Zelt aufbaute, musterte sie mich von Zeit zu Zeit.

»Tim?«

»Ja?« Ich sah von meinem Notizbuch auf. Mindestens die Hälfte der einhundertdreiundachtzigtausend Mücken hatte mich schon gestochen.

»Weißt du, ich wollte dir sagen, du solltest einen Roman schreiben über die Probleme von jungen Leuten heutzutage. In dem sie sich wirklich wiederfinden können. So was fehlt. Das bräuchten sie.«

»Lustig«, entgegnete ich, »ich dachte, dass ich etwas Ähnliches schon getan hätte.«

»Nein, hast du eben nicht. *Wo wohnt Gott?* zu fragen und dann von geilen Mösen und Fotzen zu schreiben, das setzt sich ziemlich halbherzig mit diesem Thema auseinander. Natürlich finden das auch viele toll. Aber ich spreche von etwas, das die meisten wirklich berührt. Sie sollen spüren können, dass das, was in diesem Buch steht, wahr ist. Sie sollen sich verstanden fühlen. Vielleicht wäre ihnen dadurch schon etwas geholfen.«

»Super, jetzt, wo du es mir erklärt hast, kann ich gleich anfangen.«

»Worum geht es denn in dem Roman, an dem du gerade schreibst?«

»Können wir nicht über etwas anderes reden? Bitte!«

Als das Zelt stand, kochte sie auf einem Gaskocher eine Suppe. Grillen zirpten im Gras. Der Dampf der Suppe schlängelte sich in den Abendhimmel. Sie hockte vor dem

Topf, rührte mit einem Löffel darin herum und sah ab und an zu mir herüber, während ich weiterschrieb. Und in ihren Augen leuchtete nun so etwas Liebevolles, so gänzlich Wohlwollendes, als wäre ich gerade dabei, ein Geschenk für sie zu basteln. In diesem Moment tat es mir Leid, wie ich zu ihr war. Dass ich nicht mehr darauf gab, sie glücklich zu sehen. Beim Essen fragte sie: »Welcher Ort auf der Erde zieht dich gerade am meisten an?« Ich überlegte. »Ich denke, heute Abend würde ich mich auf Amsterdam festlegen.«

»Warum?«

»Ich weiß nicht, ob das wahr ist, aber ich habe gehört, dass in Amsterdam viele Leute aus den verschiedensten Gründen stranden. Dass das immer schon so war. Ich denke, Amsterdam ist eine Stadt für Leute, die nicht wissen, wohin. Jeder Ort der Erde, egal welcher, ist auch immer ein Hafen für Verlorene. Aber im Gegensatz zu anderen Städten gibt sich Amsterdam nicht viel Mühe, so zu tun, als wäre das nicht der Fall. Und da ich nicht weiß, wie lange man das alles durchhalten kann, wie lange ich selbst Dinge verbergen kann, interessiert mich dieser Ort. Ich bin auch schon mal dort gewesen und habe mich gut gefühlt. Und wenn alle Stricke reißen, werde ich wohl endgültig da hingehen.« Ich lächelte sie an, nachdem ich meine kleine Rede beendet hatte. Sie lächelte nicht zurück. Es war, als schaue sie in sich hinein. Ein paar Sekunden vergingen. Ich löffelte meine Suppe, schlürfte dann den Rest aus meiner Plastikschale. Plötzlich schien sie alles um sich herum wieder wahrzunehmen. Träge hob sie den Topf in die Höhe. »Möchtest du noch was?«

»Nein, danke.«

Sie klatschte in die Luft. »Scheiß Mücken!«

»Und dich?«, fragte ich. »Welcher Ort zieht dich besonders an?«

»Es gibt keinen bestimmten Ort«, antwortete sie nach kurzem Zögern. »Auf jeden Fall möchte ich irgendwohin, wo es ruhig ist. Friedlich. Ich habe das Tönen der Städte satt. Den ganzen Wirrwarr. Ich hätte wirklich nichts dagegen, länger an einem Ort zu sein, der so ist wie dieser hier. In einer solchen Jugendherberge wie dort vorne zu übernachten, das könnte ich mir vorstellen. Mit anderen Leuten vielleicht. Oder alleine. Wenn ich's mir genau überlege, dann wäre das eigentlich am schönsten. Spazieren gehen, nachdenken. Stille.«

»Kein *Viertel* mehr?«, fragte ich.

Sie blickte auf den Boden.

»Nein, um ehrlich zu sein habe ich die Schnauze voll von so was.«

Die Nacht hatte inzwischen die Rasenfläche und den Wald ringsherum vollkommen in Besitz genommen. Sterne funkelten an unserem Himmelsstück.

Tanja breitete im Licht einer Taschenlampe eine Matte vor dem Zelt aus. Ich setzte mich. Sie setzte sich vor mich, zwischen meine Beine, und legte ihren Kopf auf meinen Bauch. Ich schlang meine Arme um sie. »Stört es dich, wenn ich kurz die Taschenlampe ausmache?«, wollte sie wissen.

»Nein.« Wir saßen eine Weile so da, in der Finsternis. Zuerst kam es mir so vor, als ob es ungeheuer still wäre. Aber je mehr ich mich konzentrierte, desto deutlicher vernahm ich eine Vielzahl anderer Geräusche. Es raschelte und flüsterte im Gras, es summte und knackte. Ein Vogel sang. Es war ganz und gar nicht still.

Später legte ich mich neben sie, schaltete die Taschenlampe wieder ein und las ihr eine Kurzgeschichte von Paul Bowles vor. *Der Skorpion.* Sofort schwirrten unzählige Mücken im Licht.

»Ich höre dir so gern zu«, sagte sie. »Von mir aus könntest du die ganze Nacht vorlesen.« Während des Lesens schaute ich ab und an auf die Uhr. Um Punkt zwölf legte ich das Buch beiseite. Ich küsste sie auf die Stirn, flüsterte: »Alles Gute zum Geburtstag!«

Wir stiegen ins Zelt. Dort überreichte ich ihr mein Geschenk: ein ledernes Halsband, an dem eine seltene Muschel befestigt war. Außerdem gab ich ihr noch eine Karte. Auf der Vorderseite war ein dunkelhäutiger Mann mit Sonnenbrille abgebildet, der ein riesiges Cello unterm Arm an einer verschmierten, gelben Häuserwand entlangtrug. Auf die Rückseite hatte ich den Text von Bob Dylans *Forever Young* geschrieben, *May God bless and keep you always* etc., und darunter: *Ich bin froh, dass ich dich kennen gelernt habe. Ich freue mich, mit dir auf eine Reise zu gehen. Dein Tim.*

»VIELEN, VIELEN Dank!«

Sie öffnete einen Brief, den ihre Eltern ihr mitgegeben hatten. »Das ist typisch für meine Mutter! Die schreibt sogar in meinem Geburtstagsbrief, dass ich wegen eines Praktikums da und dort anrufen soll. Mann, geht mir das auf die Nerven!« Dann machte sie noch einen Brief von ihrem Bruder auf. »Ha ha«, lachte sie. »Er schreibt: *Du feierst lieber mit unbekannten Männern als mit deiner Familie! Unverschämtheit!* Schau! Er hat eine Zeichnung von mir angefertigt. Sieht gemein aus, was?«

Wir legten uns hin. Ich fühlte mich wie gefangen in diesem Schlafsack. Ein Mückenstich an meinem Hals juckte besonders. Es dauerte lange, bis ich einschlafen konnte.

Im Traum hörte ich ein Schluchzen und erwachte davon. Das Schluchzen war immer noch da. Ich brauchte einige Zeit, bis ich kapierte, was los war. Tanja weinte heftig. Sie wiederholte unentwegt: »Bitte, bitte, bitte Gott! Bitte!« Ich hatte keine Ahnung, was ich tun sollte. Ich langte zu ihr hinüber. Ihr Körper zitterte. Sie lag mit dem Rücken zu mir.

»He«, fragte ich, »was ist los?« Sie antwortete nicht. Sie sagte nur weiterhin: »Bitte! Bitte!«

»Was ist denn los, Tanja?«, fragte ich nochmals. Ich rutschte ganz dicht an sie heran. Küsste ihr den Hinterkopf. Streichelte ihr Haar.

»Hat es etwas mit mir zu tun? Habe ich etwas falsch gemacht?«

Sie reagierte nicht. Sie weinte immer lauter. Irgendwann waren ihre Worte nicht mehr zu verstehen. Sie erstickten im Weinen. Ich rutschte wieder ein wenig weg von ihr. Auf dem Rücken liegend starrte ich nach oben. Je länger ich so lag und ihrem Schluchzen lauschte, umso größer wurden die Sorgen, die ich mir um sie machte, aber auch meine Verärgerung. Ich dachte: Mann! Ich habe mich auf ein paar nette Tage mit einem süßen Mädchen gefreut! Mit allem, was so dazugehört: Lachen! Spaß haben! Vögeln! Und was ich auf keinen Fall gebrauchen kann, ist eine Tragödie. Es gab genug Tragödien in meinem Leben. Und jetzt liegt die schon in der zweiten Nacht des Urlaubs da und heult!

Ich strich ihr erneut mit der Hand über den Rücken und flüsterte, da mir nichts anderes einfiel: »Es wird bald vorbeigehen. Sicher. Es geht vorbei.« Das half ein wenig. Nach einiger Zeit beruhigte sie sich und zitterte nicht mehr.

»Tim«, sagte sie. Ihre Stimme war belegt.

»Ja?«

»Amsterdam.«

Es war das Letzte, was sie sagte, bevor sie einschlief.

Als ich endlich auch wieder einschlief, träumte ich von dem Mädchen, das Karotten schnitt.

Lavinia, flüsterte ich. *Meine Lavinia!*

10

Wie bei fast allen anderen Schriftstellern gab es, denke ich, nur einen einzigen Grund dafür, warum ich anfing zu schreiben: die Mädchen. Als ich dreizehn Jahre alt war, hatte ich mich in ein Mädchen aus meiner Klasse verliebt, das Maria hieß. Sie hatte schulterlanges, braunes, lockiges Haar und blaue Augen. Sie war hübsch und begeisterte sich für alles Geistreiche. Sie war im Gegensatz zu mir verdammt gut in der Schule und erzählte allen, dass sie jeden Tag Zeitung lesen würde. Sie meldete sich vor Beginn des Unterrichts und sagte: »Frau Schäfer, ich habe heute in der Zeitung gelesen, dass … Können Sie uns etwas dazu sagen?« Wenn wir in Deutsch irgendeine Lektüre durchnahmen, sagte sie schon am ersten Tag: »Ich hab' das Buch schon gelesen. Es ist langweilig.« Jahre später, als ich meinen Roman veröffentlicht hatte, traf ich Maria zufällig in München. Wir gingen einen Kaffee trinken. Sie war noch immer genauso. Aber da ging mir ihr intellektuelles Gerede dermaßen auf den Geist, dass ich mich fragte, wie ich jemals in so eine blöde Amsel verliebt gewesen sein konnte. Ich beschloss, dass sie auch gar nicht mehr so hübsch aussah wie damals. Aber als 13-Jähriger war ich sehr in sie verliebt.

In der Schule gab es eine Aula, in der Schulaufführungen stattfanden. Wo die Eltern eingeladen wurden und Schüler irgendetwas auf der Bühne vorführten. Musizierten, schauspielerten, sangen oder auch Geschichten vorlasen. Einmal bekam ich nach einer solchen Veranstaltung mit, dass Maria und ihre Freundin Inga von einem Schüler aus der Neunten schwärmten, der eine von ihm selbst verfasste Geschichte vorgetragen hatte. »Wie schön er sie vorgelesen hat!«, rief Maria, und ihre Augen leuchteten. Und mein Entschluss stand fest: Bis zur nächsten Schulaufführung wollte ich eine Geschichte schreiben, die ihre Augen noch tausendmal mehr zum Leuchten bringen sollte. Sie sollten sich während meines Vortrags mit aller Kraft am Stuhl festkrallen müssen, um nicht ohnmächtig zu werden. Und so setzte ich mich hin und versuchte zu schreiben. Für Maria gab ich mir extra viel Mühe, besonders geistreich zu sein. Aber sosehr ich mich auch bemühte, es kam einfach nichts Geistreiches dabei heraus. Es spritzte nur immer das Blut. Monster rissen irgendwelchen Leuten die Eingeweide heraus. Und es wurde wie wild gevögelt. Auch die Monster schienen hauptsächlich darauf aus zu sein zu vögeln. Ein paar Tage lang heulte ich, weil ich einfach nichts Gescheites aufs Papier brachte. Doch dann kam ein entscheidender Umschwung. Zu dieser Zeit begann ich auch damit, mir Musikvideos im Fernsehen anzusehen. Deutscher Hiphop war gerade angesagt. Und die Hiphopper sangen alle hauptsächlich vom Vögeln. Und in ihren Videos waren immer unglaublich hübsche Frauen zu sehen, die an den Texten gar keinen Anstoß zu nehmen schienen, sondern einfach nur begeistert tanzten. Und während ich mir diese Videos ansah, dachte ich: Vielleicht funktioniert das mit meinem Text auch so. Dann bin ich eben kein geistreicher Schriftsteller. Aber immerhin ein Schriftsteller. Das muss genügen. Und ich setzte mich hin und schrieb die schweinischste und brutalste Geschichte, die ich mir nur vorstellen konnte. Und ich las sie bei der Schulveranstaltung vor. Tosender Beifall der Schüler. Meine Eltern waren nie auf solchen Schulveranstaltungen mit dabei. Aber Matthias war da. Auch ihm gefiel die Geschichte. Und Maria? Nun ja, das Mädchen, das mich nach meiner ersten Aulalesung irgendwann bei der Hand nahm, neben einen Getränkeautomaten in eine Ecke drückte und mich abknutschte, war dann nicht Maria. Sondern Inga.

Nach und nach entwickelte ich größere Leidenschaft für das Schreiben. Und ich begann auch viel intensiver zu lesen. Mein erster richtiger Held unter den Autoren war Stephen King. Bei dem kamen immerhin auch Monster vor. Und nebenbei bemerkt steuerte er auch einiges zu meiner sexuellen Aufklärung bei. Dann kam Charles Bukowski. Es gab heftigen Aufruhr in meiner Seele bei der Szene in seinem Roman *Ham and Rye*, als der Ich-Erzähler Henry Chinaski draußen vor dem Fenster steht, während drinnen der Abiturball stattfindet und seine Klassenkameraden feiern, aber er traut sich nicht reinzugehen, wegen seines vernarbten Gesichts. Das hat mich fertig gemacht. Im Übrigen bemerkte ich, als ich Bukowski las, dass ich doch noch nicht richtig aufgeklärt war. Im Laufe meiner Reise in die Literatur, die natürlich noch immer andauert, stürzte ich mich voller Begeisterung in die Welten von Capote, Mann, Nabokov, Bulgakow, Salinger, Twain und unzähligen anderen. Im Alter von dreizehn bis fünfzehn steigerte ich meine Begeisterung immer weiter. Nicht nur, was das Lesen, sondern nach und nach auch, was das Schreiben betraf. Ich schrieb in jeder freien Minute. Ich ging immer seltener irgendwohin, traf mich immer seltener mit Menschen. Ich verbrachte fast die ganze Zeit in meinem Zimmer. Einmal hatte ich richtigen Ärger mit Inga, die zu so etwas wie meiner ersten Freundin geworden war. Sie schrie:

»Du willst immer nur hier rumhocken! Nie machst du was mit mir!«

»Inga, ich hocke hier nicht rum! Ich schreibe.«

»Trotzdem hockst du rum!«

Sie entfernte sich schließlich von mir. Viele taten das. Ich las meine Geschichten bei vier weiteren Schulveranstaltungen in der Aula vor. Und immer am letzten Tag vor den Ferien, wenn sich die Klasse etwas aussuchen durfte und alle sich wünschten, ich solle vorlesen. Gegen Ende meines vierzehnten Lebensjahres schickte ich eine meiner Geschichten zum *Neo*, einer Jugendzeitung, die einmal pro Monat in München und Umgebung erschien. Und eines Abends klingelte das Telefon. Meine Mutter sagte: »Tim, es ist für dich!« Eine Redakteurin des Jugendmagazins war dran. Sie sagte, ihnen hätte die Geschichte gefallen und sie würden sie drucken. Ich war vollkommen außer Rand und Band. Ich rannte schreiend in der Wohnung herum. Ich packte meinen Bruder und trug ihn auf meinen Schultern durch die Gegend.

Im Laufe eines halben Jahres veröffentlichte dieses Magazin dann immer wieder Artikel von mir. Die Monster, über die ich schrieb, waren inzwischen Monster, die einem in der Seele hockten. Meine Artikel handelten von Schwierigkeiten, Leiden, Hoffnungen und Träumen eines jungen Menschen. Und eines Abends klingelte wieder das Telefon. Diesmal war eine Frau Dreßler vom Feder-Verlag am Apparat. Sie sagte, ihr würden meine Artikel gefallen. Sie fragte mich, ob ich mir vorstellen könne, einen Roman zu verfassen. Ich konnte meine Stimme kaum beherrschen. Ich brüllte ins Telefon: »Sie wissen aber schon, dass ich erst fünfzehn bin!«

»Das ist doch schön für Sie!«, entgegnete sie. »Und? Können Sie sich's vorstellen?«

Das geschah kurz bevor ich nach Arco ging. Und so war es

keine Frage, von was mein Buch handeln würde. Ich schrieb über einen jungen Mann, der aufgrund eines Schüleraustauschs in dem kleinen italienischen Städtchen Arco landet, und über seinen Alltag dort, die Menschen, die seinen Weg kreuzen, die ganzen aufregenden oder seltsamen Situationen, in die er gerät und die er irgendwie meistern muss. Der Roman hieß *Die Spielkameradin,* weil der Ich-Erzähler sich im Laufe der Geschichte immer wieder an seine Spielkameradin Lillemor erinnert, die er als kleiner Junge hatte, und in die er auch sehr verliebt gewesen war. Und er möchte sie wiederfinden. Und irgendwann macht er sich tatsächlich auf, sie zu suchen. Der Roman erschien, als ich sechzehn Jahre alt war. Ich schmiss die Schule. Wovon meine Eltern natürlich nicht sonderlich begeistert waren. Aber das war mir einerlei. Von dem Zeitpunkt an war ich Autor. Mein Roman war ein großer Erfolg, obwohl er sehr kontrovers diskutiert wurde. In der *Frankfurter Allgemeinen Zeitung* erschien ein Artikel, der mit *Das Kind* überschrieben war. Untertitel: *Wie ein Schriftsteller gemacht wird.* Darin stand, dass das Buch erstens wahnsinnig schlecht und zweitens wahrscheinlich gar nicht von dem jungen Kerl selbst geschrieben worden war. Bei meiner ersten Lesung, die ich in einer großen Buchhandlung in Köln hielt, trug ich ein T-Shirt mit der Aufschrift *Das Kind.*

In der Folgezeit reiste ich dann fast ununterbrochen herum, zu Lesungen oder Interviews. Das Buch erschien auch in vielen anderen Ländern, und ich wurde zur Veröffentlichung in diverse internationale Städte eingeladen.

Anstatt vor Mathe zu sitzen und es nicht zu kapieren, hatte ich teilweise sieben Interviews und drei Fotoshootings an einem einzigen Tag.

Tokio: Ich schlief in meinem Hotelzimmer mit einem Mädchen, das ich kaum verstand, weil es sehr schlecht Englisch sprach. Während wir bei der Sache waren, sagte sie immer: »My father will kill you. He will kill everybody that comes close to me.« Ich sagte: »Yes, but your father is not here!«

Ich ging mit Söhnen und Töchtern von Verlagsmitarbeitern Karaoke singen. In einer Nacht erlebte ich einen Taifun. Den die Leute, die ich dort kennen gelernt hatte, zwar nicht besonders schlimm fanden, wie sie mir am nächsten Morgen erzählten. Aber der 21. Stock, auf dem sich mein Hotelzimmer befand, schwankte ganz schön heftig hin und her. Und das war nicht die Nacht, in der das Mädchen bei mir war. Na ja, wenn ich es genau bedenke: Vielleicht war ihr Vater ein Regenmacher.

Helsinki: Dort erlebte ich ebenfalls einen Taifun. Allerdings einen ganz anderer Art: Ich wurde von einer 30-jährigen dicken Reporterin quasi vergewaltigt. Sie hatte spät in der Nacht an meine Hotelzimmertür geklopft. Sie schlug ihre langen Fingernägel in meinen Rücken, bis es blutete. Schrie immer: »Honey! Hoonney!« Und irgendwann schrie sie: »Hooney, you're bleeding!« Aber bald wurde klar, dass es sich nicht um meines, sondern um *ihr* Blut handelte. Ein dunkelroter Schwall strömte heraus und verklebte mir den Bauch. Aber das hinderte sie nicht daran, einfach weiterzumachen. Ihr Name war Swetälenääna oder so ähnlich.

New York: wo ich zwei Monate bei einem jungen, dänischen Künstler in Chelsea wohnte, der nackte Mädchen mit Engelsflügeln malte. Ab und an kam eines dieser Mädchen zum

Modellstehen. Ansonsten spielte ich mit ihm oft die ganze Nacht hindurch Videospiele auf einem Bildschirm so groß wie eine Kinoleinwand. Ich redete vor Studenten der NYU über kreatives Schreiben, die allesamt älter waren als ich. Ich machte zusammen mit einem jungen, schwulen Verlagsmitarbeiter eine Lesereise durch New York, Providence und Boston, der mir immer wieder sagte: »Your book is so terrible! It's a shame that our publishing house publishes such a thing! I can write a much better novel.« Ich fragte: »Why don't you do it?« Er antwortete: »First, I have to earn money.«

Kopenhagen: wo ich beim Abschied am Flughafen vor der Lektorin, die dort für mich zuständig gewesen war, tierisch zu heulen anfing. Sie schüttelte, sie anflehte, sie solle doch mit mir in das Flugzeug steigen. Ich könne das alles allein nicht mehr ertragen. Sie sagte nein.

Während meinen Reisen vermisste ich mit kindlicher Sehnsucht meine Familie.

Matthias, wie geht's dir?

Papa, bitte ruf mich an!

Warum mussten sich meine Eltern trennen?

Gleichzeitig jedoch fand ich alles auch wahnsinnig aufregend. Und es gab Momente, in denen ich mich außerordentlich frei fühlte.

Zum Beispiel, als ich am Flughafen JFK in New York ankam, oder als ich in einem Hotelzimmer in Bangkok am Fenster stand und auf eine fremde, leuchtende Stadt hinabblickte.

Die Welt steht mir offen!

Und: *Ich lerne meinesgleichen kennen!*

Überall Künstler, Lektoren, Verleger, Schriftsteller. Man sprach über Kunst.

Das ist Kunst!

Die Menschen brauchen Kunst!

Wir schaffen welche!

Was? Du kennst Velvet Underground nicht? Schande über dich!

Letztlich kam es zu dem Punkt, an dem ich nur noch sehr wenig Zeit in München verbrachte, selbst wenn ich keine Termine hatte. Weil ich es nicht mehr aushielt. Zu klein war mir diese Welt mit der Mutter, die Wäsche aufhängt, und dem traurigen Bruder. Wenn mich niemand irgendwohin einlud, trat ich sofort privat eine Reise an.

Die Monate verstrichen, und irgendwann begannen die Leute mir überall die gleiche Frage zu stellen:

Was schreiben Sie denn als Nächstes?

In einer Chaosaktion zog ich nach Berlin und irrte umher, Nachtleben. Glitzernde Sterne auf T-Shirts. Tanzen. Kotzen. Viel kotzen.

Matthias, wie geht's dir?

Ich komm' dich bald besuchen. Bestimmt. Die Schauspielerin? Ja, die habe ich kennen gelernt. Da kann ich dir sicher eins mitbringen. Bestimmt. Schlaf schön, Matthias. Ich hab' dich lieb. Ich denk' an dich.

Von dieser ganzen Zeit blieb mir kein einziger Mensch. Nicht einmal die dicke Reporterin aus Helsinki. Und das Schlimmste von allem:

Ich hatte aufgehört zu schreiben.

11

Als ich erwachte, lag Tanja eng an mich geschmiegt. Sie hatte die Augen geöffnet. Der Tag war ins Zelt gesickert. Draußen zwitscherten die Vögel.

Ich hob meinen Kopf ein wenig und sah ihr ins Gesicht. Suchte in ihren Augen nach etwas, das von ihrer qualvollen Nacht erzählte. Aber ich fand nichts. Im Gegenteil. Ihre Lippen umspielte ein Lächeln.

»Na, du Langschläfer!«, sagte sie. »Wie geht's?« Sie rollte sich auf mich. Wir knutschten herum. Ich hatte einen ziemlich ekelhaften Geschmack im Mund, und aus ihrem kam mir auch nur Fäulnis entgegen. Bald verging mir die Lust am Küssen. Mein Körper schmerzte. Besonders die Ellbogen taten mir weh. So schnell wie möglich wollte ich aus diesem Schlafsack heraus. Beim Verlassen des Zeltes stolperte ich über eine gespannte Zeltleine und fiel hin. Tanja hatte gerade den Kopf ins Freie gestreckt. Sie brach in Gelächter aus. »Mach dir nichts draus!«, sagte sie, nachdem sie sich wieder beruhigt hatte. »Das passiert sogar gestandenen Pfadfindern.«

Die ganze Rasenfläche war von Sonnenlicht überflutet. Bienen summten. Schmetterlinge flatterten. Das Grün des Grases und der Bäume am Rande der Rasenfläche leuchtete.

Wir frühstückten. Es gab Tee und zerkrümelten Zitronenkuchen. Tanja schaufelte immer wieder Krümel auf einen Esslöffel und fütterte mich damit. Das schien ihr Freude zu bereiten. Sie grinste. Sie grinste viel an diesem Morgen. Ein paar Mal nahm ich mir vor, sie zu fragen, was in der Nacht los gewesen war. Aber der Friede, der uns bei unserem Frühstück umgab, die Gemütlichkeit, die wärmenden Sonnenstrahlen, das alles hinderte mich daran. Tanja holte ihren *iPod*, und wir hörten uns gemeinsam, jeder hatte einen Stöpsel im Ohr, Lieder von Nick Drake an. Sie bestand darauf, mehrere Male hintereinander *Northern Sky* zu hören.

Während sie das Zelt abbaute, summte sie leise vor sich hin. Sie hatte eine bessere Gesichtsfarbe als am Tag zuvor. Ich überlegte, ob es ihr heute Morgen tatsächlich besser ging oder sie mir etwas vorspielte. Vielleicht schämte sie sich.

Als wir später an einer Haltestelle standen und auf den Bus nach Helsingborg warteten, fragte Tanja: »Was wird wohl aus uns beiden werden? Etwas Ernstes?« Das sollte wahrscheinlich etwas scherzhaft klingen, als hätte sie die Frage gestellt, ohne großartig darüber nachzudenken. Aber ich merkte, dass mehr dahintersteckte. Ich beteuerte, dass ich es nicht wüsste und mir auch keine Gedanken darüber machen wolle. Sie meinte, bei ihr wäre das genauso. »Wir genießen einfach die Zeit, die wir zusammen haben«, sagte sie.

Gegenüber der Bushaltestelle war ein Plakat aufgestellt. Es zeigte eine gigantische Birne. Sie war sehr realistisch fotografiert. Man konnte die Poren der Schale sehen. Und am Hals der Birne hing ein Wassertropfen. Der Hintergrund war blau. Wie der Himmel auf einem Magritte-Gemälde. Ich weiß das deshalb noch so genau, weil ich mich bei ihren Worten so unwohl fühlte. Ich starrte auf die Birne und dachte, ich müsste etwas sagen. Auf der ganzen Reise hatte ich das Gefühl, ich muss etwas zurechtrücken. Etwas ausdrücken. Aber ich wusste nicht, was. Auf dem Werbeplakat über der Birne stand ein Satz auf Schwedisch, den ich nicht verstand. Das Logo unten rechts sah irgendwie so aus wie das von einer Bank. Und so stand ich da, sagte nichts und dachte stattdessen über einen Werber nach, der die geniale Idee hatte, für eine Bank mit einer Birne zu werben.

Kaum waren wir am Bahnhof von Helsingborg angelangt, ging es wieder zu McDonald's. Wir setzten uns in den zweiten Stock an einen Tisch am Fenster, durch das wir in die Bahnhofshalle blicken konnten, die ziemlich leer war.

Während wir unsere Royals mit Käse aßen, fragte ich sie:

»Welches Gefühl hast du, wenn du an deinen Aufenthalt in Ruanda denkst?«

»Keine Ahnung«, entgegnete sie. »Das kann man nicht mit Worten ausdrücken.«

»Versuch's doch mal!«

Sie ließ ihren Blick zum Fenster hinausschweifen, sog an ihrem Strohhalm. Dann sagte sie: »Vor allen Dingen habe ich ein trauriges Gefühl.«

»Weshalb?«

Sie blickte mich an. »Traurig, weil du all die tollen Menschen, denen du dort begegnet bist, nicht mehr um dich hast. Traurig, weil du weißt, dass es ihnen so schlecht geht. Und traurig, weil man, vom ersten Tag an, an dem man wieder hier ist, anfängt, Dinge von dort zu vergessen. Und bald läuft alles wieder nach dem alten Muster ab. Und du findest Dinge schlimm, die in Wirklichkeit kein bisschen schlimm sind.« Sie hielt kurz inne. »Verstehst du, was ich meine?«

Ich nickte.

Und Tanja erzählte von dem kleinen Francis, der es kaum aushielt, wenn man ihn am Bauch kitzelte, weil er dort am kitzeligsten war. Francis war sehr in Tanja verliebt. Sie sagte: »Er erzählte mir einmal, dass er sich jeden Abend vor dem Schlafengehen fest vorstellte, dass er am nächsten Morgen ganz woanders aufwachen würde. An einem vollkommen anderen Ort. Er meinte, wenn er es sich nur fest genug vorstellte, würde es auch eintreffen.« Aber das traf nie ein. Im Gegenteil. Eines Morgens, als Francis erwachte, war es Tanja, die fort war.

12

Im Zug nach Göteborg las ich Tanja noch eine Geschichte von Paul Bowles vor. Als wir zweieinhalb Stunden später in Göteborg ankamen, herrschte enormer Trubel am Bahnhof. Und ich hatte zum ersten Mal, seit wir in Schweden waren, das Gefühl, in einer richtigen Stadt zu sein.

Die beiden Frauen, die in der Touristeninformation saßen, warfen gerade mit einem Papierflieger herum, als wir zu ihnen hereintraten. Sie verschafften uns ohne größere Mühe ein Zimmer im *Hotel Royal*, das, so sagten sie, in der Nähe des Bahnhofs lag. Wir machten uns sofort auf den Weg. Mein Kopf glühte, mein Gesicht fühlte sich schwitzig und aufgeschwemmt an. Mir kam es so vor, als würden meine Augen jeden Moment aus den Höhlen platzen.

»Vorsicht!«, schrie Tanja. Beinahe wäre ich von einem Auto überfahren worden. Schnell hüpfte ich zu ihr auf den Bürgersteig zurück. Sie hatte sich inzwischen einen Strohhut aufgesetzt und schien noch immer sehr fröhlich zu sein. Mir fiel wieder ein, dass sie ja heute Geburtstag hatte, und ich begann sofort *Birthday* vom *White Album* der Beatles zu singen und dazu Luftgitarre zu spielen. Sie lachte.

Das *Hotel Royal* war ein nicht allzu großes, altes, weißes Haus. Mit einer kleinen, sehr schlicht und geschmackvoll eingerichteten Empfangshalle. Als wir in unser Zimmer kamen, warfen wir uns aufs Bett. Tanja drehte vollkommen auf. Sie hatte einen Lachanfall nach dem anderen. Sie lachte, bis ihr die Tränen kamen. Ich wollte es jetzt augenblicklich mit ihr treiben. Gleichzeitig wurde mir jedoch auch irgendwie mulmig bei dem Gedanken. Schließlich lag ich auf Tanja drauf, hielt sie an beiden Händen fest und starrte in ihr Gesicht. Die Tränen liefen ihr über die Wangen. Sie zappelte, versuchte ihre Hände zu befreien. Kurz leuchtete in mir ein Bild von der vergangenen Nacht auf, in dem dunklen Zelt, und ich hörte ihre verzweifelte Stimme: *Bitte! Bitte!*

In diesem Moment zappelte und strampelte sie unter mir so arg, dass ich von ihr herunterpurzelte und aus dem Bett fiel.

»Juhuu! Ich habe mich befreit!«, schrie sie.

»Das denkst du«, sagte ich und hüpfte ins Bett zurück, auf sie drauf, schlüpfte mit meinem Kopf unter ihr T-Shirt. Darunter trug sie einen schwarzen BH. Ich küsste ihr den Bauch und wanderte weiter hinauf zu ihren Brüsten.

»Du leierst mein T-Shirt aus!«

»Dann zieh's doch aus!« Ich schlüpfte wieder darunter hervor. Sie zog sich das T-Shirt über den Kopf.

»Und das auch!« Ich nickte mit meinem Kinn in Richtung ihres BHs. Sie sah mich einen Augenblick herausfordernd an, dann lächelte sie und griff hinter sich, um den BH auszuhaken.

Sie hatte wirklich unglaublich hübsche Brüste. Es waren die schönsten Brüste, die ich je gesehen hatte. Rund, wohlgeformt, die Höfe erhaben. Ich legte mich erneut auf sie. Ich saugte an ihren Nippeln. Ich hatte einen mordsmäßigen Steifen. Trotzdem konnte ich mich einfach nicht überwinden, weiterzumachen, sie weiter auszuziehen und so. Keine Ahnung, warum. Ich lag unglaublich erschöpft bewegungslos auf ihr, bis Tanja sagte: »Ich habe Hunger! Du auch?«

»Ja.« Ich brachte meine Lippen kaum auseinander.

»Sollen wir einfach irgendwo gemütlich was essen gehen?«

Im Spiegel des Hotelaufzugs sah ich wie ein Zombie aus. Vollkommen zerzaustes Haar, gerötete Augen, verquollenes Gesicht. In der Empfangshalle roch es leicht nach Rosen.

Als wir auf der Suche nach einem Restaurant durch die Göteborger Innenstadt liefen, kamen wir an einem kleinen Spielzeuggeschäft vorbei. Das Schaufenster war voller japanischer Anime-Figuren. Und ich hatte plötzlich das Bild vor mir, wie Matthias und ich während eines Familienurlaubs in einem Spielzeuggeschäft in Verona stehen. Gemeinsam mit unserem Vater, der versprochen hat, jeder von uns beiden dürfe sich etwas aussuchen. Da war ich vielleicht elf. Und Matthias war neun. Ich suchte mir ein *Batman*-Spiel für den Nintendo *Game Boy* aus, und Matthias entschied sich für einen Modell-Ferrari, Maßstab 1:18. Einen Tag später heulte er, weil er auch lieber ein *Game-Boy*-Spiel gehabt hätte. Mein Vater sagte: »Du hast dir aber jetzt schon was ausgesucht. Basta.« Und ich machte: »Ätsch.« Der Gedanke daran, dass ich das getan hatte, machte mich nun schier wahnsinnig.

Die Kellnerin brachte für mich einen Teller mit Eiernudeln, Gemüse und Hühnerfleisch. Tanja bekam Entenbrust mit Cashewkernen. Wir prosteten uns mit unseren Rotweingläsern zu.

»Hier in Göteborg«, sagte ich, »wohnt ein Schriftsteller, den ich kenne. Lars Carstenson. Ist dir der Name zufällig ein Begriff?«

»Nein, leider nicht.«

»Er hat ein sehr berühmtes Buch geschrieben, *Die Wunden*. Carstenson ist noch nicht so alt. Um die vierzig, würde ich sagen. Die deutschen Ausgaben seiner Bücher erscheinen alle beim Feder-Verlag, wo auch mein Buch veröffentlicht wurde. Vor einem Jahr habe ich ihn auf der Frankfurter Buchmesse kennen gelernt. Wir haben uns kurz unterhalten. Er schien mir ganz nett zu sein. Er hat mir seine Telefonnummer gegeben und gesagt: ›Wenn du mal in Göteborg bist, dann melde dich.‹ Und jetzt wollte ich dich fragen, ob es für dich okay ist, wenn ich den morgen vielleicht treffe. Also, wenn wir morgen zwischenzeitlich einmal getrennte Wege gehen. Ich weiß gar nicht, ob ich ihn überhaupt erreiche. Ob die Telefonnummer noch stimmt.«

»Klar kannst du ihn treffen«, meinte sie. »Keine Sorge, ich werde mich schon zu beschäftigen wissen.«

Sie schenkte sich aus der Karaffe Rotwein nach.

Zurück im Hotelzimmer zogen wir uns aus, legten uns hin. Tanja schmiegte sich an mich und begann mir mit flatterndem Atem einen runterzuholen. Ihre Hand umklammerte meinen Schwanz viel zu fest. Aber es war trotzdem schön. Das Schönste war, dass sie mir dabei ihre Brüste zum Küssen darbot. Als es mir kam, spürte ich, wie das Sperma in alle Richtungen schoss. Ein paar Tropfen landeten sogar auf meinem Hals. In den Sekunden, nachdem ich gekommen war, fühlte ich mich noch immer einigermaßen gut. Das war normalerweise nicht der Fall. Normalerweise fand ich das Geschehene rückwirkend immer gleich ziemlich widerlich. Ich streichelte ihr über die Wange und sagte, dass das wunderbar gewesen sei. Dann schlief ich ein.

Irgendwann wachte ich auf, weil sie mich anstupste.

»Tim«, sagte sie. Ihre Stimme klang wieder so, als hätte sie geweint.

»Ja?«, sagte ich vollkommen verpennt.

»Ich möchte dich um was bitten.« Sie sprach flüsternd. »Kannst du etwas für mich tun? Egal, wie du zu mir stehst, kannst du mir versprechen, dass du's tun wirst? Tust du's für mich? Bitte!«

»Was soll das heißen: *wie ich zu dir stehe*?«, sagte ich, noch mit geschlossenen Augen. »Natürlich tu ich's für dich. Was denn?«

»Kannst du dein Kissen nehmen und es mir fest ins Gesicht drücken, bis ich keine Luft mehr kriege? Und wenn ich zapple, dann musst du noch fester drücken. Aber nicht so wie heute, als ich dich aus dem Bett geschmissen habe. Sondern richtig fest. So, dass ich mich nicht mehr wehren kann. So, dass ich tot bin.« Sie schluchzte.

»Mein Gott, Tanja!«, sagte ich. Ich streckte meine Hand nach ihr aus. »Komm! Komm her!«

Sie legte ihren Kopf auf meinen Bauch. Ich streichelte ihr das Haar. »Was ist nur los? Was ist nur mit dir los?«

Wir lagen in der Dunkelheit, und draußen kreischten die Möwen.

13

Der holzverkleidete Frühstücksraum des Hotels war sehr klein. Als wir ihn gegen 9:30 Uhr betraten, befanden sich schon viele Menschen darin. Wir mussten warten, ehe wir einen Platz bekamen, und dann gab es fast nichts mehr zu essen. Aber das war egal. Ich hatte keinen Hunger, Tanja auch nicht. Es gab Kaffee, das war das Wichtigste. Ein schöner, schlanker Kellner mit dunkler Haut und grazilen Fingern schenkte uns nach. Später legte Tanja sich sofort wieder ins Bett. Sie sah verdammt müde aus. Bleich. Ihre Augen wirkten so, als wollten sie rein gar nichts mehr aufnehmen. Ich setzte mich zu ihr ans Bett. »Ist es wirklich in Ordnung für dich«, fragte ich, »wenn ich jetzt diesen Carstenson anrufe?«

»Es ist in Ordnung. Mach schon!«

Ich wusste nicht, ob ich reinen Gewissens zu diesem Treffen gehen konnte, doch ich freute mich sehr auf die Begegnung mit Lars Carstenson. Mir gefiel sein Roman *Die Wunden* sehr. Es war das einzige Buch, das ich von ihm gelesen hatte. Darin ging es um einen großen Feuerwehreinsatz in Stockholm, der für mehrere Personen tragisch endet. Erzählt wird das Ganze aus unterschiedlichen Perspektiven. Meine Lieblingsstelle war die Erinnerung eines Feuerwehrmanns an seine Kindheit. Er war bei seinem Onkel aufgewachsen. Für den war es immer das Wichtigste gewesen, tiefen, innigen Respekt vor allem zu empfinden, was ist. Insbesondere vor der Natur. Er versuchte, das auch seinem Neffen zu vermitteln. Und so nahm er ihn immer mit auf Reisen und Wanderungen durch die Natur, obwohl der Junge gar nicht wollte. Er wäre viel lieber in die Stadt gefahren. Aber er ging doch jedes Mal aufs Neue mit. Auch noch, als er fast schon erwachsen war. Er konnte nicht anders. Er hatte seinen Onkel einfach zu gern. Diesen bescheidenen, dankbaren Menschen. Später merkt der Feuerwehrmann dann, dass er von seinem Onkel gelernt hatte, das Feuer zu respektieren und zu lieben. Das hatte mir sehr gut gefallen.

Ich hatte den Roman auf diese Reise leider nicht mitgenommen. Das ärgerte mich jetzt. Ich beschloss, noch schnell irgendwo ein Exemplar zu kaufen, bevor ich Carstenson in der Hotellobby traf. Damit er es mir signieren konnte. Ich hatte bereits signierte Exemplare von einigen Büchern, die mir viel bedeuteten.

Tanja wollte mich zum Bücherkauf in die Innenstadt begleiten und dann gleich dort bleiben und ein wenig herumlaufen. Dass sie kreidebleich war und ihre Augen Unruhe ausstrahlten, änderte nichts daran, dass sie heute ausgesprochen hübsch aussah. Sie trug einen kurzen, grünkarierten Schottenrock. Und ein weißes Hemd, dessen Ärmel sie hochgekrempelt hatte. Ihre Haare leuchteten in der Sonne. Wir machten eine Buchhandlung ausfindig, in der es auch deutschsprachige Ausgaben gab. *Die Wunden* hatten sie leider nicht vorrätig. Dafür gab es eine gebundene, siebenhundert Seiten starke Ausgabe von einem anderen Lars-Carstenson-Roman, *Sei nicht in Angst*. Ich kaufte ihn. Dann musste ich mich beeilen, um rechtzeitig ins Hotel zurückzukommen.

14

»Ah, da sitzt er!«, sagte Lars Carstenson, als er die Empfangshalle des *Hotels Royal* betrat. Er war sehr pünktlich. Ich saß auf einem der Ledersessel. Seinen Roman hatte ich auf dem Schoß liegen. Schnellen Schrittes trat er an meinen Sessel heran.

Mir fiel auf, dass er erheblich dicker geworden war, seit ich ihn das letzte Mal gesehen hatte. Unter dem weißen Hemd wölbte sich ein stattlicher Bauch. Den Kragen des Hemdes hatte er geöffnet. Das Jackett hing über seinem rechten Arm. Carstenson war kein großer Mann, ungefähr einen Kopf kleiner als ich. Er hatte ein blasses Gesicht, auf seiner breiten Stirn glänzte Schweiß. Sein blondes, krauses Haar war viel länger als an jenem Tag auf der Buchmesse. Wache blaue Augen funkelten mich durch ovale Brillengläser hindurch an.

»So sieht man sich also wieder!«, sagte er mit ziemlich krächzender Stimme und diesem typischen, etwas spitzen skandinavischen Akzent.

»Guten Tag, Herr Carstenson«, entgegnete ich, erhob mich und schüttelte ihm die Hand. »Es freut mich, Sie wiederzusehen. Ich hoffe, dass ich Sie mit dieser Aktion nicht überfalle. Ich …«

»Ach was, überfallen!«, unterbrach er mich. Er warf das Jackett über seinen linken Arm. »Ich hab doch gesagt, du sollst dich melden, wenn du hier bist. Und da ich schon einmal Zeit habe ... übrigens, nenn' mich ruhig Lars! Hast du schon was gegessen?«

»Nein.«

»Gut«, entgegnete er. »Ich würde vorschlagen, dass wir jetzt zuerst eine Kleinigkeit zu uns nehmen. Aber nicht zu viel! Joan, meine Frau, möchte später für uns kochen. Und sie hasst es, wenn man sich satt an den Tisch setzt. Drum würde ich meinen, dass wir lieber gleich was essen gehen.«

»O.K.«

»Ich kenne ein sehr schönes Café hier in der Gegend«, fuhr er fort. »Bequem zu Fuß zu erreichen. Da bin ich öfters. Die haben mehrere leckere kleine, warme Mahlzeiten. Am Nachmittag habe ich noch einen Termin. Aber der dauert nicht lang. Wenn du willst, kannst du so lange in unserer Wohnung bleiben. Meine Frau und meine Tochter werden dir gerne Gesellschaft leisten. Was hältst du davon?«

»Klingt hervorragend«, meinte ich.

Wir verließen das Hotel und liefen geradeaus die Straße hinunter.

Mir kam ein Aufsatz von einem Gehirnforscher in den Sinn. Darin stand, dass sich unser Gehirn ständig verändert, in jeder Sekunde – sogar physisch. Nach einem Gespräch zum Beispiel ist es anders als vorher. Unser Gehirn kann nur eines nicht: sich *nicht* verändern. Und ich spielte mit dem Gedanken, die Reise einfach alleine fortzusetzen, nicht mehr zu Tanja zurückzukommen. Das war ein reizvoller Gedanke. Wenn ich das getan hätte, wie anders wäre ich heute? Wie anders wäre sie?

Es war ein weiterer heißer Sommertag. Der Himmel war wolkenlos. Unzählige, beschwingt dreinlaufende Leute waren unterwegs. Die meisten hatten Sonnenbrillen auf. Wir kamen an einer Gruppe Jugendlicher vorbei, alles Jungs im Alter von fünfzehn bis siebzehn. Einer hatte einen Fotoapparat dabei, der in einem altmodischen Futteral mit langen Lederbändern steckte. Er schleuderte das Futteral mit dem Fotoapparat wie einen Kreisel durch die Luft. Auf einmal glitten ihm die Bänder aus der Hand, und der Fotoapparat landete weit oben auf einem Dachvorsprung. Ich stellte mir vor, wie er im obersten Stockwerk klingelte, um schließlich zu stottern: *Entschuldigen Sie, mein Fotoapparat liegt auf Ihrem Dach!*

»So«, sagte Carstenson, während wir gingen. »Du trägst also meinen Roman mit dir herum.«

»Ja«, antwortete ich. »Wenn Sie ... wenn *du* nichts dagegen hast, dann könntest du mir eine Widmung reinschreiben.«

»Das mache ich gerne. Später. Gefällt er dir denn?«

»Ich habe ihn leider noch nicht gelesen.«

»Ach.«

Seine spitzen Halbschuhe klackten auf dem Asphalt, beinahe wie Damenschuhe.

»Aber ich bin ein großer Fan von *Die Wunden*«, sagte ich. »Kompliment. Ein tolles Buch. Dieses hier werde ich auch so schnell wie möglich lesen.«

»Das solltest du.«

»Ist es so wie *Die Wunden*?«

»Es ist besser.«

»Echt?«

»Ja, es ist richtig gut. Ich habe auch um einiges länger daran gearbeitet.« Wir bogen nach rechts ab. Carstenson fuhr fort: »Es ist natürlich schwieriger zu lesen. Aber es sind ein paar Stellen drin, ich sag dir, die sind mir gut gelungen. Überzeug dich selbst!«

»Das werde ich. War der Roman denn erfolgreich?«

»In Schweden ist es mein mit Abstand populärstes Buch«, meinte er. »Nach seinem Erscheinen war ich hierzulande ein richtiger Star. Klar, man kannte mich auch schon vorher. *Die Wunden* war ein weltweiter Erfolg. Aber meine Popularität wurde nach dem Buch, das du gerade mit dir herumträgst, noch einmal richtig gesteigert. Es hat viel damit zu tun, dass es sehr auf Schweden bezogen ist. Es fängt schwedische Befindlichkeiten ein. Aber natürlich werden auch Leute, die nicht aus Schweden kommen, Dinge daran spannend finden. Ich meine, sonst gäbe es wohl kaum eine deutsche Übersetzung, nicht wahr?«

Das Café hieß *Café Hanson*. Es hatte zwei Stockwerke. Eine Wendeltreppe führte vom Parterre nach oben. Von unten aus konnte man die Leute im ersten Stock sitzen sehen. Das Café hatte große Fenster zur Straße. Es war sehr hell. Wir setzten uns an einen der Tische. Auf dem Tisch stand ein kleiner Blumenstrauß. Die Kellnerin kam und brachte uns die Speisekarte. Carstenson übersetzte alles für mich.

Ich entschied mich für *Köttbullar*, Fleischbällchen mit Kartoffelpüree und Preiselbeerkompott. Er wollte gebeizten Lachs haben. Dazu bestellten wir Bier. Er zündete sich eine Zigarette an. Dann fragte er:

»Was sieht euer Plan eigentlich vor? Welche Orte wollt ihr noch abklappern? Reist ihr durch ganz Europa?«

»Nein«, sagte ich. »Nur durch Schweden und Norwegen.«

»Wie seid ihr gerade auf diese Länder gekommen?«

»Keine Ahnung. Tanja, das Mädchen, mit dem ich unterwegs bin, wollte es so.«

»Wie lange seid ihr unterwegs?«

»Vierzehn Tage.«

»Wie viele Tage habt ihr schon hinter euch?«

»Das müsste unser vierter sein, glaube ich. Bisher waren wir nur in Schweden: Trelleborg, Malmö, Helsingborg, Göteborg.«

»Wo geht's morgen hin?«

»Wissen wir noch nicht so genau.«

Er hielt seine Zigarette wie einen Stift und zeichnete damit etwas in den Aschenbecher.

»Ist das nur Urlaub für dich, oder arbeitest du auch?«

»Was?«

»Ich meine, schreibst du auch? Oder recherchierst du?«

»Nein, das ist nur Urlaub für mich.«

»Aber du arbeitest an deinem zweiten Roman?«

»Ja.«

»Und? Wie weit bist du?«

»Knapp über die Hälfte, würde ich sagen.«

»Hast du vom Verlag aus noch genügend Zeit?«

»Schon noch ein bisschen, denke ich.«

»Das muss wirklich schwierig für dich sein. Man steht unter enormem Druck nach so einem Erfolg.«

»Ja.«

Er drückte die Zigarette aus.

»Weißt du, bei mir war es genau dieselbe Situation«, sagte er schließlich. »Darum habe ich dich in Frankfurt auch angesprochen. Weil mir das alles so bekannt vorkam. Ich dachte mir: O je, der arme Kerl! Ich dachte, ich könnte dir vielleicht ein paar Tipps geben. Ich war neunzehn, als ich meinen ersten Roman *Schneemusik* veröffentlichte. Nicht ganz so jung wie du. Aber immerhin. Es war auch eine Geschichte über die Jugend. Ganz ähnlich wie dein Buch. Auf jeden Fall war es ein großer Erfolg, und ich fand mich in diversen Talkshows wieder. Ehe ich mich versah, stand mein Name für die neue schwedische Literatur. Alle waren immens gespannt darauf, was ich als Nächstes schreiben würde. Der Verlag drängte, ich solle so schnell wie möglich den Nachfolger abliefern. Und da habe ich mir auch Sorgen gemacht, ob mir das wohl gelingen würde. Aber letztendlich habe ich auf mich vertraut. Ich wusste, dass ich es draufhatte. Ganz egal, was die anderen sagten. Ich wusste, dass ich sogar in der Lage war, mich von Buch zu Buch zu steigern. Und so kam es dann auch. Das Schreiben ging mir immer leichter von der Hand. Die Bücher wurden immer überzeugender. *Schneemusik* war für seine Zeit schon recht gut, aber dann erschien *Die Wunden*, und *Sei nicht in Angst* ist jetzt mein mit Abstand bestes Buch geworden. Was ich damit sagen will, ist Folgendes: Verschwende keinen Gedanken daran, dass dein nächstes Buch möglicherweise schlechter wird als der Vorgänger! Sondern vertraue darauf, dass du dich steigern kannst! Lass dich nicht verwirren von den Verlagsleuten, den Agenten, Journalisten oder wem auch sonst! Verlasse dich auf dich selbst! Und dein schreiberisches Können! Nichts überstürzen! Erfahrungen sammeln! Augen offen halten! Viel lesen! Langsam voranschreiten! Und nach und nach immer ein wenig besser werden. Und ehrlich: Ich habe bei dir ein gutes Gefühl.«

»Danke.«

Ein junger, bärtiger Mann trat zu uns an den Tisch. Er sagte etwas auf Schwedisch zu Carstenson und reichte ihm einen kleinen Zettel und einen Stift. Carstenson schrieb etwas auf den Zettel und reichte ihn dem Mann zurück. Dieser nickte freundlich und setzte sich wieder an einen der Tische in unserer unmittelbaren Nähe, wo noch drei andere

Leute saßen, zwei Männer und eine Frau, die ihn aufgeregt empfingen.

Carstensons blaue Augen hefteten sich wieder auf mich: »Siehst du! Ich sagte dir ja, dass ich hier ziemlich bekannt bin!«

Ich suchte in seinen Augen verzweifelt nach der warmen Flamme, die diesem Feuerwehrmann und dem Onkel Leben eingehaucht hatte.

Während des Essens erzählte er mir, dass er momentan an der Biographie der 21-jährigen schwedischen Rocksängerin *Helena* arbeitete.

»Du wirst es vielleicht verwunderlich finden«, meinte er, »dass ein Literat an so einer Sache arbeitet. Aber ich kann dir sagen, das ist wirklich eine sehr interessante und herausfordernde Aufgabe.« Er erzählte, dass *Helena* in Schweden zu den mit Abstand populärsten Figuren zähle. Besonders für junge Leute. Ihr letzter Song *Can't wait* sei jetzt sogar in den USA unter die Top 20 geklettert. Ursprünglich käme sie aus Göteborg. Nun sei sie jedoch in der ganzen Welt zu Hause.

»Und als sie vor einem halben Jahr bekanntgab«, sagte er, »dass sie gerne eine Biographie über sich schreiben lassen würde, meldeten sich sofort ein Dutzend Autoren, die diese Aufgabe gerne übernommen hätten. Es waren auch äußerst angesehene darunter. Aber sie wünschte sich mich als Verfasser ihrer Biographie. Weil *Die Wunden* ihr Lieblingsbuch ist. Ich habe mich besonders deshalb darüber gefreut, weil es ganz klar zeigt, dass meine Bücher auch für jüngere Leute interessant sind. Und mit Helenas Biographie möchte ich auch vor allem jüngere Leser ansprechen.« Er steckte sich eine Gabel voll mit Lachs in den Mund.

»Und jetzt treffe ich sie immer und führe Gespräche mit ihr«, fuhr er kauend fort. »Es ist schwierig, sie hat wenig

Zeit. Meistens muss ich in andere Städte reisen, um mit ihr zu sprechen. Letzten Monat zum Beispiel bin ich extra nach London gereist. Und dann sagte sie kurzfristig ab, weil sie nach Deutschland musste. Ab und an ist sie aber auch in Göteborg. Jetzt zum Beispiel. Mein Termin später, das ist ein Termin mit *Helena*. Sie ist so ein reizendes, kluges, nettes Ding. Sehr bescheiden. Und sehr, sehr hübsch. Ehrlich gesagt, ist sie vielleicht das hübscheste Mädchen, das mir je über den Weg gelaufen ist. Ihr Großvater stammt aus Südafrika. Du musst hier unbedingt mal ein paar Zeitschriften durchblättern, ob du ein Foto von ihr entdeckst. Aber wir sind ja später sowieso bei mir zu Hause. Dort kann ich dir auch eins zeigen. Du wirst begeistert sein!«

»Schreibt sie ihre Lieder selbst?«, wollte ich wissen.

»Natürlich.« Er hielt kurz inne. Dann neigte er seinen Kopf etwas zu mir und flüsterte: »Sie hat sogar eine Kurzgeschichte geschrieben, die in die Biographie aufgenommen wird. Das ist eigentlich noch geheim. Aber dir kann ich es ja sagen. Sie ist gar nicht so schlecht. *Helena* hat ein Gespür für Sprache. Und es kommen zwei junge Männer darin vor, die reale Vorbilder haben. Die Presse wird sich darauf stürzen!«

15

Wir mussten eine ganze Weile laufen, ehe wir Carstensons Auto erreichten.

Es stand in einer schmalen, stillen, menschenleeren Straße. Es war das einzige Auto, das dort stand. Carstenson hatte es mit einer Plane abgedeckt. Darunter versteckte sich ein schwarzes Cabriolet. Ein Alfa Romeo Duetto. Ein altes Modell aus den sechziger Jahren. Das Dach war geöffnet. Er rollte die Plane zusammen und warf sie in den Kofferraum. Wir hockten uns in den Wagen. Carstenson setzte sich hinters Steuer. Er tauschte seine Brille gegen eine Sonnenbrille aus. Dann startete er den Motor. Wir fuhren die schmale Straße hinunter.

»Tim«, sagte er, »ist das Mädchen, mit dem du unterwegs bist, deine feste Freundin?«

»Nicht wirklich«, antwortete ich. Das Auto bog rechts in eine größere, relativ befahrene Straße ein.

»Dir ist ja sicherlich aufgefallen«, meinte er, »wie viel Erfolg man als Schriftsteller bei Frauen hat. Ich sag' dir: Nütze das ruhig ein bisschen aus! Lass dich nicht sofort festnageln. Nicht gleich Kinder kriegen und so weiter! Du wirst dich eingeengt fühlen. Ich spreche aus Erfahrung.«

Der Wagen kam vor einer roten Ampel zum Stehen.

»Sie ist also nicht deine große Liebe«, sagte Carstenson.

»Nein«, sagte ich.

»Warum wollte sie dich nicht zu unserem Treffen begleiten?«, löcherte er mich weiter.

»Ich wollte nicht, dass sie mitkommt.«

Einen Augenblick lang schwiegen wir. Dann sagte er: »Stell dir einfach mal vor, wie viele Frauen jetzt unfassbar scharf auf uns beide wären. Zwei junge, gut aussehende, wilde Schriftsteller. Noch dazu in einem solch coolen Wagen!« Carstenson wandte mir sein Sonnenbrillengesicht zu, grinste breit und ließ den Motor aufheulen. Die Ampel sprang auf Grün. Der Alfa Romeo raste los. Carstenson fuhr wahnsinnig schnell. Hupte, überholte. Der Wind blies uns um die Ohren. Er brüllte: »In wie vielen Ländern ist dein Buch eigentlich erschienen? Es waren auch ganz schön viele, oder?«

»Zweiunddreißig.«

»Zweiunddreißig sogar! Verdammt, du hast mich um zwei Länder geschlagen!«

Das Göteborger Schifffahrtsmuseum hatte drei Abteilungen. Im Erdgeschoss befand sich ein riesiges Aquarium mit großen Fischen, Hummern und Aalen, im ersten Stock ging es um vierhundert Jahre schwedische Seefahrtsgeschichte, im zweiten um die Entwicklung des Göteborger Hafens. Carstenson gab mir, während wir durch das Museum schritten, über jede Kleinigkeit Auskunft. Er redete ununterbrochen. Die Schifffahrt war sein Spezialgebiet. Er erzählte mir, dass er früher, als er noch ein Junge gewesen war und in Stockholm bei seiner Mutter lebte, immerzu in seinem Zimmer gehockt und sich mit Segelschiffen beschäftigt habe. Er besaß haufenweise Bücher über Segelschiffe. Er las über sie, malte sie, baute Schiffsmodelle zusammen. Das sei lange Zeit so gegangen. Und er hätte sich fast nie mit Freunden getroffen. Die Segelschiffe waren seine Freunde. Und als er das erzählte, hörte ich zum ersten Mal die Stimme des Feuerwehrmannes aus seinem Roman, den ich so gern hatte.

Nach ungefähr anderthalb Stunden saßen wir wieder in seinem Alfa.

16

Kaum hatte Carstenson die Tür zu seiner Wohnung aufgesperrt, sauste ein kleines Mädchen mit ganz dunkler Haut auf uns zu. Es rief etwas, das sich sehr nach *Papa! Papa!* anhörte. Es umschlang Carstensons Knie. Das Mädchen hatte ein hellrotes Kleid an und war barfuß. Es hatte dickes, schwarzes Haar, zu Zöpfen rechts und links zusammengeflochten. Sein Kopf reichte gerade bis zu Carstensons Bauchansatz. Es blickte zu mir herüber, ließ dann von ihrem Vater ab und umarmte *meine* Knie. Carstenson sagte etwas auf Schwedisch. Ich verstand meinen Namen. Das Mädchen legte den Kopf in den Nacken und schaute in mein Gesicht. Es grinste und ließ enorm weiße Zähne sehen.

»Darf ich dir vorstellen«, sagte er. »Das ist meine fünfjährige Tochter Jill!«

Ich lächelte zu ihr hinunter. Und wahrscheinlich dachte sie sich: Mann, hat der gelbe Zähne!

»Sie spricht leider kein Deutsch«, fuhr er fort. »Aber sie wird daran arbeiten. Vielleicht, wenn du das nächste Mal kommst, hat sie schon Fortschritte gemacht. Englisch jedenfalls spricht sie. Aber nicht besonders gern. Ain't that right, Jill? You don't love to speak English, do you?«

Das Mädchen hielt sich an meinen Beinen fest und hängte sich ganz weit nach hinten. Entgegnete jedoch nichts.

»You don't love English, do you?«, wiederholte Carstenson.

»NO«, rief es dann laut. »NO. NO.«

Es ließ von mir ab, sauste davon und verschwand hinter der ersten Tür auf der rechten Seite des Ganges.

»Wir gehen am besten in die Küche«, meinte er. »Da treffen wir dann bestimmt das zweite Mädchen.«

Der Gang war sehr lang und dunkel. Die Wände waren hoch. Dunkler Parkettboden. Ein altmodischer Spiegel mit Goldrahmen und links und rechts davon ein paar Garderobenhaken. Ein strenger, herber Geruch von Räucherwerk hing in der Luft. Einige Türen gingen auf beiden Seiten ab. Durch jene Tür, durch die auch das Mädchen gesaust war, betraten wir die Küche. Am Küchentisch saß eine wunderschöne Frau. Ich war hin und weg. Sie war ungemein schmal und zierlich, hatte dunkle Haut und langes, glattes, schwarzes Haar, das ihr über die Schultern floss. Sie strahlte etwas sehr Anmutiges und Würdevolles aus. Als sie uns sah, schob sie das Mädchen sanft von sich, erhob sich und trat zu uns heran. Sie trug ein schulterfreies schwarzes Kleid, das ihr bis zu den Knien reichte, und schwarze Flipflops. Er sagte auf Englisch zu ihr: »Das ist der junge Herr, mit dem du heute schon telefoniert hast. Tim Gräter. Ein großes schriftstellerisches Talent aus Deutschland.« Dann sagte er zu mir: »Tim, das ist Joan. Meine Frau.«

»I'm pleased to meet you, Joan«, sagte ich.

»The pleasure is mine.«

Carstenson zog sie zu sich und küsste sie auf den Hals. Sie wechselten ein paar Worte miteinander. Jill rannte auf die beiden zu. Sie zog Carstenson am Arm, wollte, dass er ihr irgendwohin folgte. Er versuchte, sich aus ihrem Griff zu lösen. Sagte etwas zu ihr, was wahrscheinlich so viel bedeutete wie: *nein, jetzt nicht!* Sie wiederholte immerzu ein einziges Wort. Schließlich ließ sie von ihm ab und stand mit enttäuschtem Gesichtsausdruck und hängenden Schultern da. An Joan gewandt fragte er: »Have you already started to prepare the meal? What kind of meal will it be?«

»You don't need to know that right know, do you?«

Wieder schwedische Dialogfetzen. Dann: »Joan, the whole flat is conquered by this terrible smell of these aromatic candles. Would you mind opening the windows from time to time?«

Sie sah ihn böse an. Unterdessen klemmte Jill die Arme und Beine in den Türrahmen und hangelte sich langsam nach oben. Als Joan das mitbekam, schimpfte sie mit ihrer Tochter. Carstenson sagte zu mir: »Was meinst du? Soll ich dich mal durch unsere Wohnung führen?«

Die Zimmer der Wohnung waren alle sehr groß und mit altmodischen Möbeln eingerichtet. Besonders gut gefiel mir der große Sekretär aus Fichtenholz, der in Carstensons Arbeitszimmer stand. Auf dem Sekretär befand sich ein Behälter mit allen möglichen herrlichen, edlen Stiften und Federn darin. Carstenson sagte: »Ach ja, du wolltest gerne das Buch von mir signiert haben. Bring es doch mal her!«

Als ich es geholt hatte, schrieb er in das Buch: *Für Tim, mit ganz lieben Grüßen und Wünschen. Zur Erinnerung an einen gemeinsamen Tag in Göteborg, Lars Carstenson.* Im Wohnzimmer hing ein Kronleuchter von der Decke. Und an den Wänden standen riesige Bücherregale, voll mit den von ihm geschriebenen Büchern. In Jills Kinderzimmer stand ein großes Pferd aus Holz. An der Wand hing ein riesiges Plakat von der Sängerin *Helena*. Man sah sie von hinten, stehend. Sie drehte den Kopf herum und lächelte in die Kamera. Sie trug nur einen Slip. Auf dem Plakat befand sich auch eine Signatur für Jill. Er sagte: »Das ist sie! Hinreißend, nicht wahr? Dieser hübschen, jungen Dame werde ich später einen Besuch abstatten.« Er zwinkerte mir zu.

Vor einer der Türen im Gang blieb er stehen und sagte:

»Das ist Joans und mein Schlafzimmer. Das möchte ich dir nicht zeigen.«

Bevor er aufbrach, saßen wir noch zu dritt eine Weile am Küchentisch. Jill blieb in ihrem Kinderzimmer. Wir unterhielten uns auf Englisch. Joan und ich sagten kaum etwas. Carstenson war der Wortführer. Irgendwann fragte ich:

»Wie habt ihr euch kennen gelernt?«

Er lachte schallend. »O ja, das ist eine gute Geschichte. Komm, Joan, erzähl ihm doch mal, wie das kam.«

»Muss das sein? Kannst *du* es nicht erzählen?«

»Komm schon! Ich möchte, dass du das übernimmst!«

»Wir haben uns vor sechs Jahren kennen gelernt«, sagte sie, nachdem sie einen langen Seufzer ausgestoßen hatte. »Wir haben im selben Haus gewohnt. Lars hatte eine Wohnung im vierten, ich im dritten Stock. Wir begegneten uns das erste Mal unten im Haus, bei den Briefkästen, als wir beide zufälligerweise gleichzeitig nach der Post sahen. Für ihn waren an diesem Tag mehrere Briefe angekommen. Für mich nicht einer. Da sagte er zu mir: ›Was? Gar nichts da für Sie? Unerhört! Eine Frau, so bezaubernd wie Sie, sollte jeden Tag einen Haufen Briefe bekommen! Und ich meine damit nicht Rechnungen und solches Zeug.‹ Und am nächsten Tag fand ich in meinem Briefkasten einen wunderschönen, dunkelblauen Umschlag, mit einem Zettel darin. Auf dem stand: *Jetzt haben Sie zumindest* ***einen*** *Brief bekommen. Das ist Minimum.* Fortan schrieb er mir jeden Tag etwas. Und ich antwortete ihm. Wir kommunizierten lediglich auf diese Weise miteinander. Über Briefe, die wir uns gegenseitig in die Briefkästen warfen. Ich war sehr angetan von der Art, wie er schrieb. Seine Briefe waren unverschämt, lustig und sprachlich ausgefeilt. Im Laufe der Zeit erhielt ich dann nicht mehr nur Briefe. Sondern auch kleine Geschenke. Und eines Tages, als ich wieder nach der Post sah, lag sein Roman im Briefkasten. Inklusive einer Einladung zum Abendessen in seiner Wohnung. Ich wusste bis dahin überhaupt nicht, dass er Romane schrieb.«

»Und nachdem sie es erfahren hatte«, lachte Carstenson, »hatte ich leichtes Spiel.« Er erhob sich, steuerte leicht geduckt, mit den Armen rudernd und Brummgeräusche von sich gebend, auf sie zu und küsste sie.

Kurz darauf brach er auf. Ich blieb bei Joan in der Küche und saß am Tisch, während sie an einer Küchenplatte stand und Paprika schnitt. Das Messer machte *zack zack zack* auf dem kleinen Holzbrettchen. Sie erzählte mir, dass sie aus einer Stadt in Brasilien käme, aus Salvador. Sie lebe jedoch schon seit ihrem vierten Lebensjahr in Schweden und würde Schweden auch voll und ganz als ihr Heimatland betrachten.

»Was für Erinnerungen hast du an Salvador?«, fragte ich.

»Fast keine.« Sie hielt kurz inne. »Ich habe nur noch diese eine Erinnerung, als meine zwei Jahre ältere Schwester und ich uns in so einer Hütte versteckt haben, weil unser Bruder hinter uns her war. Er wollte uns verprügeln. Ich weiß nicht mehr wieso, aber er wollte es. Die Fenster hatten keine Scheiben. Das eine war vollkommen von einem Spinnennetz überzogen. Ich weiß noch, wie laut mein Herzschlag in meinen Ohren tönte, als sein Gesicht in diesem Spinnennetz auftauchte. Aber er ist dann nicht in die Hütte gekommen. Gott sei Dank.«

Wieder machte ihr Messer *zack zack zack*. Diesmal etwas langsamer. Ich sah auf ihre schönen, schmalen Hände.

»Ich habe durch Lars schon einige schreibende Leute kennen gelernt«, meinte sie. »Du bist nicht wie die anderen.«

»So? Wie waren denn die anderen?«, fragte ich.

»Nun, in erster Linie waren sie natürlich älter.«

»Ich nehme an, sie waren auch einmal jung.«

»Ja, ich weiß. Es ist aber so: Bei den anderen hatte ich immer das Gefühl, dass sie gar keine echten Schriftsteller sind. Keine wahrhaftigen, deren Aufgabe es im Leben ist zu schreiben. Und die auch wissen, wie ehrenvoll diese Aufgabe ist. Verstehst du, was ich meine?«

»Ich glaube, du verkennst mich.«

»Tue ich nicht. Es ist dein Blick. Die Art, wie du einen ansiehst. Diese Leute, die mir vor dir begegnet sind, haben alle Bücher veröffentlicht. Bücher, die teilweise großen Anklang gefunden haben. Dennoch waren diese Leute keine Schriftsteller. Ich habe dir ja erzählt, wie überrascht ich war, als ich erfuhr, dass Lars Romane schrieb. Ich ...«

»Es ist nur ein Job, weißt du. Das ist alles. Mehr nicht. Entweder man macht ihn. Oder man lässt es bleiben. Das bedeutet nicht, dass man von Gott auserwählt worden ist oder so was.«

Es herrschte Schweigen. Dann sagte sie: »Lars hat erzählt, du bist mit einer Freundin unterwegs. Ist sie in deinem Alter?«

»Ja, ungefähr.«

»Und wie heißt sie?«

»Tanja.«

»Und Tanja unternimmt heute allein etwas?«

»Na ja, es hätte sie wohl ein bisschen gelangweilt, dabei zuzuhören, wie ich mich mit einem Autorenkollegen unterhalte.«

»Ich glaube, da irrst du dich.«

»So?«

»Ja. Weißt du, wahrscheinlich hätte sie es sehr genossen. Ein Mädchen hat das gern, wenn ihr Partner sie irgendwo mit hinnimmt. Zu bestimmten Anlässen. Oder zu Freunden von sich. Sie mag das sogar sehr gerne. Weil sie an seinem Leben teilhaben möchte. Nimmt er sie nicht mit, hat sie außerdem das Gefühl, sie sei nicht hübsch oder gut genug, um vorgezeigt zu werden. Oder er wolle sie einfach nicht dabeihaben.«

»Du bist überhaupt nicht drauf aus, mir ein schlechtes Gewissen zu machen, oder?«

»Nein. Natürlich nicht.«

Joan schob die Paprikastücke von dem Brettchen in eine kleine Schüssel. Dann ging sie zum Kühlschrank und holte ein paar Tomaten daraus hervor. Sie begann, eine von ihnen aufzuschneiden. Das alles tat sie mit leichten, grazilen, wunderschönen Bewegungen. Ich fragte: »Hat dich Lars immer mitgenommen?«

In diesem Moment kam Jill in die Küche marschiert. Sie trat zu mir an den Tisch und reichte mir lächelnd ein großes, bemaltes Blatt Papier. Lauter kleine Männchen waren darauf zu erkennen. Pfeile, Kreise und Linien.

»Thank you«, sagte ich. »What is it?« Jill sagte etwas auf Schwedisch zu mir. Joan übersetzte: »Das ist eine Schatzkarte. Sie möchte, dass du jetzt mit ihr den Schatz suchen gehst.«

»Aber sicher«, entgegnete ich. »Wo sollen wir ihn denn suchen?«

»Überall in der Wohnung«, antwortete Joan. »Für Jill ist unsere Wohnung Reiterhof, Dschungel und Königspalast in einem. Je nach Belieben.«

»Also gut«, sagte ich. »Dann ist sie jetzt eben eine Schatzinsel. Lass uns loslegen, Jill!« Ich folgte ihr ins Kinderzimmer. Wir spielten eine Weile. Suchten den Schatz. Ich kroch mit ihr unters Bett, durchforstete die Zimmer, musste einmal eine liebe Seerobbe und dann der böse Pirat sein. Als ich gerade Pirat war, sie durch den Gang jagte, und sie vor Begeisterung laut lachte und schrie, da musste ich plötzlich an Matthias denken. Einmal, als wir so was Ähnliches gespielt hatten, war ich ein Monster. Ich hatte es so lebhaft dargestellt, dass Matthias zu weinen anfing. Ich erinnerte mich daran, wie ich zu ihm gesagt hatte: »Du musst keine Angst haben, ich bin's nur, dein blöder Bruder!« Und dann konnte ich nicht mehr weiter hinter ihr herlaufen. Ich lehnte mich gegen eine Wand. Jetzt war ich es und nicht Matthias, der beinahe losheulte.

Plötzlich ertönte aus der Küche ein Schrei. Wir rannten beide hin. Joan stand da und hielt einen Finger unter den Wasserstrahl.

»Es ist nicht so schlimm«, meinte sie. »Ich habe mir in den Finger geschnitten. Dort oben in dem Schränkchen, da ist Verbandszeug! Gib es mir, bitte!«

Sie drückte einen Fetzen Mull gegen die Wunde, bis es nicht mehr blutete. Dann klebte sie ein Pflaster darauf. Wir setzten uns an den Küchentisch. Jill wollte auf den Schoß ihrer Mutter klettern, aber diese ließ das nicht zu.

»No«, sagte sie und erhob sich. »I want you to search a bit more for the treasure!« Als Jill einen sehnsuchtsvollen Blick zu mir herüberwarf, sagte Joan: »Alone, this time!«

Das Mädchen verschwand widerwillig. Die Mutter schloss die Tür hinter ihr und nahm erneut am Küchentisch Platz.

Ein paar Sekunden verstrichen, in denen wir schwiegen. Sie begutachtete ihren Finger. Dann hefteten sich ihre Augen plötzlich auf mich.

»Weißt du, ich habe früher auch einmal geschrieben«, sagte sie.

»Früher?«, fragte ich, leicht gereizt darüber, dass es schon wieder ums Schreiben ging. »Was bedeutet das, früher?«

»Na, bevor ich Lars kennen lernte«, entgegnete sie. »Ich schrieb Kurzgeschichten. Und ich meinte es auch sehr ernst damit. Eine habe ich mal meinem Uni-Professor gezeigt. Er war ganz begeistert davon. Er sagte, ich solle unbedingt weitermachen.«

»Und warum hast du aufgehört?«, wollte ich wissen.

»Ach, es gab so viele Gründe dafür.« Sie schwieg. Durch die geschlossene Tür hörte man die im Gang hin und her galoppierende Jill.

»Weißt du, Lars ist ein altmodischer Mann«, sagte Joan. »Er hat ganz klare Ansichten, wie es im Leben zu laufen hat. Das Schreiben ist seine Sache. Ich komme ihm da besser nicht in die Quere. Das hat er nie so gesagt. Aber wenn ich ihm etwas von mir zu lesen gegeben habe, reagierte er irgendwie ungehalten.« Wie sie das sagte, löste plötzlich eine weitere Erinnerung in mir aus. Zwei Jungen in Schlafanzügen vor einer geschlossenen Tür. Mein Bruder und ich. Er in einem Donald-Duck-Schlafanzug und ich in einem FC-Bayern-München-Schlafanzug. Wir waren aus dem Kinderzimmer gekommen, um den Eltern drei Knetfiguren zu zeigen, die wir im Bett angefertigt hatten: Opa, Oma und den Hund Nicki. Aber wir blieben vor der Wohnzimmertür stehen, weil wir unsere Mutter hörten, die eindringlich auf meinen Vater einredete. In einem Tonfall, den wir nicht kannten. *Es geht immer nur um dich! Es sind* ***deine*** *Freunde, die hier ein und aus gehen! Es sind* ***deine*** *Termine, die unser Leben bestimmen! Es sind* ***deine*** *Erfolge, die wir feiern!* Wir standen da, hielten die Knetfiguren in unseren

Händen, und während der Streit hinter der geschlossenen Tür immer lauter wurde, wurde die Stille um mich und meinen Bruder immer bedrückender. Joan machte sich wieder an ihrem Finger zu schaffen. Sie pulte am Pflaster herum. »Lars tut mir weh«, sagte sie. Ich bekam plötzlich keine Luft mehr in dieser Küche, die mich nichts anging. In dieser Wohnung, die ich nicht kannte. *Das ist mein und Joans Schlafzimmer, das will ich dir lieber nicht zeigen!*

Ich stand auf, trat ans Fenster. Draußen Göteborg, schwedische Hafenstadt, vierhunderteinunddreißigtausendachthundert Einwohner, diverse Hochschulen, Werften, Reedereien, zwölf Kirchen, sieben Theater, ein botanischer Garten und ein Schifffahrtsmuseum. *Would you mind opening the window from time to time!*

»Ich kann doch nicht zum Abendessen bleiben«, sagte ich. Joan protestierte hinter mir. Fragte, ob sie etwas Falsches gesagt habe. Lars käme doch bald zurück, das Essen sei doch schon beinahe fertig, und Jill wäre so enttäuscht. Ich hörte, wie sie hinter mir Schränke öffnete, Teller auf dem Tisch verteilte und mit Besteck klapperte. *Diese Wohnung ist auch manchmal ein Dschungel. Je nach Belieben.*

Es geht immer nur um dich!

Unten auf der Straße näherte sich ein schwarzer Alfa Romeo.

Träumst du von Familie, Tanja?

»Ich glaube, du hast Recht«, sagte ich und wandte mich zu ihr um. »Ich sollte mich mehr um meine Freundin kümmern.«

In diesem Moment klopfte es. Joan hob die Stimme, um etwas zu sagen, da öffnete sich schon die Tür. Es war Jill. Joan fuhr sich über den Mund, als wollte sie einen Kuss wegwischen. Sie strich ihr Kleid glatt.

Das Mädchen sah zuerst mich, dann ihre Mutter an.

»Are you through with playing?«, fragte Joan.

Das Mädchen zögerte. Schlug die Augen zur Decke empor. Dann sagte es auf Englisch: »He should play with me!« Sie deutete auf mich.

Ich neigte mich zu ihr herab.

»Sorry, I can't!«

Ich trat so schnell es ging aus der Küche auf den dunklen Gang. Ich hörte noch, dass Jill *Please!* sagte, dann schloss ich die Wohnungstür hinter mir.

17

Im Treppenhaus traf ich Carstenson. Er schien ziemlich aufgelöst und gedankenverloren zu sein, als er die Treppe hinaufstieg, die ich gerade herunterkam. Sein Gesicht war bleich, seine Haare waren noch zerzauster als zuvor, und seine sonst so wachen Augen verschleiert.

»Tim?«, sagte er verwirrt, als er mich erblickte. »Du gehst?«

»Ja«, entgegnete ich schnell. »Ich habe gerade einen Anruf von Tanja bekommen. Ich muss los.«

»Du kannst nicht mehr zum Essen bleiben?«

»Nein, leider nicht.«

»Und das Buch?«, fragte er. »Das Buch! Du hast das Buch vergessen!«

»Ich hab's mir anders überlegt, Lars«, antwortete ich. »Ich möchte es nicht lesen und auch nicht mitnehmen. Aber vielen Dank für alles. Mach's gut!«

Ich marschierte an ihm vorbei, die Treppen hinab.

»Hey Tim, hör mal! Warte!« Er lief mir hinterher. »Lass mich dich wenigstens noch bis nach unten begleiten!«

Als wir unten vor dem Haus standen, hielt er mich am Arm fest und sagte:

»Kann ich kurz mit dir sprechen?«

Ich wollte etwas erwidern, doch er ließ es nicht zu.

»Weißt du, ich stecke in ziemlichen Schwierigkeiten!«, sagte er.

Eine Minute später saßen wir in seinem geparkten Wagen. Lars Carstenson, der Schriftsteller, der Mann, der ziemlich genaue Vorstellungen hat, wie es im Leben zu laufen hat, redete auf mich ein:

»Dieses Buch, dieses Buch über *Helena*. Ich arbeite schon seit anderthalb Jahren daran, aber in den letzten sechs Monaten habe ich nichts mehr aufs Papier gebracht. Ich treffe sie, ich treffe sie, und ich treffe sie wieder. Dabei ist eigentlich schon alles besprochen. Sie hat auch schon gesagt: *Wie oft sollen wir uns eigentlich noch treffen?* Und heute habe ich versucht, sie zu küssen. Sie hat mich rausgeschmissen. Jetzt weiß ich überhaupt nicht mehr, was ich machen soll. Du wirst mich auslachen, aber ich bin so verliebt, ich denke Tag und Nacht an diese Frau. Die macht mich verrückt. *Du bist die Liebe meines Lebens!* Solche Sätze fallen mir ein. Groschenroman, verstehst du?« Und wie er mich dabei so verzweifelt angesehen und trotzdem ein Lachen versucht hat, eine Hand am Steuer dieses alten, aufpolierten, irgendwie auch lächerlichen Sportwagens, da mochte ich ihn. In diesem Moment mochte ich ihn wirklich.

»Und Joan?«, fragte ich. »Und deine Tochter?« Er zuckte die Achseln. »Joan, Joan«, wiederholte er. »Die anspruchsvolle Joan. Mit ihren hohen Idealen. Mit ihrer Begeisterung für Erfolg. Sie erdrückt mich. Jetzt sitzen wir gleich wieder an diesem Tisch, und sie wird mich fragen, wie das Gespräch war und warum ich nicht vorwärts komme und wann wir endlich, wie versprochen, eine Woche in ein Wellness-Hotel fahren.« Er starrte zur Windschutzscheibe hinaus, auf das Auto vor ihm. Dann sagte er: »Manchmal denke ich wirklich, ich sollte einfach bei irgendeinem Schiff an Bord gehen, mich irgendwohin tragen lassen und ganz neu anfangen.« Er sah mich an, und seine Augen funkelten wieder. »Komm doch mit! Hey, wir beide! Zwei Schriftsteller! Mit Sonnenbrillen an Deck eines Schiffes mit Kurs auf Südamerika!«

Seefahrer navigieren mit Längen- und Breitengraden. Wo Göteborg in diesem Koordinatensystem lag, wusste ich nicht. Carstenson war der Seefahrer. Für mich stand nur fest, sein Kurs war nicht meiner.

Ich weiß nicht, wie lange wir noch in dem Wagen saßen, bevor wir uns voneinander verabschiedeten. Es war vielleicht der entspannteste Moment des ganzen Tages. Tanjas beunruhigende Nachrichten auf meinem Handy warteten noch darauf, gelesen zu werden.

18

Das Leben kündigt einem Dinge an. Daran glaube ich. Es ist wie in einem guten Film, fast immer gibt es versteckte Ankündigungen, chiffrierte Hinweise darauf, wie die Geschichte weitergehen oder enden wird. Mir scheint, dass das Leben einem ab und zu einen kleinen Wink, eine Vorahnung zukommen lässt, was geschehen wird. Wir sehen manchmal, ohne es zu merken, in die Zukunft.

In Hamburg, gegenüber dem Haus, in dem mein Vater wohnte, gab es einen Heavy-Metal-Club. Den *Headbangers Ballroom*. An diesem Club kamen mein Bruder und ich oft vorbei. Matthias amüsierte sich immer über die lustigen Namen der Bands, die angekündigt waren. Besonders über eine Gruppe namens *Leichenwetter*. Und in der Folgezeit machte er in den verschiedensten Lebenssituationen immer wieder Scherze über *Leichenwetter*. Er tat so, als wäre er mit dem Bassisten befreundet. »Heute Abend kann ich nicht mit ins Kino kommen, heute treffe ich den Bassisten von *Leichenwetter*«, sagte er zum Beispiel als Ausrede. In der zweiten oder dritten Klinik, in die mein Bruder eingewiesen wurde, bekam er als Zimmernachbarn einen langhaarigen, tätowierten Kerl, der als Erstes seinen Bass im Kleiderschrank unterbrachte. Er war Bassist einer Hardrockband. Nun hieß sie zwar nicht *Leichenwetter*, sondern *The Hardcore Cocks,* aber jedenfalls sagte mein Bruder, wenn man ihn am Telefon hatte: »Ich kann jetzt nicht länger sprechen, ich muss zum autogenen Training – mit dem Bassisten von *The Hardcore Cocks.*«

Die alten Römer glaubten angeblich, dass man, wenn man irgendwo einen Satzfetzen eines anderen Menschen aufschnappt, zugleich einen Hinweis auf sein eigenes Leben bekommt.

Wer gibt uns diese Hinweise? Bedeutet das, dass alles vorherbestimmt ist? Wir haben uns auf unserer Reise oft darüber unterhalten, ob das Leben ein Geschenk ist. Wie ein Spielzeug, das ein Kind geschenkt bekommt. Aber zu einem Kind sagt man: *Mach's nicht kaputt!* Ich glaube, Gott oder wer immer uns das Leben geschenkt hat sagt nicht: *Mach's nicht kaputt!* Mit dem Leben ist immer die Freiheit verbunden, damit zu tun, was wir wollen. Insbesondere auch die Freiheit, es zu zerstören.

19

Zwanzig Meter von Carstensons Auto entfernt schaltete ich mein Handy ein. Nacheinander tauchten zwei Kurzmitteilungen auf dem Display auf. Beide waren von Tanja. Die erste bestand lediglich aus meinem Namen. Die zweite aus dem Wort *Bitte*. Ich rief sie an, erreichte sie aber nicht. Man hörte nur eine Schwedisch sprechende Stimme. Ich schrieb ihr eine SMS zurück: *Wo bist du?* Kurz wartete ich. Als ich keine Antwort erhielt, marschierte ich los. Ich fragte eine Frau in einem roten Sommerkleid und mit einem eingegipsten Arm nach einer Trambahnhaltestelle. Sie schüttelte nur mit dem Kopf und lief dann weiter. Die nächste Person, die ich fragte, war ein älterer, bärtiger Herr in einem altmodischen Anzug mit Weste. Der konnte mir den Weg erklären. An der Haltestelle versuchte ich es nochmal bei Tanja. Keine schwedische Stimme mehr, dafür nahm aber auch niemand ab. Die Bahn kam. Sie war gelb und ziemlich voll. Ich musste stehen. Ich rief Tanja ein drittes Mal an. Ohne Erfolg. Ich schwitzte. Es waren drei Stationen bis zum Hauptbahnhof.

In unserem Hotelzimmer war niemand.

»Ist eine Nachricht für mich da?«, fragte ich an der Rezeption.

»Nein, leider nicht.«

Ich hockte mich schweißgebadet auf einen der Sessel in der Lobby. Wo konnte sie nur stecken? War sie okay?

Mein Handy läutete.

»Ja?«

Sie war es. Sie sagte extrem leise, fast flüsternd:

»Wo bist du?«

»Im Hotel. In der Lobby. Wo bist du?«

»Ich sitze auf einer Stufe, vor dieser Buchhandlung. Dort, wo du das Buch gekauft hast. Weißt du, wo?«

»Ja.«

»Kannst du herkommen? Ich warte so lange hier. Bitte beeil' dich!«

»Okay, bin unterwegs.«

Ich lief los. Es dauerte ewig, bis ich ankam. Ich wusste nicht mehr genau, wo sich die Buchhandlung befand. Ich verlief mich mehrere Male.

Tanja hockte direkt vor dem Eingang. Mit zusammengepressten Knien. Ihr Oberkörper war nach vorne geneigt, und sie hielt ihn mit den Armen umschlungen. Sie hatte ihre Bluse nicht mehr an. Zuerst dachte ich, sie wäre obenherum völlig nackt. Doch dann sah ich, dass sie noch einen rosafarbenen BH trug, dessen linker Träger ihr über die Schulter gerutscht war. Ansonsten trug sie nur noch ihren Schottenrock. Ihr Gesicht war vollkommen verheult. Überall auf ihrem Körper befanden sich Kratzer. Ihre Knie waren aufgesprungen. Die Haare zerzaust. Diverse Stadtbummler spazierten an ihr vorüber. Eine Familie mit zwei jungen Buben marschierte gerade an ihr vorbei. Der eine Bub tippte den anderen mit seinem Ellbogen an und bedeutete ihm durch seinen Blick, er solle zu Tanja herübersehen.

Ich setzte mich neben sie. Ich umarmte sie. Sie rollte sich in meine Arme hinein. Ich streichelte ihr über den Rücken.

»Ich bin jetzt hier«, sagte ich, von meinem Marsch noch heftig schnaufend.

»Danke«, schluchzte sie. »Danke. Es tut mir Leid. Es tut mir so Leid, Tim.«

»Es gibt nichts, das dir Leid tun müsste.«

»Doch. Doch. Gibt es.«

Längere Zeit schwiegen wir. Die Blicke der Fußgänger streiften uns weiterhin. Ich streichelte sie.

»Was ist passiert?«, traute ich mich schließlich zu fragen.

»Weiß ich nicht«, stammelte sie.

»Wie? Du weißt es nicht?«

»Ich hab' keine Ahnung.«

»Willst du's mir nicht sagen?«

»Ich hab' gesagt, ich weiß es nicht«, stieß sie zornig hervor. »Lass mich in Ruhe!«

Sie löste sich aus meiner Umarmung.

»Willst du meine Titten sehen?«, fragte sie dann.

»Tanja, ich ...«

»Willst du meine Titten sehen?«

»Was redest du da? Nein, ich ...«

Sie griff hinter sich, um den BH auszuhaken. Ich versuchte, sie daran zu hindern, aber es gelang mir nicht. Auf ihrer linken Brust waren mehrere blutige Kratzer.

»Will jemand meine Titten sehen?«, fragte sie laut. »Will sie jemand sehen?« Sie stand auf und stellte sich zwischen die vorbeiströmenden Menschen.

Ich eilte zu ihr hin, fummelte an ihr herum, versuchte diesen Scheiß-BH wieder festzumachen, während sie sich die ganze Zeit bewegte, sich drehte, Leuten den Weg versperrte, ihnen ihre Möpse entgegenstreckte.

»Tataa! Schaut sie euch an! Schaut sie euch an! Die sind kostbar! Frisch und kostbar! Und gerade im Angebot!« Endlich gelang es mir, das Ding festzumachen.

Unsere Blicke trafen sich. Sie schwieg, dann sank sie vor mir auf die Knie und begann erneut schrecklich zu heulen.

»Tim, es tut mir so Leid. Es tut mir so Leid!« Der Rotz lief ihr aus der Nase. Ich zog sie hoch.

»Wir gehen jetzt zu einem Arzt«, sagte ich.

»Nein«, schluchzte sie. »Nein.«

»WO SOLLEN WIR DANN HINGEHEN?« Ich hielt sie an der Hand und zog sie hinter mir her.

»Nicht zu einem Arzt.« Ich blieb stehen, sie auch. Ich wirbelte herum.

»Okay, dann nicht zu einem Arzt. Aber wohin dann? Wohin willst du? Nach Hause? Ist es das, was du willst? Möchtest du nach Hause?«

Ihre Augen waren weit aufgerissen und übergelaufen von Tränen. Irgendwo darin schwamm das schönste Grün.

»Auf keinen Fall«, sagte sie mit fester gewordener Stimme. »Nicht nach Hause! Egal, was ist! Versprich mir, dass wir nicht nach Hause fahren! Versprich es mir!«

20

Wir lagen nebeneinander im Bett unseres Hotelzimmers. Jeder unter seiner Bettdecke. Ich lag auf dem Rücken, Tanja auf der Seite. Ihr Gesicht war mir zugewandt. Sie rauchte. Neben ihrem Kopfkissen hatte sie einen Aschenbecher platziert. Kurz zuvor hatte ich, weil ich nicht wusste, was ich sonst für sie tun konnte, ihren ganzen Körper mit Penatencreme eingerieben. Das kleine Fenster oben rechts in der Ecke des Zimmers, das sie mit einem Hakenstab geöffnet hatte, klapperte im Wind. Draußen wurde es dunkel.

»Erzähl mir was!«, sagte sie. »Ich höre dir so gern zu!«

»Was soll ich denn erzählen?«, wollte ich wissen.

»Ach, was weiß ich. Irgendeine Geschichte. Etwas aus deinem Leben. Egal was. Etwas von deinen Auslandsreisen vielleicht.« Sie zog an ihrer Zigarette.

»Okay, mal sehen.« Ich überlegte. Schließlich sagte ich: »Soll ich dir was von London erzählen?«

»London klingt gut.«

»Also«, begann ich, »ich war nur fünf Tage in London. Zur Veröffentlichung der englischen Ausgabe meines Romans. Um Interviews zu geben und so was. Der Roman hieß im Englischen übrigens ganz anders. Er hieß *Lillemor in the Light Garden*. Was eigentlich schöner ist, nicht wahr? Ich bin direkt von Tokio aus nach London geflogen, weil ich davor in Tokio war, um Interviews zu geben. Ich hatte überhaupt keine Zeit, meine Japanerlebnisse irgendwie zu verdauen, und als ich in London ankam, war ich von Anfang an fix und fertig.

Die Interviews, die ich an den fünf Tagen in London zu absolvieren hatte, haben an den unterschiedlichsten Orten stattgefunden. In Cafés, in Zeitungsredaktionen, in Rundfunkanstalten oder Fernsehstudios. Der englische Verlag hat extra für mich einen Fahrer engagiert, der mich mit einem silbernen Mercedes der S-Klasse von einem Termin zum nächsten fuhr und überall auf mich wartete. Nicht schlecht, was? Am letzten Tag sind die Interviews schon früher als erwartet zu Ende gegangen. Aber der Fahrer war noch für den ganzen restlichen Tag für mich gebucht. Er war ein kleiner, dicklicher, ungefähr 50-jähriger Mann mit struppigem grauem Haar und einem grauen Vollbart. Seine Augen waren sehr blau. Er hatte einen wahnsinnig freundlichen Blick. Er hat in seinen Rückspiegel zu mir nach hinten gesehen und hat lächelnd zu mir gesagt: ›It's up to you now, my young friend. There are plenty of places we can go. Where do you want to go?‹

Zuallererst mussten wir ins Hotel fahren, um meine CDs zu holen. Meine absolute Lieblingsband zu dieser Zeit war Steely Dan. Also haben wir während der Fahrt in unfassbarer Lautstärke Steely Dan laufen lassen. Ich habe mitgebrüllt: *... Babylon Sisters ... shake it!* Zuerst hatte ich beschlossen, dass wir einfach so durch die Gegend fahren. Ohne Ziel. Ich habe auf der Rückbank gelegen, gesungen und die Stadt betrachtet. Aber irgendwann wurde das langweilig. Und ich kam auf die glorreiche Idee, wahllos Passanten, die an Bushaltestellen warteten, ins Auto einzuladen und von meinem Fahrer nach Hause fahren zu lassen. Oder wo immer sie gerade hinwollten. Ich muss zugeben, dass das Wort wahllos in diesem Zusammenhang nicht ganz angebracht ist. Ich wollte natürlich in erster Linie die hübschesten Mädchen von den Bushaltestellen wegpicken. Gebucht ist gebucht! Dem Fahrer hätte es ja egal sein können, wohin er fuhr. Aber er hatte etwas dagegen. Er hat gemurmelt, dass sein Auftrag darin bestünde, allein für *mich* zuständig zu sein. Außerdem beharrte er darauf, dass die Leute an den Bushaltestellen zu sehr erschreckt würden, wenn ein Mercedes vor ihnen hielte, die Tür aufginge und ein 18-jähriger Junge zum Vorschein käme, der sagte: *Steigen Sie ein, wir bringen Sie nach Hause!* Er lachte: ›What do you think? Would you sit in that car?‹ Wahrscheinlich hätte es ihn nur geärgert, wenn er im Rückspiegel gesehen hätte, wie ich mit all den *babylon sisters* herumknutsche. Also sind wir einfach weiter durch London gefahren. Irgendwann hatte ich keinen Bock mehr. Ich wurde traurig. Mir fehlten die *babylon sisters*. Ich wollte irgendein Mädchen in meiner Nähe haben. Mich vielleicht mit ihm auf eine Bank im Hyde Park setzen. Ihm zuhören, wie es von der Uni oder Schule erzählt. Es einfach anschauen und ihm zuhören. Ein bisschen froh sein. Also musste mein lieber Herr Fahrer immer wieder anhalten, und ich sprach diverse Mädchen an. Ich erklärte ihnen ganz offen meine Situation und auch mein Wunschbild. Zu einer sagte ich sogar diesen total verrückten Satz: *I have a driver!* Aber das hat sie nicht sonderlich beeindruckt. Möglicherweise hatte sie selbst einen. Alle meine Versuche sind fehlgeschlagen. Keine wollte mit mir Zeit verbringen. Also beschäftigte ich mich wieder mit diesem Bärtigen mit den freundlichen Augen. Irgendwann fragte ich ihn, ob er sich vorstellen könne, jetzt einfach mit mir zusammen abzuhauen. Geradewegs, ohne Plan loszudüsen, in ferne Länder zu fahren. Und nie wieder oder wenigstens erst in ganz vielen Jahren zurückzukehren. Ob er sich nicht manchmal wünsche, alles hinter sich zu lassen. Er sagte: ›Es ist interessant, dass du mich gerade *das* fragst. Ich stelle mir verdammt oft vor, abzuhauen. Weißt du, ich habe einen behinderten Sohn. Steve. Meine Frau und ich, wir kümmern uns abwechselnd um ihn. Sie tagsüber, während ich arbeite. Und ich abends, während *sie* arbeitet, in einer Bar. So schwierig das alles manchmal ist, ich liebe sie wirklich, die beiden. Und sosehr ich mir oft wünschte, mich aus dem Staub zu machen. Ich tue es nicht. Wenn für einen irgendwo auch nur eine einzige Kerze der Liebe brennt, dann geht man nicht weg.‹«

Als ich zu Ende erzählt hatte, schwiegen wir beide eine Weile. Tanja zündete sich noch eine Zigarette an. Irgendwann sagte sie: »So tapfer, wie du die Reise mit mir durchstehst, hast du es verdient, auch Pfadfinder zu werden.«

»Meinst du?«

»Ja. Aber zuerst musst du natürlich das Pfadfinder-Versprechen ablegen.«

»Was soll das sein?«

»Ach, so ein Spruch. Und wenn das erledigt ist, dann bekommst du von mir ein Tuch überreicht.«

»Ein Tuch?«

»Ja, ein zusammengerolltes, geknotetes Tuch aus Stoff. Bei uns ist es blau. Bei anderen Sippschaften hat es andere Farben. Du erhältst es als Zeichen dafür, dass du ein Pfadfinder bist. Dein Versprechen abgegeben hast und es nicht brechen darfst.«

»Ihr Pfadfinder spinnt doch«, lachte ich.

»Wir spinnen überhaupt nicht«, sagte Tanja. »Wir sind absolut großartig. In unserer Sippschaft bin natürlich ich diejenige, die den Jungs ihr Versprechen abnehmen muss. Es dauert unterschiedlich lange, bis es dazu kommt. Je nachdem, wie gut sich der Neuling in die Gruppe einfindet. Irgendwann küre ich ihn zum Mitglied unserer Sippschaft. Dieses Ritual findet bei uns in der Nähe, an einer verabredeten Stelle im Wald statt. Die meisten Sipplinge sind wahnsinnig aufgeregt. So aufgeregt, dass sie ganz vergessen, was sie sagen sollen. Sie treten vor mit hochrotem Kopf und wissen überhaupt nichts mehr. Das ist so süß! Ich flüstere ihnen dann immer den Text zu. Und häufig erinnern sie sich auch wieder. Wenn sie das Tuch um den Hals gehängt bekommen haben, sind sie mächtig stolz. Selbst ich ertappe mich dann jedes Mal dabei, dass ich saumäßig stolz bin. Verrückt, nicht? Weißt du, ich habe meine Sipplinge alle unheimlich gern. Sie sind mir ans Herz gewachsen. Es ist so schön, jemand zu sein, der sie ein Stück weit auf ihrem Weg begleitet und ihnen beisteht. Jemand, an den sie sich wenden können.« Sie brach ab. Ihr Blick war nach innen gerichtet. Wieder schimmerte Traurigkeit in ihren Augen.

»Und wie lautet es nun, dieses Pfadfinderversprechen?«, fragte ich schnell, um sie auf andere Gedanken zu bringen.

»Willst du es wirklich hören?«

»Mhm.«

»Also«, sagte Tanja, »es geht so: Im Vertrauen auf Gottes Hilfe verspreche ich, meine Kräfte und Fähigkeiten für die Gemeinschaft und die Erhaltung der Umwelt einzusetzen. Ich will überlegt und verantwortlich handeln und immer dafür einstehen. Ich will helfen, wo ich gebraucht werde. Ich will andere verstehen und achten. Ich möchte höflich mit anderen umgehen. Ich möchte die Natur und alle Lebewesen achten. Ich will Schwierigkeiten mit Zuversicht begegnen. Ich will bereit sein, zu verzichten und miteinander zu teilen. Ich will mein Denken und Handeln kritisch überprüfen. Ich möchte meine Gesundheit erhalten und mich vor Abhängigkeit bewahren.«

Es entstand ein kurzes Schweigen.

»Kein Wunder, dass sich deine Sipplinge das nicht merken können«, lachte ich schließlich. »So was Schreckliches habe ich ja schon lange nicht mehr gehört. Ist derjenige, der sich diese Zeilen ausgedacht hat, überhaupt schon mal vor die Tür gegangen?«

Sie fuhr hoch. »Du bist bescheuert«, sagte sie. »Mir bedeuten diese Worte zufällig ziemlich viel. Natürlich sind sie schwer einzuhalten. Aber soll man den Kindern sagen, dass sie es gar nicht erst zu probieren brauchen oder was? Dass alles egal ist? Ist das besser? Leute, die so reden wie du, verabscheue ich.« Damit drückte sie ihre Zigarette aus. Sie hatte einen Gesichtsausdruck, als würde sie *mich* zwischen ihren Fingern zerquetschen.

»Tanja, es tut mir Leid«, sagte ich. Erst nach langem Zögern entgegnete sie: »Ist schon gut. Mir tut es Leid.« Und sie legte ihren Kopf wieder aufs Kissen.

Das Zimmer war inzwischen vollkommen dunkel. Das Fenster klapperte noch immer.

Sie schlief ein. Ich horchte auf ihre ruhigen Atemzüge. Was ist das für ein Mensch?, dachte ich. Und ich begann wieder leise irgendeinen Schwachsinn vor mich hin zu sagen: »... wenn der Knochenregen aufhört ... wenn der Wind mich draußen nicht ausbläst ...« So redete ich mich in den Schlaf.

21

Der darauffolgende Tag war vor allem eines: absolut beschissen. Wir fuhren mit dem Zug nach Tröllhättan, einem kleinen Ort zwei Fahrstunden nördlich von Göteborg, und übernachteten dort auf einem ziemlich verlassenen Campingplatz an einem See. Während des gesamten Tages wechselten wir kaum ein Wort. Nicht am Morgen beim Kaffee im Speisesaal, nicht im Zug. Dafür stritten wir uns auf dem Campingplatz zweimal. Einmal, kurz nachdem wir ankamen und ich mich gleich mit meinem Notizbuch auf den Boden setzte. Da flippte sie aus.

»Bin ich deine Bedienstete oder was?«, brüllte sie. »Du könntest ruhig auch mal das Zelt aufbauen!«

»Entschuldige«, sagte ich. »Ich dachte ... weil du es das letzte Mal ...«

Sie unterbrach mich. »Na und! Nur weil ich es das letzte Mal gemacht habe, heißt das nicht, dass ich es ab jetzt immer mache!«

Nochmals gerieten wir beim Abendessen aneinander. Wir hatten mit dem Gaskocher Suppe gekocht. Da sagte sie zu mir: »So! Und du wäschst jetzt das Geschirr ab!«

Ich ärgerte mich darüber, wie sie mit mir sprach. Wir schrien uns an. Irgendwann packte ich das ganze Zeug zornig und marschierte los in Richtung Waschhäuschen. Den Rest des Abends verbrachte Tanja im Zelt. Auf dem Campingplatz herrschte eine ekelhafte Stille. Nicht einmal Grillen waren zu hören. Einmal spazierte ich zu dem See. Er sah aus wie eine riesige, dreckige Pfütze. In der Nacht wimmerte Tanja wieder. Ich unterließ es mit voller Absicht, irgendetwas zu tun oder zu sagen.

Am nächsten Morgen strahlte Tanja wieder, machte Witze. Sie entschuldigte sich dafür, dass sie am Tag zuvor so gereizt gewesen war. Nach dem Frühstückskaffee sagte sie sogar voller Schalk: »So! Und du wäschst jetzt das Geschirr ab!« Und lachte sofort lauthals los.

Sie zog sich ein rotes Sommerkleid an. Ich fand zwei Dinge erstaunlich: zum einen, dass sie es schaffte, in ihrem Rucksack so viele Klamotten unterzubringen. Und zum anderen, *was* das alles für Klamotten waren! Ich dagegen trug immer nur Jeans und T-Shirt.

Im Zug nach Oslo sagte Tanja: »In Göteborg war ich im *Backpackers*, das ist eine Art Jugendherberge, und habe nochmal meine E-Mails gecheckt. Eine war von meiner Mutter. Sie möchte, dass ich nach dem Abitur ein halbes Jahr nach Paris gehe. Sie hat dort eine Freundin, die Professorin ist. Bei der kann ich wohnen. Und die kann mich dann auch in die Uni einführen und so. Was hältst du davon?«

»Keine Ahnung, was ich davon halten soll«, sagte ich. »Was hältst *du* davon?«

Sie überlegte und blickte aus dem Fenster.

»Weißt du, früher habe ich mich über solche Möglichkeiten gefreut. Irrsinnig gefreut. Ich dachte, ob ich im Leben glücklich bin oder nicht, hängt davon ab, was ich so alles machen kann. Jetzt nicht mehr. So traurig es auch ist, jetzt habe ich das Gefühl, das bringt alles nichts. Es ist egal, was ich mache.«

»Was für ein Mensch ist deine Mutter eigentlich?«, fragte ich, um das Schweigen zu brechen.

»Was für ein Mensch sie ist, willst du wissen?«

»Ja.«

»Das kann ich dir sagen. Sie ist ein Mensch, der meinem Bruder und mir immer wieder vorgehalten hat, dass sie eine viel größere Karriere hätte machen können, wären wir zwei nicht geboren worden. Sie ist groß und schlank und hat ganz milchige Haut. Ihre Haare sind ungefähr so blond wie meine. Dafür hat sie keine grünen, sondern ganz blaue Augen. Wie mein Bruder. Sie ist eine Schönheit gewesen, früher, und ist es eigentlich immer noch. Sie kommt aus einfachem Hause, aber die Art, wie sie sich bewegt und erst recht wie sie spricht, das ist, als wäre sie eine verdammte Adelige. Sie hat fast immer Anzüge an, oft auch Krawatten dazu. Und sie trägt immer nur einen einzigen silbernen Ring, mit einem eingravierten Gedicht des ägyptischen Pharaokönigs Echnaton in Hieroglyphenschrift. Den hat sie noch von meinem Vater.«

»Und dein Stiefvater?«, fragte ich. »Was ist das für einer?«

»Mein Stiefvater ist ein großer, breitschultriger Mann. Stark, wortkarg und ebenfalls ausgesprochen elegant. Die ganzen Jahre lagen ihm die Frauen zu Füßen. Angeblich hat sich sogar Faye Dunaway in ihn verliebt. Aber die einzige Frau, die er geheiratet hat, ist meine Mutter. Die beiden haben sich kennen gelernt, als sie bei *Radio Bremen* anfing. Dass er mit ihr verheiratet war, hinderte ihn natürlich nicht daran, herumzuvögeln. Die beiden sind inzwischen unfassbar zerstritten. Sie reden fast gar nicht mehr miteinander. Und meine Mutter hat die Wahnvorstellung, er wolle sie und damit auch uns enterben. Diese Vorstellung, Gott weiß, woher die kommt, bringt meine Mom förmlich um den Verstand. Füllt sie bis oben hin auf mit Angst. Das ist typisch für sie. Dass sie sich des Geldes wegen solche Sorgen macht. Das ist und bleibt ihr wichtigstes Thema. Mittlerweile ist sie so gut wie gar nicht mehr zu Hause. Fährt durch die Gegend, macht ihre Sachen. Er kümmert sich nicht darum. Ich glaube auch, dass er irgendwie krank ist oder so. Aber ich weiß es nicht genau. Du musst dir das mal vorstellen: Seit er pensioniert ist, steht er jeden Tag in der Früh auf, duscht, richtet sich her, zieht einen feinen Anzug an, begibt sich dann in sein Arbeitszimmer und setzt sich an seinen Mahagoni-Tisch. Dort sitzt er den ganzen Tag lang. Und kein Mensch weiß, was er da macht.«

»Und wie würdest du deinen Bruder beschreiben?«

»Ach, der«, sagte sie, »der ist ein bisschen dicklich. Er ist dem Essen verfallen, was meine Mutter übrigens abscheulich findet. Aber gleichzeitig ist er eine ungeheure Frohnatur, wirft sich ins Leben, genießt es, freut sich über alles. Das sagt er auch ganz oft: ›Mensch, Tanja, ich bin so glücklich, dass ich das erleben darf. Ich bin so froh, dass ich das und das machen kann.‹ Mir kommt das immer etwas seltsam vor. Ich will nicht sagen, dass er dumm ist. Ein Mensch, der in Oxford studiert, kann wahrscheinlich gar nicht dumm im herkömmlichen Sinne sein. Vielleicht liegt es auch an der Art und Weise, wie er seine Freude zum Ausdruck bringt. Man denkt sich, er schaut nicht genau hin. Oder: Dieser ständige Frohsinn ist doch nur Maskerade. Je älter ich wurde – als Kind habe ich das natürlich noch nicht so empfunden –, desto trauriger wurde ich irgendwie, wenn ich mit ihm sprach. Na ja. Wahrscheinlich sind wir einfach ziemlich unterschiedlich. Das ist alles. Und was diesen Frohsinn betrifft: Ich meine, das ist ja sowieso eine der großen Fragen der Menschheitsgeschichte, ob die Glücklichen dumm sind.«

»Und was für ein Mensch ist dein richtiger Vater?«

»Weißt du, über den möchte ich jetzt nicht sprechen. Genau genommen ist der nämlich gar kein Mensch.«

Wir schwiegen. Als sie wenig später ein Brötchen aß, wurde Tanja von einem Moment auf den anderen kreidebleich und erbrach sich in die Brötchentüte. Sie sprang auf und rannte auf die Toilette. Als sie zurückkam, legte sie ihren Kopf auf meine Oberschenkel. Ich streichelte ihr das Haar.

»Du Arme«, sagte ich immer wieder. »Du Arme!«

»Ist schon gut«, meinte sie. »Ich muss relativ häufig kotzen.«

Ich glaubte ihr nicht. Zudem fand ich, dass ihr Gesicht und die Augen wirklich verheerend aussahen. Ihre Züge verrieten nichts als Schmerz. Wir schwiegen. Sie schlief ein wenig. Der Zug rappelte. Das Land Schweden zog vorbei und wurde zu Norwegen. Aber nicht eine Sekunde lang regte sich in mir ein Gefühl zu dem, was da draußen war. Es gab nur das Zugabteil, die schmuddeligen grünen Sessel und dieses seltsame Mädchen, das seinen Kopf auf meine Knie gelegt hatte.

Als wir noch eine halbe Stunde von Oslo entfernt waren und sie schon wieder aufrecht, jedoch noch immer sehr blass und verschlafen neben mir saß, sagte ich: »Ich habe mir ein paar Gedanken gemacht über unseren Aufenthalt in Oslo.«

»So?«, sagte sie leise und rieb sich die Augen. »Was für welche denn?«

»Ich habe eine Idee, wo wir übernachten könnten. Ich hab dir ja erzählt, dass ich schon einmal in Oslo war. Auch wieder wegen meines Buches, als es in Norwegen erschien. Dem Verlag, bei dem der Roman veröffentlicht wurde, gehört ein riesiges Grundstück mit einer Privatvilla darauf.«

»Und du meinst im Ernst, dass wir da unterkommen können?«, wollte sie wissen. »Wir *beide*?«

»Hör es dir erst mal an!«, sagte ich. »Also: In der Villa können die Schriftsteller dieses Verlages besuchsweise wohnen und arbeiten. Wenn ausländische Autoren in der Stadt sind, werden sie auch dort untergebracht. Die berühmtesten Autoren haben schon in dieser Villa übernachtet. Nobelpreisträger und so. Manchmal finden da auch irgendwelche Abendessen, Diskussionsrunden oder Pressekonferenzen statt. Und ich habe auch schon einmal die Ehre gehabt, dort zu übernachten. Um das ganze Grundstück und die prächtige Villa kümmert sich eigentlich nur eine einzige Person, eine ältere, feine Dame. Die ist vielleicht fünfzig. Wie sie heißt, weiß ich nicht mehr. Jedenfalls kümmert sich diese Frau um alles. Um den Garten, das Haus, die Zimmer etc. Wenn sich ein Autor längere Zeit dort einnistet, um zu arbeiten, richtet sie sogar Frühstück und Mittagessen für ihn her. Ich habe nicht viel mit ihr geredet. Aber sie ist sowieso, glaube ich, nicht die Sorte Mensch, die viele Worte macht. Ich weiß aber noch genau, was sie am ersten Abend zu mir gesagt hat, als es in der Villa so einen Sektumtrunk mit Verlagsmitgliedern, Journalisten und anderen Schriftstellern gegeben hat und mich diese Leute schier zur Weißglut getrieben haben mit ihren Fragen à la *Haben Sie Hamsun gelesen? An was arbeiten Sie gerade? Was sagen Sie eigentlich zu diesen amerikanischen Jungautoren*? Ich habe mich, sobald es mir möglich war, in die Küche verdrückt. Und dort war eben diese Frau, die gerade eine Platte mit Brötchen oder so was herrichtete. Ich bin kaum eine Sekunde in der Küche gewesen, da hat sie zu mir gesagt: ›Ich hoffe, dass Sie die Leute da draußen nicht allzu sehr verunsichern. Ich kann mir gut vorstellen, dass so was hier für jemanden wie Sie, der noch so jung ist, ganz schrecklich sein muss. Denken Sie einfach daran, wenn Sie nicht wollen, müssen Sie nicht mit diesen Menschen reden. Das Einzige, worauf es Ihnen ankommen sollte, ist das Schreiben.‹ Klasse, oder?«

»Ja«, sagte sie. »Komm jetzt mal zur Sache!«

»Okay, okay. Zwei Tage später, kurz bevor ich abgereist bin, bot sie mir an, jederzeit zurückzukehren. Um zu arbeiten. Oder auch einfach nur, um mich ein bisschen zu erholen. Na ja, und jetzt habe ich überlegt, dass wir beide vielleicht dort übernachten könnten. Ich meine, theoretisch müsste das möglich sein. So, wie ich diese Frau einschätze, wird sie uns gerne aufnehmen, für ein, zwei, vielleicht auch drei Tage. Wir können ja wenigstens mal fragen. Was hältst du davon?«

»Klingt super!«

»Das Problem ist nur, dass ich nicht genau weiß, wie wir dort hinkommen. Wo das genau ist. Ich müsste mich erst beim Verlag erkundigen. Aber dessen Adresse habe ich leider auch nicht. Das lässt sich jedoch alles rausfinden. Vielleicht rufe ich zuerst bei meinem deutschen Verlag an, um nachzufragen. Wäre das okay für dich?«

»Absolut okay.«

22

Das Taxi hielt vor dem stattlichen Verlagsgebäude. Tanja wollte im Wagen warten. Ich stieg aus und betrat die Empfangshalle. Sie war groß, mit spiegelblank geputztem Marmorboden. Am Empfang stand eine junge Frau. Sie hatte dunkelbraune Locken und trug einen blauen Blazer und einen dazu passenden Rock. Um den Hals hatte sie ein rotes Tuch gebunden. Ich fand sie hübsch. Ich habe etwas übrig für Frauen hinter Theken. Und besonders für Frauen in Uniformen.

Ich war gerade dabei, ihr mein Anliegen vorzutragen, als Lara Berggren die Treppe zur Empfangshalle herunterschritt. Sie war die Lektorin, die bei meinem Promotionaufenthalt in Oslo für mich zuständig gewesen war. Sie war ungefähr fünfunddreißig Jahre alt und eine sehr zierliche, schmale Frau mit mittellangem rotem Haar, Sommersprossen und grünen Augen. Sie hatte wunderschöne, gerade, weiße Zähne, und an diesem Tag hatte sie einen kräftigen, hellrot glitzernden Lippenstift aufgetragen. Sie trug eine enge Jeans und ein purpurfarbenes Oberteil mit der Aufschrift *Reunion in Ropes*.

Ich war in dieser Empfangshalle von zwei wirklich hübschen Wesen umgeben. Hier drinnen konnte man es gut aushalten.

»Tim! What a surprise! Tim Gräter! What the hell are you doing here?«

»Hello, Lara«, sagte ich. »Nice to see you!«

»Yes, so nice.«

Ich erzählte ihr von unserem Interrailurlaub und auch gleich davon, dass Tanja und ich gerne, wenn es möglich wäre, in der Villa des Verlags übernachten würden.

»I think that's possible«, antwortete sie nach kurzem Überlegen. »I can make a telephone call for you. So they know you both are coming.«

»That's not necessary«, sagte ich. »We'll go there by taxi straight away. But I don't have the address.«

»I'll write it down for you.«

Die Frau am Empfang schob ihr einen Zettel und einen Kugelschreiber über die Theke. Ich lächelte der Frau zu. Als Lara sich nach vorn beugte, um die Adresse aufzuschreiben, fiel ihre Sonnenbrille herunter, die sie in die Stirn geschoben hatte. Ich hob sie auf und reichte sie ihr. Während des Schreibens fragte sie: »So, how do you do?«

Als ich Lara das letzte Mal gesehen hatte, waren ihre Haare länger gewesen. Ansonsten gab es kaum Unterschiede. Einmal hatte ich mit ihr geschlafen. Allerdings erst, nachdem ich in Oslo gewesen war. Während der Frankfurter Buchmesse. Wir hatten beim Abschluss meines Promotion-Trips in Norwegen ausgemacht, dass wir uns dort treffen würden, mussten aber beide in Frankfurt zu viele Termine wahrnehmen. Ich ließ ihr ausrichten, dass ich ein Zimmer hätte, im Frankfurter Hof. Wo abends ohnehin immer die Mega-Buchmessenparty stieg. Wo die Prominenz der Buchmesse auflief, man im goldenen Licht der Kronleuchter stand und Champagner trank und gemeinsam wichtig war. Ich lag bereits schlafend in meinem Zimmer, als das Telefon läutete. Es war Lara. Gelächter und Gebrabbel im Hintergrund. Sie verkündete mir schwer angetrunken, dass

Sweetheart jetzt zu mir nach oben käme. Und als Sweetheart dann im Zimmer eingetroffen war und wir schon bei der Sache waren, wurde sie zornig und sagte: »Ich will, dass du mich mit mehr Gefühl küsst, verflucht nochmal! Küsst du die anderen etwa auch so? Was ist los? Ich bin keine Puppe. Ich will was spüren!«

Ich beschwor ihre Stimme von damals herauf, hörte noch einmal, wie sie das zu mir sagte.

»Tim?«

Lara streckte mir den Zettel hin. Ich nahm ihn.

»How do you do?«, fragte sie nochmals.

»Fine«, antwortete ich schließlich. »And you?«

23

Ich reichte dem Taxifahrer den Zettel mit der Adresse. Er fuhr los. Tanja sagte: »Wenn wir dort sind und bleiben dürfen, dann möchte ich mich als Erstes hinlegen.«

»Das kannst du gerne tun.«

Zuerst steuerte der Fahrer den Wagen durch die Innenstadt. Wir fuhren auf riesigen Straßen dahin. Dann wurden die Straßen immer kleiner. Man sah schöne, alte, prächtige Häuser mit Grün ringsherum. Der Himmel war bewölkt. Es regnete leicht.

Nach ungefähr zwanzig Minuten erreichten wir unser Ziel. Als das Taxi fortfuhr und uns mit unseren Rucksäcken auf dem Gehsteig zurückließ, trat gerade ein Mann aus dem Gartentor Nummer 7, der aussah wie ein Maler, mit einer Latzhose und einer weißen Schirmmütze auf dem Kopf. Ich fragte ihn gleich, ob jene Dame anwesend sei, die sich um dieses Haus kümmere. Er meinte, sie wäre gerade fortgegangen, um etwas zu erledigen, würde aber heute nochmal zurückkommen.

»Dann wird das fürs Erste wohl nichts mit dem Hinlegen«, seufzte Tanja.

Wir schlenderten ein wenig durch die Straßen, sahen uns die Häuser an. Alles war still, idyllisch, die Luft vom Regen noch ganz feucht. Irgendwann kehrten wir zur Nummer 7 zurück. Es war ein altes Haus mit einem grünbemoosten Walmdach, grünen Fensterläden, einer hinter grünem wildem Wein versteckten Fassade. Zwei Stockwerke, ein Dachgeschoss. Das Haus lag tief in einem großen, verwilderten Garten. Vom Gartentor aus musste man einen Kiesweg entlanggehen, ehe man zur Haustür gelangte. Überall im Garten blühten die Rosen. Auf einem silbernen Klingelschild neben der Haustür stand der Name des Verlags. Ich läutete. Nach kurzer Zeit öffnete sich die Tür, und es erschien die Hausverwalterin, eine zierliche Frau, die um einiges älter aussah, als ich sie in Erinnerung hatte. Ihre langen weißen Haare hatte sie zu einem Pferdeschwanz zusammengebunden. Sie blickte uns schweigend an.

»Hallo«, sagte ich auf Englisch. »Erinnern Sie sich an mich? Ich bin Tim Gräter.« Sie lächelte zurückhaltend.

»Ja, ich erinnere mich«, sagte sie. »Mit Ihnen hätte ich jetzt wirklich nicht gerechnet. Ich dachte, es wäre wieder einer von den Handwerkern. Wissen Sie, hier wird nämlich gerade ein Kellerraum ausgebaut. Aber es ist ehrlich schön, Sie wiederzusehen. Kommen Sie doch herein!«

Hinter der Haustür öffnete sich eine dunkle, nussbaumglänzende Welt. Alte, prächtige Möbel. Ein Treppenaufgang mit einem gedrechselten Geländer. Die Treppenstufen waren mit dunkelrotem Teppich bedeckt. In der Mitte der Empfangshalle hing ein riesiger Kronleuchter. Überall standen kleine Tische, schwere Sessel, Kerzenständer, ein großer schwarzer Panther aus Porzellan, kleinere Holzfiguren, Schiffsmodelle. Bücher, Bücher, Bücher. An den Wänden hingen Spiegel mit Goldrahmen und wuchtige Bilder. Ölgemälde, uralte Landschaftskarten, Fotografien von Schriftstellern, Gabriel García Márquez lächelte mich an. Wenn man einzelne Stücke für sich betrachtete, dachte man, wie passt das hierher? Jedoch zog sich eine seltsame Linie durch alles. Es war irgendwie, als hätte dieses Haus selbst die Vielfalt der Einrichtung abgesegnet.

»Was führt Sie beide hierher?«, fragte die Dame, nachdem sie die Türe hinter uns geschlossen hatte. Wir blieben in der Empfangshalle stehen.

Als ich zu Ende geredet hatte, sagte sie:

»Sie beide können gerne hier bleiben. Und Sie brauchen sich keine Gedanken zu machen, dass es vielleicht unhöflich ist. Sie sind ein Autor des Verlags. Und den Autoren ist es nicht nur gestattet, hierher zu kommen, sondern es ist sogar sehr erwünscht. Dieses Haus ist ja hauptsächlich für die Autoren da! Ich muss nur kurz überlegen, in welchem Zimmer ich Sie am besten unterbringe. Momentan ist nämlich noch ein anderer Schriftsteller hier, der an seinem Buch arbeitet. Und der ist sehr geräuschempfindlich, wissen Sie. Ich habe den Handwerkern schon eingeschärft, sie sollen den Lärm möglichst in Grenzen halten. Aber die sagen: So einfach ist das nun mal nicht, gnädige Frau. Und da haben sie ja auch Recht.« Sie stieß einen Seufzer aus. »Na ja«, sagte sie schließlich, »bei uns geht eben zurzeit alles ein bisschen drunter und drüber.«

»Ein norwegischer Autor?«, fragte ich.

»Wie bitte?«

»Ist es ein norwegischer Autor, der gerade hier arbeitet?«

»Nein«, entgegnete sie. »Ein Schweizer. Aus Lausanne. Jean Greveiller. Vielleicht ist Ihnen sein Name ein Begriff?«

»Ja«, sagte ich, »den kenne ich. Beziehungsweise seine Bücher. Ein berühmter Autor. Was macht er in Oslo?«

»Er lebt zurzeit hier.« Sie brach ab, um zu überlegen. Dann sagte sie:

»Ich glaube, ich weiß, welches Zimmer für Sie am besten

wäre. Wir müssen nur kurz nachsehen, ob dort alles so weit in Ordnung ist.« Während wir zusammen die Treppen hinaufstiegen, an einem Portrait von John Updike vorbei, sagte sie zu Tanja: »Ich heiße übrigens Frau Garvang. Schön, Sie kennen zu lernen.«

»Ganz meinerseits.« Die beiden gaben sich die Hand.

Eine Sekunde lang wünschte ich, ich hätte nicht die Idee gehabt, hierher zu kommen.

Das Zimmer, das die alte Dame für uns ausgesucht hatte, war sehr hell, mit holzverkleideten Wänden, einer uralten Holzkommode, einem wuchtigen Schrank, einem Tischchen, auf dem ein grauer Globus aus vergangenen Zeiten stand, und zwei nach Süden in den Garten hinausgehenden Fenstern. An einer Wand hing ein großes Gemälde mit Goldrahmen, das ein Tennis spielendes Pärchen zeigte. Inmitten des Zimmers stand ein Doppelbett mit karierten Kissen, rechts und links daneben jeweils ein Nachtkästchen. Auf beiden befanden sich Nachtlampen, mit Schirmen, die aussahen, als wären sie aus Papier. Auf dem rechten Nachtkästchen lag ein kleiner Zebrakopf aus Holz und auf dem linken ein seltsamer, grauer Steinbrocken. Wir schmissen unsere Rucksäcke in die Ecke.

»Es ist mir ein Rätsel«, sagte Tanja und warf sich aufs Bett, »was diese Dame hier theoretisch für nicht in Ordnung befunden hätte.«

Ich wollte mich gerne noch ein wenig mit Frau Garvang unterhalten, und so ging ich, während Tanja im Bett liegen blieb, nach unten, um sie zu suchen. Ich schlenderte gemächlich durch die marmorne Empfangshalle, den großen Salon mit den vielen Ledersesseln, am Porzellanpanther vorüber. Ich traf sie in der Küche. Es war eine große, geräumige Küche mit einem langen Holztisch und unzähligen Gewürzen und Fläschchen, die dicht gedrängt auf Borden standen. Über der Küchenzeile hing eine Schwarz-Weiß-Fotografie, die einen nackten Mann mit geschminktem Gesicht und katzenartigen Augen zeigte, der geduckt im Freien auf einem Sockel stand. Durchs Fenster und die nur halb zugezogenen Gardinen konnte man auf den vollständig in grau gehüllten Garten sehen. Frau Garvang war gerade dabei, eine Vase mit Lilien auf dem Tisch herzurichten.

»Schön, nicht wahr?«, sagte sie, während sie an den Stielen herumzupfte. »Ich habe sie erst vorhin geholt.«

»Sehr schön«, bestätigte ich.

Sie kochte uns Tee, und wir nahmen an dem Tisch Platz. Ich erzählte ihr in knappen Sätzen von unserer Reise. Sie hörte aufmerksam zu. Ich konnte ihre stille, freundliche Art gut leiden. Schließlich fragte ich sie, wie sie zu diesem Job gekommen war. Sie erzählte mir, dass ihr Mann dieses Haus geliebt hatte. Er war als Journalist des Osloer *Dagbladet* oft hier gewesen. »Und als ich nach seinem Tod hörte, dass die Stelle der Hauswirtschafterin frei wird, habe ich mich beworben«, sagte sie. »Früher bin ich Übersetzerin gewesen. Ich übersetzte wissenschaftliche Texte, Aufsätze und einige Sachbücher vom Englischen ins Norwegische.«

Schweigend tranken wir unsere Tassen leer. Sie schenkte mir nach. Schließlich sagte ich: »Frau Garvang, ich bin zu Ihnen heruntergekommen, um Sie um etwas zu bitten. Meiner Freundin geht es nicht gut. Sie wird die meiste Zeit im Zimmer bleiben wollen. Könnten Sie vielleicht kurz nach ihr sehen, wenn ich zwischendurch mal weg sein sollte? Ihr einen Tee bringen oder so was? Ich werde eh fast immer hier sein.«

»Das ist kein Problem«, entgegnete sie. »Wenn ich Ihnen sonst irgendwie behilflich sein kann, lassen Sie es mich wissen.«

Ich hatte das Gefühl, als würde das Grau draußen immer dichter werden. Als würde dieses Grau von einer Spinne gewebt werden.

»Ist es ein seelisches Leiden?«, fragte sie.

»Was?«

»Ihre Freundin? Ist es ein seelisches oder körperliches Leiden?«

»Ich denke, dass es ein seelisches ist.«

Sie sah aus dem Fenster. Dann murmelte sie leise vor sich hin: »Vielleicht kennt sie sie auch. Diese Abwesenheit.«

»Was haben Sie gesagt?«

Sie lächelte.

»Entschuldigen Sie.«

»Nein! Bitte! Was haben Sie gesagt?«

»Ach, das ist schwierig zu erklären.«

»Versuchen Sie's!«

»Soll ich wirklich?«

»Ja.«

»Also«, begann sie, »meine Schwester hat eine Tochter, die jetzt neunzehn Jahre alt ist. Sie heißt Nele und wohnt ebenfalls in Oslo. Meine herzensgute Nele! Sie hat uns häufig besucht, als mein Mann noch lebte. Aber seit er tot ist, kommt sie noch öfter zu Besuch. Mindestens dreimal in der Woche. Sie sagt: Du bist viel zu oft allein. Du kannst die Abwechslung gut gebrauchen! Wenn es nach mir ginge, bräuchte sie nicht so viel Aufhebens um ihre komische, alte Tante zu machen. Aber ich freue mich natürlich immer sehr, wenn sie kommt. Wir spielen Schach. Sie bringt immer alle möglichen Modemagazine mit und zeigt mir, welche Sachen sie schick findet. Welches Model ihr gefällt, welches in ihren Augen abgrundtief hässlich ist und so weiter. Manchmal, wenn sie sich neue Klamotten gekauft hat, machen wir in meinem Wohnzimmer sogar eine kleine Modenschau. Wir trinken zusammen Sekt, erzählen uns Geschichten. Gelegentlich fällt auch das ein oder andere Wort über irgendeinen jungen Mann. Und ich gebe mir dann Mühe, mich mit meinen Ratschlägen zurückzuhalten. Wir lachen viel zusammen. Es ist immer lustig mit uns. Aber einmal, das ist noch gar nicht so lange her, war sie nicht zu Späßen aufgelegt. Sie schien äußerst niedergeschlagen zu sein. So kannte ich sie gar nicht. Sie hat mürrisch dreingeblickt, ihre Stirn war in grässliche Falten gelegt. Und als sie mir beim Abendessen gegenübergesessen und lustlos mit der Gabel im Teller herumgestochert hat, fragte ich sie: ›Nele, was ist mit dir?‹ Zuerst habe ich lange nichts aus ihr herausbekommen. Sie hat nur mit den Achseln gezuckt. ›Irgendwas bedrückt dich doch‹, sagte ich. Und dann hat sie endlich zu erzählen angefangen. Sie meinte: ›Mir ist etwas bewusst geworden.‹

›Was denn?‹, habe ich gefragt.

›Etwas, das meine Freunde und so betrifft‹, entgegnete sie. ›Die ganzen Leute in meinem Umfeld. Mich selbst eingeschlossen.‹

›Und was nun?‹, wollte ich wissen.

›All die Leute, die ich so kenne, und ich, wir befinden uns ständig in einer Art … ich weiß nicht, wie ich das ausdrücken soll, in einer Art Abwesenheit.‹

›Wie meinst du das?‹, habe ich sie gefragt.

Sie sagte: ›Vielleicht müsste man eher Benommenheit dazu sagen. Keine Ahnung, was es genauer trifft. Es ist auf jeden Fall, als würde man sich abends nach einem verdammt anstrengenden Tag vor den Fernseher hocken. Und man sitzt einfach da und switcht die Kanäle durch, bleibt mal da hängen und mal dort, ohne wirklich mitzukriegen, was man sieht. Man lässt sich einfach so berieseln, verstehst du? Wie wenn man manchmal in der Schule während des Unterrichts wegdriftet, wenn man aus dem Fenster starrt und die Stimme des Lehrers nur noch wie aus weiter Ferne zu einem dringt. Man ist da und man hört auch noch, was der Lehrer sagt, aber man nimmt es einfach nicht mehr in sich auf. Oder wie wenn ich mir vorstelle, ich wäre Soldat und müsste nachts Wache stehen. Ich konzentriere mich, ich will auf jeden Fall wach bleiben, damit ich, sobald etwas geschieht, sofort Alarm schlagen kann. Aber ich bin eben doch müde, weißt du! Und die Beine tun mir weh, und die Lider sinken tiefer und tiefer. Oder es ist, wie wenn man auf einer Party auf dem Boden hockt und schon ein paar Bier getrunken hat, man ist noch nicht richtig betrunken, aber zu schwerfällig, um aufzustehen, und die Musik dröhnt nur noch, und das Stimmengewirr um einen herum ist dumpf. Tanzende Beine direkt vor einem. Aber sie sind zu weit entfernt. Oder als ob man auf dem Rücksitz eines Autos schläft und ab und zu kurz die Augen aufschlägt und irgendwelche Autobahnlichter auf einen einstürmen, und man weiß nicht, wo genau man sich befindet, und es ist einem auch egal, Hauptsache, das Auto fährt noch eine Weile und man kann noch ein bisschen weiterschlafen. In dieser seltsamen Abwesenheit sind die Leute in meiner Umgebung und ich – sind wir gefangen. Und nicht, weil wir das Leben und alles nicht interessant oder spannend genug finden (so wie viele Ältere es unserer Generation vorwerfen: dass sie tierisch gelangweilt ist und einfach uninspiriert und so weiter), sondern weil die meisten es einfach nicht schaffen, so ganz und gar wach zu sein, wie es augenscheinlich von ihnen erwartet wird. Es prasselt so unglaublich viel gleichzeitig auf sie ein, dass sie gar nicht anders können, als ein klein wenig abzuschalten. Alles entrückt einem ein bisschen. Man ist nicht mehr hundertprozentig da. Ein bestimmter Teil der vorhandenen Aufmerksamkeit flieht in einen unergründlichen Zufluchtsort, der tief in einem selbst liegt.‹ So«, schloss Frau Garvang. »Diese Worte meiner Nichte sind stark in meinem Gedächtnis verankert. Und als Sie vorhin sagten, dass es Ihrer Freundin schlecht gehe, und ich habe ja gesehen, wie müde sie auf der Treppe ausgesehen hat, da musste ich an meine Nele denken.«

24

Ich legte mich zu Tanja ins Bett. Als ich unter die Bettdecke kroch, öffnete sie die Augen. Draußen hörte man nur einen einsamen, fremden Vogel schreien. Sämtliche anderen Wesen und Dinge schienen sich in dem grauen, düsteren Spinnennetz hoffnungslos verfangen zu haben. Der frische Geruch der Bettdecke stand im absoluten Gegensatz dazu. Mich fror ein wenig.

»Danke, dass du mich hierher gebracht hast«, sagte sie leise.

»Gerne.« Ich schlang meinen Arm um sie. Erneut dieser Vogelschrei.

»Tim, ich muss dir etwas sagen.«

»Was denn?«

Sie zögerte kurz, schließlich meinte sie: »Nein, doch nicht.«

»Los! Sag schon.«

»Nein, ich werde es dir wann anders sagen. Jetzt kann ich es nicht.«

»Wie immer es Ihnen beliebt«, entgegnete ich.

»Erzählst du mir wieder eine Geschichte?«, bat sie.

»Muss das sein?«

»Ja, bitte!«

»Und was für eine?«

»Wieder eine von deinen Auslandsreisen!«

»Die scheinen dir zu gefallen.«

»Ja, die gefallen mir.«

»Welche Stadt?«

»Keine Ahnung. In welchen Städten warst du denn überall?«

»In vielen.«

»Warst du irgendwo in Spanien?«

»Nein, leider nicht.«

»Paris?«

Bei diesem Wort zuckte ich leicht zusammen.

»Ja, dort war ich«, sagte ich.

»Los erzähl!«

»Warte, ich muss kurz überlegen ... Also gut. Paris.« Mit einem Seufzer begann ich: »Ich war für fünf Tage dort. Ich war auf eine Buchmesse eingeladen. Zusammen mit einer ganzen Delegation von deutschen Schriftstellern. Sozusagen der A-Nationalmannschaft der deutschen Schriftsteller. Ungefähr dreißig Leute. Diese Buchmesse in Paris nannte sich *Salon du livre*. Der *Salon du livre* findet einmal im Jahr statt. Immer im März, glaube ich. Im Stadtteil Porte de Versailles. Und jedes Jahr liegt der Schwerpunkt, wie auch bei der Frankfurter Buchmesse, auf einem bestimmten Land. Das war in jenem Jahr Deutschland. Deshalb waren diese ganzen deutschen Schriftsteller eingeladen worden. Sie haben sich aus ein paar vereinzelten 30- bis 40-Jährigen und unglaublich vielen 50- bis 80-Jährigen zusammengesetzt. Ich war siebzehn. Auf der Messe gab es einen großen *deutschen Stand*, der die Anlaufstelle für die eingeladenen Autoren war. Dort konnten sie zwischendurch immer wieder hingehen, dort trafen sie sich. Wenn sie gerade nicht, wie die meiste Zeit, in der Messehalle oder auch woanders Lesungen absolvieren mussten, auf Podien sitzen, über Literatur und

Politik diskutieren, Signierstunden abhalten etc. An diesem *deutschen Stand* habe ich dem ehemaligen Bundeskanzler Schröder die Hand geschüttelt.«

»Wirklich?«, fragte Tanja.

»Ja«, entgegnete ich. »Und das kam so: Irgendwann sind alle gerade anwesenden Autoren, unter denen auch ich mich befand, von Messemitarbeitern in eine Ecke dieses Standes gepfercht worden und durften nirgendwo mehr hingehen. Es hieß, der Bundeskanzler und der französische Staatspräsident würden jeden Moment eintreffen und uns allen die Hände schütteln. Das war ein guter Plan. Aber die Sache war die: Die beiden kamen nicht. Und deshalb musste man ewig dort herumstehen und warten. Ungefähr neunzig Minuten. Mich machte das wahnsinnig. Weißt du, mir ist das Gerede dieser Schriftsteller so auf die Nerven gegangen, die literweise Champagner tranken und so übertrieben locker taten, obwohl man ihnen ansah, dass das Gegenteil der Fall war. Es gab niemanden, mit dem ich mich gerne unterhalten hätte. Dieses grelle Messehallenlicht hat einen müde gemacht, die Luft war aufgebraucht, man stand ungeheuer dicht beieinander. Dazu kam, dass ich mit der Zeit immer dringender auf die Toilette musste. Ich war schon fast abgehauen, da hielt mich eine Frau am Arm fest. ›Sie können doch jetzt nicht weggehen! Die müssen jeden Augenblick hier sein!‹ Na gut. Also bin ich geblieben. Als die beiden dann kamen, vergaß ich vollkommen, dass ich pissen musste. Es ist augenblicklich ein ungeheuerliches Gedränge entstanden. Tausend Leute schoben sich von allen Seiten herbei. Fotografen, Kameramänner und alle möglichen anderen Gestalten. Bodyguards haben sie zur Seite gedrückt. Aus Versehen sind auch ein paar Schriftsteller weggedrückt worden. Ich weiß nicht mehr genau, welche. Aber ich bin sicher, die haben in den neunzig Minuten zuvor so viel Schwachsinn geredet, dass sie das wirklich verdient hatten. Die anderen, noch übrig gebliebenen Schriftsteller, somit auch ich, haben sich keinen Millimeter mehr bewegen können. Sie *mussten* jetzt praktisch den Staatsmännern die Hand schütteln. Was anderes wäre gar nicht mehr möglich gewesen. Einer, der, das muss ich zu seiner Ehrenrettung sagen, wirklich hervorragende Lyrik schreibt, stieg mir aus Versehen so heftig auf den Zeh, dass ich Herrn Chirac vor Schmerz laut ins Gesicht jaulte. Durch dieses ganze Wirrwarr sind also die zwei Politiker marschiert. Neben Gerhard Schröder her schritt eine junge Frau und nannte ihm immer den Namen der jeweiligen Person, der er als Nächstes die Hand geben sollte. Als die beiden sich gerade durch eine Lücke zwischen Menschen hindurchgequetscht hatten und vor mir standen, hat sie gesagt: ›Herr Bundeskanzler, das ist Tim Gräter, der jüngste der Autoren.‹ Und Gerhard Schröder antwortete: ›Das sieht man.‹ So viel also zur deutschen Autoren-A-Nationalmannschaft beim Auswärtsspiel in Paris.«

»Was haben die Schriftsteller denn sonst noch auf dieser Messe gemacht?«, wollte Tanja wissen.

»An jedem Abend gab es irgendwo einen großen Empfang. Alle deutschen Autoren mussten sich dann in einen riesigen Reisebus begeben und wurden unter Polizeischutz zu diesem Empfang gebracht. Bei einem der Empfänge haben Schröder und Chirac nacheinander eine Rede gehalten. Währenddessen unterhielt ich mich mit einer jüngeren Autorin, die mir von ihrem Debütroman erzählte, in dem es, soweit ich mich erinnern kann, um eine Vergewaltigung ging. Ich konnte ihr kaum zuhören. Ich habe mich extrem einsam gefühlt. Und bei einem anderen Empfang, in der deutschen Botschaft, bei dem ein Kamerateam herumgelaufen ist und jeden gefragt hat: *Was verbinden Sie mit der Stadt Paris?*, da fühlte ich mich noch einsamer. Gott sei Dank hatte eine Autorin ihren Hund dabei, so einen kleineren, süßen Mischling, den sie Franklin getauft hatte und der ein bisschen wie ein Fuchs ausgesehen hat. Und zu Franklin habe ich mich dann auf den Boden gehockt, spielte mit ihm, kitzelte und streichelte ihn. Sonst wäre ich auf diesem Empfang komplett irre geworden. Währenddessen erläuterten die anderen Schriftsteller vor der Kamera, was sie mit Paris verbanden oder wie sie es anstellten, über solch schwierige Themen wie Vergewaltigungen zu schreiben, und stopften Kaviarschnitten in sich hinein. Ansonsten ging man auf der Messe zu verschiedenen Stehempfängen an diversen Verlagsständen. An fast allen dieser Stände haben junge, hübsche, fein angezogene Begrüßungsdamen gearbeitet, die den Leuten etwas zu trinken anboten, ihnen bei Fragen behilflich waren und so weiter. Diese Mädchen wurden von den männlichen Autoren als Messehasen bezeichnet. Und jeden Abend wurden ein paar von ihnen abgeschleppt. Irgendein Autor ging zu einem dieser Messehasen hin und sagte so etwas wie: ›*Zeig mir heute Nacht etwas, worüber ich morgen schreiben kann.*‹ Und das hat tatsächlich funktioniert.«

»Und du hast es auch so gemacht, nicht wahr?«, sagte Tanja.

»Nein, nein! So einer bin ich nicht!«

»Arschloch!«

Sie schlug mir mit der flachen Hand auf den Bauch.

Lange Zeit lagen wir schweigend nebeneinander.

Sie lag auf der Seite. Mit dem Gesicht zu mir. Ich fing irgendwann an, ihre Stirn zu berühren, strich mit dem Mittel- und Zeigefinger darüber. Streichelte ihr die Wange. Zuerst stieß sie ein zorniges *Lass das!* hervor, aber dann rutschte sie doch näher zu mir rüber. Wir knutschten herum. Bald lag ich auf dem Rücken, sie auf mir. Dann glitt sie plötzlich an mir herunter, unter die Bettdecke. Meine Gürtelschnalle wurde geöffnet, dann der Reißverschluss der Jeans. Sie holte meinen Schwanz aus der Unterhose und begann, daran zu lutschen. Ein feuchtes, warmes Himmelreich stülpte sich über meinen Penis. Ich hob den Kopf ein Stückchen in die Höhe, wollte ihr beim Blasen zusehen. Aber die Bettdecke war im Weg. Dafür spürte ich alles. Und was ich spürte, war phänomenal. Sie saugte und saugte. Ihre Zungenspitze tänzelte über meine Eichel. Meinen Körper durchzuckte es, als bekäme ich elektrische Schläge. Nicht mehr lange, und ich würde kommen. Ich wusste nicht, ob ich ihr in den Mund spritzen durfte. Ob das okay für sie war. Als ich fast so weit war, entschied ich mich dafür, unter die Bettdecke zu langen und Tanja schnell darunter hervorzuziehen. Ihr Gesicht war gerötet. Schweiß glänzte auf ihren Schläfen. »Wollen wir's jetzt miteinander tun?«, fragte sie. Wahrscheinlich hatte sie keine Ahnung, dass um Haaresbreite schon alles vorbei gewesen wäre.

»Tanja …«, stammelte ich, »… hast du … bist du …«

»Ich weiß, du willst es«, sagte sie. Und zog ihr T-Shirt über den Kopf.

Zuerst versuchten wir die Missionarsstellung. Aber es klappte nicht. Mir gelang es nicht, in sie einzudringen. Sie war auch nicht gerade besonders feucht. Also leckte ich sie ein bisschen. Gut möglich, dass ich mich dabei ziemlich miserabel anstellte. Aber was sie betrifft: Sie ließ sich in keiner Sekunde wirklich gehen, spreizte nicht einmal für kurze Zeit die Beine richtig. Sie blieb auch nicht liegen, sondern richtete immer wieder ihren Oberkörper auf, stützte sich auf die Handflächen und blickte mit einem so nüchternen und abschätzenden Gesichtsausdruck auf mich herab, dass ich es irgendwann bleiben ließ. Sie machte auf mich einen allzu gelangweilten Eindruck. Ich wollte sie fragen, was sie denn richtig *anturnen* würde, war aber zu feige. Wieder versuchte ich, in sie einzudringen. Vergebens. In Berlin ist es mir doch schon einmal ohne weiteres gelungen, dachte ich. Was stimmte denn jetzt nicht? Ich stocherte mit meinem Penis in der Gegend herum. Gelegentlich griff sie nach unten, um ihn in die richtige Richtung lenken. Ich versuchte das natürlich auch selbst. Erfolglos. Nach geraumer Zeit sagte sie kalt: »Möglich, dass wir einen Zauberspruch verwenden müssen: Sesam, öffne dich!« Doch der Zauberspruch half, wie es zu erwarten war, ebenfalls nicht. Irgendwann war mein Schwanz ganz wund gestoßen. Auch kann man nicht gerade sagen, dass *sie* von Schmerzen verschont blieb. Immer wieder kniff sie ruckartig die Augen zusammen. »Verdammt, Tim!«, rief sie. »Das tut weh!« Sie sagte: »Wir sollten es einfach bleiben lassen! Es klappt eben nicht.« Ich war aber so in Fahrt, dass mir alles, was sie von sich gab, schnurzegal war und ich es einfach weiter probierte. Obwohl mein Penis höllisch brannte und ich wirklich das Gefühl hatte, ich hätte ihn ernsthaft verletzt. Doch je länger es dauerte, desto angestrengter und verzweifelter versuchte ich es. Tanja war irgendwann nur noch genervt. Ich wollte dann noch eine andere Stellung ausprobieren und sie von hinten nehmen. Das missfiel ihr. Sie rief: »Jetzt ist Schluss! Wir hören auf!« Ob sie fürchtete, dass ihr diese Stellung besonders viele Schmerzen bereitete, oder ob sie sie überhaupt nicht mochte, das wusste ich nicht.

Unsere Körper lösten sich voneinander. Mein Schwanz tat höllisch weh. Meine Schläfen pochten. Mein Gesicht fühlte sich aufgedunsen an. Ich schien zu fiebern.

»Soll ich es dir irgendwie anders besorgen?«, fragte sie.

»Nein.«

Tanja zündete sich nackt neben mir liegend eine Zigarette an. Ich konnte nur noch alle viere weit von mir strecken und tief Luft in meine Lungen saugen. Ich horchte auf den Schrei dieses einsamen Vogels. Aber er ertönte nicht.

Plötzlich sagte sie: »Ich kann dir gar nicht sagen, wie sehr ich Sex verabscheue.« Sie blies, den Kopf in den Nacken legend, einen Schwall Rauch nach oben. »Ich empfinde dabei nichts, absolut nichts. Allerhöchstens mal Schmerzen.« Ich antwortete extra nicht darauf, weil ich das, was sie da redete, ziemlich lächerlich und übertrieben fand und es in meinen Augen klar war, dass sie einfach ein bisschen Dampf ablassen wollte. »Man macht es eben, weil die Typen es unbedingt wollen«, fuhr sie fort. »Nur darum. Das einzige halbwegs Schöne daran ist der Moment, in dem der Mann zum Höhepunkt kommt. Zu sehen, wie seine Gesichtszüge plötzlich ganz weich werden, sich entspannen, das ist wirklich toll! Aber das ist eben nur ein klitzekleiner Moment.« Sie zog an der Zigarette. Aschte in eine leere Zigarettenschachtel hinein, die sie von ihrem Nachtkästchen geholt hatte. Jetzt legte sie sie neben sich aufs Bett.

»Und immer dieses blöde Getue drum herum«, weitete sie ihr Geschwafel aus, »das aus der ganzen Sache so etwas Geheimnisvolles, Magisches, Spannendes machen will. Dabei ist es im Grunde genommen nur etwas vollkommen Widerwärtiges. Man zieht sich aus, und dann reibt man seine Geschlechtsteile aneinander, bis der Kerl sein Sperma in einen hineinspritzt. Eine jämmerliche Ladung Wertlosigkeit. Die Wertlosigkeit der Spezies Mensch. Und was bitte soll geheimnisvoll daran sein, wenn man zu jedem Kerl, dem man irgendwo begegnet, hingehen kann, um zu sagen *Gehen wir ficken?*, und er dann sofort alles stehen und liegen lässt, um einem überallhin zu folgen?« Sie zog noch ein letztes Mal an ihrer Zigarette, dann ließ sie sie in ein beinahe leeres Wasserglas plumpsen, das auf ihrem Nachtkästchen stand.

Wir schwiegen. Lange Zeit schwiegen wir. Sie stand auf, ging zum Fenster, schaute hinaus, lief im Zimmer umher, drehte den Globus auf dem Tischchen, blieb neben dem Bett stehen. Erst jetzt erhob sie wieder die Stimme: »Tim, als ich dir sagte, ich hätte meine Periode. Das war gelogen.«

Sie warf sich daraufhin gleich zu mir aufs Bett. Kitzelte meinen Bauch. Ich starrte nach oben an die Decke.

»Bist du mir böse deswegen?«

»Nein.«

»Wirklich nicht?«

»Wirklich nicht.«

Auf einmal fing sie leise zu kichern an. Sie unterdrückte es und sagte schließlich: »Weißt du, bei einer Freundin von mir und deren Freund, da war es genauso.«

»Was?«

»Wie?«

»Was? Was war genauso?«

»Na ja, sie haben einige Male vergeblich versucht, miteinander zu schlafen. Sie mussten sich beide mit Gleitgel einschmieren, damit es endlich klappte. Hast du so etwas schon mal gemacht?«

»Nein.«

Wieder kicherte sie.

»Ich auch nicht. Irgendwie finde ich diesen Gedanken ziemlich albern.« Sie brach in lautes Gelächter aus. Sie konnte sich gar nicht mehr einkriegen. Sie strampelte mit den Beinen in der Luft. Schließlich tat sie so, als würde sie Fahrrad fahren. Und sang dazu: »… BICYCLE, BICYCLE. I want to ride my bicycle, I want to ride my bike. I want to ride my bicycle, I want to ride it where I like … Komm schon, wer ist das? Wer singt dieses Lied? … BICYCLE …«

Das machte mich höllisch aggressiv.

»Mach mit!«, sagte sie. »Wir fahren Fahrrad zusammen. BICYCLE, BICYCLE!« Sie schrie vor Lachen.

»Welche Band?«

»Hör' auf damit!«

»Welche Band?«

»Hör' auf!«

»QUEEN. Das ist Queen, Mensch! Warum aufhören? Fährst du nicht gerne Rad?«

»HÖR VERDAMMT NOCHMAL AUF DAMIT!«, brüllte ich. Es wurde ruckartig still. Nackt erhob ich mich aus dem Bett, stürzte ans Fenster. Ich wollte diesen Vogel sehen. Fand ihn aber nirgends. Nur eine schwarze Katze huschte durch den Garten. Ich riss das Fenster auf. Kühle Regenluft strömte ins Zimmer herein.

»Was ist mit dir los?«, fragte sie.

Ich schwieg. Die Katze war verschwunden, und ich blickte in den Garten hinab, ohne etwas Bestimmtes zu fixieren.

»Warum darf ich nicht einfach ein bisschen herumalbern?«

»Weil es mir auf die Nerven geht.«

»Ich gehe dir also auf die Nerven?«

»Ja, das tust du.«

»Immer?«

»Jetzt gerade.«

»Hat es doch etwas damit zu tun, dass ich gelogen habe? Ich meine, wegen der Periode.«

»Nein.«

»Bist du dir sicher?«

»Du bist anstrengend. Das ist alles.«

»Weißt du«, sagte sie, »manchmal habe ich das Gefühl, du kannst mich überhaupt nicht ausstehen.« Ich spürte ihren Blick in meinem Rücken. Sie fuhr fort: »Gibt es überhaupt einen Grund, warum du ausgerechnet mit *mir* in den Urlaub gefahren bist? Oder könnte ich für dich jede andere sein?«

Ich setzte mich mit dem Rücken zu ihr aufs Bett und begann, meine Sachen anzuziehen.

»Warum bist du nicht mit einem deiner Messehasen gefahren?«

Ich schnürte mir die Schuhe zu.

»Tim! Rede mit mir! TIM!«

Ich verließ das Zimmer.

25

Bevor ich Tanja kennen lernte, hatte ich drei Beziehungen gehabt, eine mit dreizehn, eine mit neunzehn und eine mit zwanzig, und keine der drei hatte ich lange aushalten können. Alle drei Mädchen waren liebe, zurückhaltende und leicht zufrieden zu stellende Menschen, die alles für die Harmonie zwischen uns getan hatten. Sich mir so angepasst haben, dass sie, so muss man es wohl sagen, ihre eigene Persönlichkeit beinahe vollständig verloren hatten. Vielleicht war das für mich auch der einzige Weg, eine Liebesbeziehung zu ertragen: wenn der andere Mensch so angepasst war, dass ich seine Anwesenheit nicht spürte. Und auch so fühlte ich mich noch genug eingeengt. So eingeengt, dass mir buchstäblich die Luft abgedrückt wurde. Ich fühlte mich eingeengt, wenn meine Freundin neben mir im Bett lag, ihre Füße aneinanderscheuerte, sich an mich schmiegte, mich zudeckte, ich fühlte mich eingeengt, wenn mich meine Freundin anrief: *Schatz, was machst du gerade?* Wenn sie auf einem Konzert neben mir herumhüpfte und bei Millionen anderen Sachen. Und wenn ich mich von Zeit zu Zeit doch dazu aufraffte, etwas zu schreiben, und die Arbeit einigermaßen voranging, dann erschuf ich mir selbst irgendeine Frau, die natürlich immer viel aufregender und toller war, als es ein lebendiger Mensch überhaupt jemals sein könnte. Während mir die Liebe zu dieser erfundenden Frau in ihrer reinsten Form durch die Adern rauschte, erschienen mir die Gefühle, die ich für das Mädchen hegte, mit dem ich gerade zusammen war, auf einmal ganz und gar lächerlich. Meine Beziehungen dauerten niemals länger als drei Monate. Und immer war ich es, der die Sache beendete. Mein Standardspruch war schon ab dem ersten Date: *Verlieb dich nicht in mich! Du wirst es bereuen!* Einerseits war das ein billiger Trick, um mich geheimnisvoller dastehen zu lassen. Andererseits sagte ich es einfach deshalb, weil ich es für eine ehrliche und angebrachte Warnung hielt.

Selbst wenn ich mich ab und zu, was ja nur natürlich ist, nach jemandem sehnte, der bei einem ist und bei einem bleibt, der stets zu einem gehört und so weiter, wusste ich immer: Würde dieser Jemand plötzlich auftauchen, könnte ich es wahrscheinlich doch wieder nicht mit ihm aushalten. Wer sich verliebt, sucht doch eigentlich immer beim andern nach den Sachen, die er mag. Die er gut aushalten kann. Und blendet das Negative aus. Bei mir ist es leider umgekehrt: Ich suche von der ersten Minute an nach dem, was ich nicht aushalten kann.

26

Ich saß schon eine ganze Weile auf der obersten Stufe des Treppenaufgangs, keine zehn Meter von der Tür entfernt, hinter der ich Tanja zurückgelassen hatte. Plötzlich öffnete sich eine der Türen in meinem Rücken, und eine Person trat auf den Gang hinaus. Zuerst hielt ich sie für ein Traumgeschöpf, doch je näher sie auf mich zukam, desto wahrhaftiger wurde ihre Erscheinung. Es handelte sich um eine Frau. Die Wandleuchten im Gang waren eingeschaltet und übergossen alles mit weichem, angenehmem, goldfarbenem Licht. Sie stand da, barfuß, in diesem Licht, das sie sanft umschmeichelte und ihre Haut weißlich schimmern ließ. Sie war jung, ich schätzte sie auf allerhöchstens achtzehn. Sie trug ein schwarzes Trägernachthemd mit Paisleymuster und hatte braune, wilde Haare. Ihre Augenränder waren schwarz verschmiert, und diese Tatsache unterstützte die Intensität ihrer dunklen, fast schwarzen Augen. Selbst ihr Lippenstift war verschmiert. Vielleicht trug auch der lange, schmale, olivgrüne Korridor seinen Teil dazu bei, dass sie für mich, der vollkommen in Gedanken verloren gewesen war, so eine enorme Erscheinung bot. Sie sah aus, ob sie geradewegs von einem Massaker oder einer gewaltigen Orgie kam. In ihrer rechten Hand hielt sie etwas, das ich nicht genau erkennen konnte. Sie sagte etwas Norwegisches zu mir. Ihre Stimme klang hoch und belegt wie die eines Kindes, das sich eine

Erkältung eingefangen hat. In der Annahme, sie wolle die Treppen hinunter, rückte ich zur Seite. »Sorry«, sagten wir beide gleichzeitig. Vorsichtig tapste sie an mir vorbei. Sie war schon einige Stufen hinuntergestiegen, als sie auf einmal stehen blieb, sich langsam umwandte und zu mir aufsah. Erneut ließ sich etwas Norwegisches vernehmen.

»I don't speak Norwegian«, sagte ich. »I only can sing *Norwegian Wood* for you. But I'm really not sure if you would like it. I am a very bad singer.«

»Doch, das würde ich schon gerne hören«, entgegnete sie auf Englisch. »Aber vielleicht sollte *ich* für *dich* singen. Ich singe ziemlich gut. Würde dir das gefallen?«

»Ja.«

Sie fing zu singen an: *I once had a girl or shall I say she once had me*. Sie sagte: »Eigentlich müsste ich ja singen: *I once had a boy*! Aber wen kümmert's!« Sie zuckte mit den Achseln, grinste. In ihrer Gestik lag etwas, das an Pantomime erinnerte. Nach kurzem Zögern fragte sie: »Wie heißt du?«

Ich nannte ihr meinen Namen.

»Freut mich«, sagte sie. »Ich heiße Christel. Ich habe dich hier noch nie gesehen. Du gehörst nicht zu den Handwerkern, oder?«

Ich schüttelte den Kopf. »Nein, kein Handwerker.« Sie maß mich mit einem langen Blick, den ich an meinem ganzen Körper spürte.

»Dachte ich mir. Von denen, die ich bisher gesehen habe, war keiner so hübsch.« Ihre Augen weiteten sich.

»Was machst du dann hier?«, fuhr sie fort.

»Ich bin Schriftsteller.«

»Wirklich?« Sie hob die Brauen. »Du bist also hier, um zu schreiben?«

»Ja«, antwortete ich. »Und du? Bist du auch hier, um zu schreiben?«

Ein Lächeln kräuselte ihre Lippen.

»Nein. Ich bin mit Jean hier. *Er* schreibt. Ich bin ...« Sie zögerte, ehe sie den Satz beendete, »... ich bin nur seine Inspiration.«

Christel stieg die paar Treppenstufen, die sie erst hinuntergegangen war, nun wieder herauf. »Du hast doch nichts dagegen, wenn ich ... wenn ich mich zu dir setze, oder?«

Ich schüttelte den Kopf.

»Du gefällst mir nämlich.«

Sie stieß einen glucksenden Lacher aus, der ein leicht unheimliches Gefühl in mir auslöste. Keine Ahnung weshalb, aber ich musste an Kinder denken, die aus dem Totenreich zurückkehren.

Kaum hatte sie sich neben mich gehockt, legte sie das Ding in ihrer Hand auf ihre Oberschenkel. Sie berührte es mit den Fingern beider Hände. Jetzt konnte ich auch sehen, um was es sich handelte. Es war etwas äußerst Merkwürdiges: eine Art Augenmaske in weißer Farbe.

»So jung und schon Schriftsteller«, sagte sie mit leiser Stimme. Erneut ließ sie ihren durchdringenden Blick auf mir ruhen.

Als ich nichts darauf entgegnete, sagte sie:

»Jean schläft gerade. Das ist gut. Er braucht diesen Schlaf. Er arbeitet hart. Er war heute extrem angespannt. Und extrem unfreundlich zu mir. Bist du auch so unfreundlich zu anderen, wenn du schreibst?«

»Möglich«, sagte ich.

Von Jean Greveiller hatte ich zwei Bücher gelesen. Das eine, *Ein Manifest*, sein erfolgreichstes, handelte von einer Party in einer Villa in Kapstadt, die einem deutschen Unternehmer gehört. Er beschreibt darin seitenlang und sehr genau, wer welche Kleider trägt, wie die Blumen in den Vasen arrangiert sind, welche Drogen in den silbernen Schatullen angeboten werden. Und nebenbei gibt er durch Wiedergabe der überheblichen und widerlichen Gespräche einen kurzen Einblick in die politische Situation Südafrikas. Die Kritiker lobten besonders die Art, wie er der Schönheit und Perfektion des Hauses den seelischen Schrott der Partygäste gegenüberstellt. Mir war das Buch unsympathisch gewesen. Und es hatte mein Bild von dem Autor geprägt. Ein dandyhafter, selbstgerechter Zyniker. So war auch das Foto, das auf jedem seiner Bücher den Klappentext abschloss. Eine Nahaufnahme seines Gesichts, die durch eine besondere Belichtungstechnik die Falten um seinen Mund hervorhob und eine anrüchige Verlebtheit erzeugte, die ihm offensichtlich gefiel. Das zweite Buch, das ich von ihm gelesen hatte, *Du bist nicht wie ich*, hatte mich aber überrascht. Es handelte von einem jungen Mann, der seinem Vater Briefe schreibt. Der Vater sitzt im Gefängnis, weil er die Mutter ermordet hat. Der ganze Roman besteht nur aus Briefen der beiden und ist nicht besonders dick. In dieser Geschichte fehlte die Kälte. Der sezierende Blick auf die Menschen. Ich hatte das Buch in einer Nacht gelesen. Was ich sonst noch über den Autor wusste, war, dass er etwa fünfzig Jahre alt war, aus einer ausgesprochen reichen Familie stammte, immer in verschiedenen, internationalen Städten wohnte und auf Partys den Leuten erklärte, dass sie die falschen Schuhe trugen.

»Jetzt, wo er schläft«, meinte sie, sich ein wenig zurücklehnend, »wollte ich eigentlich die Gelegenheit nutzen, um etwas zu trinken.«

»Na, dann los!«, sagte ich.

»Du willst mich doch nicht etwa loswerden?«

»Nein, bestimmt nicht.« Unsere Blicke trafen sich. Ich lächelte. Sie zog die Beine zu sich heran, sodass ihre Knie sichtbar wurden. Die Maske legte sie neben sich auf die Stufe. Ein Geruch von Schlaf, Bettdecke und Mädchen umgab sie. Eine mörderische Kombination.

»Wie ist er denn so, wenn er nicht gerade unfreundlich ist zu dir?«, wollte ich wissen.

»Du meinst Jean?«

»Ja.«

Christel gluckste erneut. Jetzt nahm ich in ihrem Atem leichten Alkoholgeruch wahr.

»Ach, er ist einfach ein toller Mann. Reich, gebildet. Künstler durch und durch. Nur leider ist er eben auch verrückt.«

»So?«

»Ja«, lachte sie. »Das kann man wohl sagen! Zum Beispiel neulich, vor ein paar Tagen, da hat er mir erzählt, dass sein Bruder sich auf einer Party von einer Frau hat bloßstellen lassen, in die er, der Bruder meine ich, wohl ziemlich vernarrt gewesen ist. Und dann hat mich Jean tatsächlich gefragt, ob ich dabei behilflich sein könnte, seinen Bruder umzubringen. Ich lachte, weil ich es für einen Scherz hielt, doch als ich seine Augen sah, da überkam mich auf einmal das Gefühl, dass er es ernst meinte. Und irgendwie dachte ich in diesem Moment, dass ihm so was auch zuzutrauen wäre. Verstehst du, was ich meine? So einer ist er.«

»Und was genau hast du mit ihm zu schaffen?«

»Weißt du nicht, was eine Inspiration ist?«

Ich sah sie an.

»Du bist zu neugierig«, sagte sie. »Wir kennen uns kaum.«

Ein paar Augenblicke lang herrschte Schweigen. Sie inspizierte aufs Genaueste ihre Knie. Dann blickte sie auf, schaute mir wieder in die Augen.

»So jung und schon Schriftsteller«, wiederholte sie. »Hätte nicht gedacht, dass ich hier so einem Exemplar begegne!«

Es war irgendwie ein unwirklicher Moment, wir beide auf dieser Treppe. Wir redeten merkwürdiges Zeug. Sie erzählte von einem kleinen Ort im Wald, wo sie aufgewachsen war. dreihundert Kilometer entfernt. Von einem Baumhaus, das ihr Vater für sie gebaut hatte. Von einer Bank darin, auf der man stundenlang sitzen konnte wie hier auf der Treppe. Sie redete davon, dass sie als Kind vor allem gelangweilt war. Dass ihre Eltern Beschäftigungstherapeuten kommen ließen, die mit ihr Bilder malten. Auf meine Frage, ob sie von Greveiller Geld dafür bekomme, eine Inspiration zu sein, antwortete sie: ja.

»Warum machst du das?«, fragte ich.

»Interessiert es dich wirklich?«

»Ja.«

»Kannst du dir vorstellen, dass ich in die Kirche gehe und dem lieben Gott danke, dass er mir diese Brüste gegeben hat und diesen Arsch?« Sie neigte sich leicht zur Seite und schlug sich mit der flachen Hand auf die Pobacke. »Erst, als das anfing«, sagte sie, »dass mich die Männer anders ansahen, erst dann war Schluss mit meiner Gleichgültigkeit und meiner Langeweile. Ich genoss es, wenn die Jungs sich mit ihrem Blick nach mir verzehrten, wenn sie darum buhlten, wer in meiner Nähe sein dürfe, wenn ihnen überall, wo ich auftrat, die Spucke wegblieb, wenn sie mir nachpfiffen, wenn sie sich im Gespräch wahnsinnig ungeschickt anstellten, wenn sie bei meiner Mutter läuteten und Geschenke für mich abgaben, wenn sie sich heimlich trafen und versuchten, in mein

Fenster zu spähen. Zum ersten Mal fühlte ich mich, als sei ich in diesem Leben angekommen. Besonders liebte ich, dass mich auch die erwachsenen Männer mit glühenden Augen ansahen, gar nicht anders konnten, Männer auf der Straße, Männer an Kiosken, sämtliche Freunde meines Vaters. Es war wie Sauerstoff für meine Körperzellen.« Sie drehte wieder den Kopf zu mir. »Du hast gerade einen sexuellen Resonanzkörper kennen gelernt. Wie findest du das?«

Und ich fragte mich, was das für eine absurde Show war, die hier gerade aufgeführt wurde.

»Es war einer meiner Lehrer, der mir das erste Mal Geld anbot«, sagte sie. »Herr Gibka, Geographie und Englisch, er trug immer so vornehme Klamotten.« Sie schenkte mir jetzt ihr strahlendstes Lächeln.

Für kurze Zeit herrschte Schweigen.

»Bist du eigentlich länger hier?«, fragte sie dann.

»Nein, denke nicht.«

»Schade«, seufzte sie. Sie ließ ihren Blick die Treppenstufen hinabwandern. »Ich mag nicht nach unten gehen. Ich trinke lieber hier oben etwas Wasser, aus dem Hahn. Diese alte Dame hat etwas gegen mich. Und ich muss sagen, dass ich mich ein bisschen vor ihr fürchte. Niemand hat ihr gesagt, was ich hier tue. Trotzdem weiß sie es. Die ist nicht auf den Kopf gefallen.«

Sie erhob sich.

»Mach's gut!«, sagte sie. Sie machte ein paar Schritte in dem sonderbaren Licht des Ganges, streifte sich die Maske über und verschwand im Zimmer von Jean Greveiller.

27

Ich verließ das Haus, das Grundstück und stand auf der Straße. 20:25 Uhr. Der Abend senkte sich herab. Es war kühl. Stille. Nur der Wind, der an den Blättern der Ahornbäume zupfte. Auf dieser Straße herrschte eine Stimmung, als wäre auf der Welt rein gar nichts geschehen. Als wären alle im Bett liegen geblieben. Als hätten die Menschen all ihre Pflichten auf einen anderen Tag verschoben. Es war für mich keine friedliche, idyllische Stimmung mehr, und auch keine gemütliche, sondern sie löste in mir das Gefühl aus, es sei etwas Entscheidendes versäumt worden. Etwas, das Konsequenzen haben wird. Ich lief die Straße hinunter, bog in eine andere ein, spürte die Stille. Ich sah mir die edlen Häuser hinter den prächtigen Gartentoren und dichten Hecken an. Sie kamen mir bedrohlich vor. Ich eilte weiter und versuchte zwanghaft, auf andere Gedanken zu kommen. Ich versuchte, an meine Mutter zu denken, die in München war. Ich liebte sie sehr. Als mein Bruder und ich noch Kinder waren, hatte sie halbtags als Arzthelferin gearbeitet. Nachdem sich meine Eltern getrennt hatten, sehnte sie sich neben einem komplett neuen Leben eben auch nach einem anderen Beruf und war schließlich Krankengymnastin geworden. Sie eröffnete in München-Schwabing eine eigene Praxis, aber es kamen nur sehr wenige Patienten. Sie tat mir Leid. Sie gab sich wirklich viel Mühe. Richtete ihre Praxis immer wieder neu und schön her, kaufte teure Liegen und alles mögliche andere Zeug, ließ Flyer drucken, die sie mit ausgewählten Gedichtzeilen versah und dann in Apotheken verteilte. Ein Eisenschild mit ihrem Namen wies unten am Hauseingang auf die Praxis hin. Wenn man sie anrief und nicht erreichte, ertönte die Ansage: … *dies ist der Anrufbeantworter der Krankengymnastin Melanie Gräter, meine Sprechzeiten sind* … Aber es rief kaum jemand an, der sich für ihre Sprechzeiten interessierte. Sie veranstaltete so genannte Infoabende, an denen oft nichts anderes passierte, als dass sie zwei Stunden allein in ihrer Praxis hockte und dann mit dem Fahrrad wieder nach Hause radelte. Sie arbeitete unter großer Anstrengung Vorträge aus, über Themen wie Rückenschmerzen oder Nackenverspannungen. Mein Bruder und ich, wir mussten immer dafür herhalten, uns den Vortrag im Wohnzimmer als Erste anzuhören, und sagen, was wir davon hielten. Es war für uns immer ein bisschen traurig, weil wir wussten, dass sie nach uns wahrscheinlich niemand sonst mehr zu hören kriegen würde. Aber dann setzen wir uns doch immer wieder hin, und Matthias sagte *Also leg los, Mom!* Sie war ja immerhin unsere Mutter. Mein Vater hatte sich nach der Trennung bereit erklärt, weiterhin für sie aufzukommen. Aber das wollte sie nicht. Für sie hatte es eine enorme Wichtigkeit, dass sie selbst Geld verdiente. Darum arbeitete sie zusätzlich halbtags als Sekretärin im Rathaus.

Sie wohnte in einem Zweifamilienhaus. Als ich selbst noch in München lebte, hatte ich im Sommer zusammen mit Matthias oft für sie im Garten gearbeitet. Und danach kochte sie immer für uns. Ich hatte diese Tage unglaublich gern gehabt, an denen wir nachmittags im Garten arbeiteten und es danach etwas Feines zu essen gab, wir zusammen in der Küche hockten. Diese Tage waren so friedlich.

Meine Mutter und ich, wir hörten die gleiche Art von Musik. Beide Rockmusik. Sie eher Rockmusik aus den Sechzigern und Siebzigern und ich eher aktuelle. Bei uns gab es ein kleines Ritual. Einmal im Monat nahmen wir uns gegenseitig eine Mixkassette auf. Mit den Liedern, die wir in diesem Monat besonders oft hörten oder die uns gerade besonders viel bedeuteten. Natürlich wäre es zeitgemäßer gewesen, CDs zu brennen. Aber meine Mutter und ich, wir hatten dieses alte *Kassetten-Aufnehmen* eben lieber. Wo man immer genau ausbaldowern musste, wie viel noch auf eine Seite draufging, und man während des Aufnehmens alle Lieder nochmal ganz anhören musste. Dafür, dass es meine Mutter nicht gerade leicht hatte, war ich überrascht, wie fröhlich ihre Mixkassetten waren. Ihr Lieblingsmusiker war Frank Zappa, und sie benannte ihre Kassetten immer nach irgendwelchen verrückten Frank-Zappa-Sätzen, wie zum Beispiel *Don't eat the yellow snow-Mix*. Als Matthias starb, setzten wir einen Monat mit unseren Kassetten aus. Die neueste hatte ich auf diese Reise mitgenommen. Ich hörte sie immer wieder im Zug. Sie war Klasse. Ihr Name lautete *Broken hearts are for assholes-Mix*.

Ich lief weiter durch die Straßen. Begegnete fast niemandem. Plötzlich sprach mich aber eine ungefähr 30-jährige Frau an. Sie hatte langes, braunes Haar, trug eine enge Jeans und ein enges, schwarzes T-Shirt. Über ihrer linken Schulter hing eine Ledertasche. So wie sie aussah, so lebendig, so frisch, passte sie überhaupt nicht zu der Stimmung hier. Zu dieser Umgebung. Ich nahm an, dass sie aus einem anderen Viertel gekommen war. Als ihr klar wurde, dass ich nichts verstand, tippte sie sich aufs Handgelenk, um anzudeuten, dass sie die Uhrzeit wissen wolle. Ich holte meine silberne Taschenuhr, die ich von meinem Vater geschenkt bekommen hatte, aus meiner Hosentasche. Ich freute mich immer, wenn ich sie herzeigen konnte. Ich war der Ansicht, so eine Taschenuhr würde mich attraktiver machen. Ich ließ die fremde Frau draufschauen. Sie war offensichtlich nicht besonders begeistert und eilte augenblicklich davon. Später sah ich sie wieder, als ich zufällig an einem kleinen Lokal vorbeikam, vor dem unter einer dunkelgrünen Markise Tische und Stühle standen. Auf jedem Tisch leuchtete eine kleine Kerze. Sie saß draußen und begutachtete ihr Gesicht in einem winzigen Handspiegel. Vor sich hatte sie ein Glas Wein stehen. Außer ihrem war nur ein einziger anderer Tisch besetzt, an dem ein älteres Paar saß. Ich setzte mich in die Nähe der Frau und bestellte einen Martini. Ich trank sofort gierig davon. Ich dachte an dieses Mädchen, Christel, das neben mir auf der Treppe gesessen hatte. An ihre weiße Augenmaske. Ich stellte mir vor, wie sie mit dieser Maske auf dem Gesicht in ihrem Zimmer lag. Auf dem Bett, zusammen mit Greveiller.

Weißt du nicht, was eine Inspiration ist?

Und in meiner Vorstellung verwandelte sich Greveillers Gesicht plötzlich in mein Gesicht.

Immer wieder starrte ich zu dieser Frau hinüber. Sie wartete offenkundig auf jemanden. Sie gab für mich das klare Bild einer Frau ab, die das Erscheinen eines bestimmten Herrn herbeisehnt, der schon seit geraumer Zeit seine Ehefrau mit ihr betrügt. Ich dachte: Was willst du denn von diesen verheirateten Deppen? Du solltest es einmal mit mir probieren! Du wartest hier, ich warte. Warum rücken wir nicht ein bisschen zusammen? Christels Stimme in meinem Kopf: *So jung und schon Schriftsteller!*

Ich könnte dir eine Augenmaske kaufen, dachte ich, während ich zu dieser Frau hinüberblickte.

Mein Glas war leer. Ich bestellte noch einen Martini.

Warum sind wir so allein, du, hübsche Fremde, und ich?

Plötzlich fiel mir Lara Berggren ein.

Ja, Frau Berggren, das ist es! Wäre es nicht das Beste, sie sofort anzurufen? Ich werde mir auch Mühe geben, Gefühl zu zeigen! Das schwöre ich! Ich werde ein gefühlvoller Mann sein! Nein, so sanft und weich wie eine Frau werde ich für dich sein!

Ich rief bei der Auskunft in Deutschland an und ließ mich zur Auslandsauskunft weiterleiten. Als wir uns damals kennen lernten, hatte sie einen Freund gehabt, mit dem sie zusammenlebte. Jetzt war allerdings nur eine einzelne L. Berggren in Oslo verzeichnet.

Ich erreichte ihren Anrufbeantworter:

»Lara? Lara, it's me, Tim. If you want to see me tonight call me. My number ...«

Kurz nachdem ich aufgelegt hatte, ärgerte ich mich tierisch über diesen Anruf.

Was will ich denn von der? Was will ich denn von dieser aufgedrehten Tussi? Jetzt denkt die wahrscheinlich auch noch, ich wäre wahnsinnig scharf auf sie! Bilde dir was drauf ein, du Miststück!

Ich konnte meinen Blick inzwischen überhaupt nicht mehr von der Frau lösen, die mich nach der Uhrzeit gefragt hatte.

»You're still waiting, hm?«, sagte ich zu ihr.

Verunsichert wich sie meinem Blick aus.

Na ja, sei's drum.

Ich war inzwischen derart aufgedreht, dass es mir extreme Mühe bereitete, ruhig auf dem Stuhl sitzen zu bleiben.

Wie wäre es damit, in ein Bordell zu gehen?

Ich war sozusagen richtig prostituiertensüchtig. Das mit Abstand meiste Geld, das ich in den letzten beiden Jahren ausgegeben hatte, hatte ich *dafür* hingeblättert. Zeitweise war ich sieben Tage die Woche zu Huren gegangen, ganze Nächte hatte ich mit ihnen verbracht. Ich hatte es mit großer Mühe geschafft, das Ganze ein wenig zu reduzieren, aber wirklich nur *ein wenig*. Ich war richtig abhängig von diesen Besuchen. Und gab horrende Summen dafür aus.

Prostituierte waren manchmal die einzigen Menschen, mit denen ich wirklich Kontakt hatte. Ab und an unterhielt ich mich nur mit ihnen, ganz ohne irgendwelche sexuellen Dienste. Viele erzählten mir ihre ganze Lebensgeschichte, was oft ziemlich traurig war, oder sie erzählten mir von den Erlebnissen mit ihren Freiern. Was die für Wünsche hatten und so. Dass sie angeschissen werden wollten und alles mögliche andere Zeug. Eine sagte zu mir: »Weißt du, ich kann mich jedes Mal aufs Neue nicht dagegen wehren, dass mir der Kerl Leid tut. Manchmal tut er mir sogar mehr Leid, als ich mir Leid tue, weil ich diesen Scheißjob machen muss.«

Eine andere Prostituierte hatte ich dafür bezahlt, dass sie mit mir zusammen für einen Kurzurlaub nach Usedom fuhr. Nach Heringsdorf, wo wir im Hotel Maritim übernachteten. Vollpension. Alle Kosten übernahm ich. Es war eine etwas rustikale, doch herzensgute Berlinerin, Karin, ungefähr 25-jährig, mit zwei Tätowierungen, einem großen Wolf auf dem linken und einer Art Kompass inklusive mehrerer eingearbeiteter Totenschädel auf dem rechten Oberarm. Sie hatte mächtige Silikonbrüste und lange, glatte, schwarze Haare. Auf ihrem Hinterkopf konnte man eine kahle Stelle zwischen den Haaren sehen. Einer ihrer Exfreunde hatte ihr, wie sie mir erzählte, im Zorn ein ganzes Büschel Haare ausgerissen, und sie waren seitdem nicht wieder nachgewachsen. Sie war ganz begeistert von der Heringsdorf-Idee gewesen und sagte, als ich mit ihr in einem Puffzimmer am Stuttgarter Platz zusammen war: »Mensch, dann können wa so oft ficken, wie de magst!«

An einem Donnerstag im Frühling fuhren wir mit dem Zug los. Tagsüber genoss ich es wirklich, mit ihr zusammen in Heringsdorf. Wir saßen bei herrlichem Sonnenschein am Strand, fast wie ein Pärchen. Ich versuchte mir vorzustellen, wir wären ein Pärchen. Versuchte, nicht an das Geld zu denken. Sie sagte: »Siehste, Timmy, schon wieder eines fertig!« Sie war ständig damit beschäftigt, Armbänder zu basteln. Aus kleinen grünen Steinen, die sie mitgenommen hatte. Zwischendurch vögelten wir. Wir vögelten im Zimmer, am Strand, einmal im Swimmingpool des Hotels, als niemand sonst dabei war. Wir vögelten, sooft ich eben konnte. Sie lachte viel und hatte die Angewohnheit, mir zwischendurch liebevoll in die Nase zu zwicken. Dann sagte sie immer: »Timmy, du bist wirklich ein Lieber. Ick bin gern mit dir zusamm.« Die Abende mit ihr waren allerdings nicht besonders angenehm. Nachdem wir mit leiser, sanfter Untermalung durch Pianomusik inmitten lauter Rentner zu Abend gegessen hatten, meistens irgendein zartes Fischfilet, und sie mir von ihren Schwestern erzählt hatte, die nichts mehr mit ihr zu tun haben wollten und beide doch »auch nur Huren waren. Huren auf ihre Weise«, setzten wir uns jeden Abend an die Bar, und dort gab sie sich so dermaßen die Kante, dass ich am Ende nicht mehr wusste, wie ich sie hoch aufs Zimmer bringen sollte. Ich konnte sie nicht tragen, sie war zu schwer. Ein Herr von der Rezeption half mir dann meistens. Ich hatte noch nie einen Menschen erlebt, der so viel trinken kann. Sie schüttete einen Schnaps nach dem anderen runter und sagte ständig: »Timmy, wie soll das nur alles werden?« An einem Abend kippte sie vom Sessel und blieb reglos auf dem Boden liegen. Ich hatte panische Angst, dass sie vielleicht tot sein könnte.

Am nächsten Tag bezahlte ich sie für zwei weitere Tage, schickte sie jedoch nach Hause. »Biste sicher, dass ich nicht doch dableiben soll?«, fragte sie am Bahnhof von Heringsdorf und griff nach meinem Schwanz. »Ich bin mir sicher«, entgegnete ich. »Fahr nach Hause!« Zum Abschied schenkte sie mir eines ihrer Armbänder, das ich auf die Gleise warf, nachdem der Zug abgefahren war. Ich blieb noch eine ganze Woche in Heringsdorf. In dieser Woche redete ich, glaube ich, keinen einzigen vollständigen Satz. Ich ging gegen den Wind am Strand spazieren, an den Rentnern vorbei, die in ihren Strandkörben saßen. Holte mir im Hotelzimmer bei Pay-TV einen runter, ging in die Sauna, zum ersten Mal in meinem Leben auch ins Solarium, wo gleich meine absolute Horrorvision Wirklichkeit wurde und ich, nachdem die Sonnenröhren ausgegangen waren, nicht mehr rauskam. Ich schrie *Hilfe! Hilfe!* Aber draußen hörte ich nur die schlappenden Badelatschen der Rentner. Wie eine Schlange wand ich mich schließlich aus dem Teil heraus. Beim Abendessen tippte ich schweigend mit dem Finger auf das Gericht, das ich bestellen wollte. Von dem *Hilfe! Hilfe!* abgesehen, war ich verdammt erpicht darauf, alles ohne Worte hinzukriegen.

Ich bestellte einen weiteren Martini. Ich machte mir Gedanken darüber, ob Prostitution in Norwegen überhaupt legal war. In Schweden war sie illegal. Das wusste ich. Als ich einmal in Stockholm gewesen war, hatte ich meinen schwedischen Verleger nach einer Rotlichtmeile gefragt, und der hatte ganz entsetzt die Augenbrauen zusammengeschoben und gesagt: »Mister Gräter, in Sweden it's forbidden.« Diesen Satz hatte ich mir gemerkt. Was prostitution in Norway illegal, too? Verboten oder nicht, ein Taxifahrer wüsste bestimmt eine Adresse und könnte mich jetzt dorthin fahren. Aber was, wenn man einen Taxifahrer erwischte, der keine Ahnung hat? Das kommt in Städten ja relativ häufig vor. Oder der vielleicht sogar Ärger macht? Oder man, wie es der Teufel will, mit so einer Aktion in irgendeinen verdammten Schlamassel hineingerät? Erneut kam mir Christel in den Sinn.

»Wenn ich doch nur *sie* für eine halbe Stunde ...«, sagte ich laut. Wie herrlich ihr Nachthemd geknistert hatte! Wie weiß ihre Knie gewesen waren!

Es war einer meiner Lehrer, der mir das erste Mal Geld anbot. Herr Gibka. Geographie und Englisch.

Wahrscheinlich war sie gar kein Mensch! Wahrscheinlich war sie eine Dämonin oder etwas Ähnliches!

Mein Glas war wieder leer. Ich bestellte ein neues. Stürzte es hinunter. Zum Teufel mit Christel! Zum Teufel mit Tanja! Zum Teufel mit diesen verschmierten Augen und den verschmierten Lippen und verschmierten Träumen! Zum Teufel damit!

Ich verlangte die Rechnung.

»Au revoir!«, krächzte ich zu dieser Frau hinüber, während ich mich schwankend erhob.

Es war inzwischen dunkel geworden. Orangefarbenes Laternenlicht sickerte auf die Straßen, brachte Pfützen zum Glänzen. Ich rannte zur nächsten großen Straßenkreuzung, sprang in ein Taxi und ließ mich zu einem Kino fahren. Während der Fahrt fiel es mir ungemein schwer, meinen Oberkörper aufrecht zu halten. Bald sackte ich auf der Rückbank zusammen, während dumpf die Geräusche des fahrenden Wagens zu mir drangen, der über den Asphalt jagte. Draußen sausten die Straßenlaternen vorüber. Jemand hupte.

»Hey!«, vernahm ich die Stimme des Taxifahrers. »Don't throw up in my car! Do you hear me?«

»Yes, of course«, stammelte ich. Wofür hielt der sich?

»Here we are!«

Das Kino hieß Cinema Royal und befand sich an einer breiten, dicht befahrenen Straße. Ich kam gerade zur rechten Zeit. In zehn Minuten begann im Zuge einer Werkschau der Regiearbeiten von Clint Eastwood eine Vorstellung von *Mystic River*, eine psychologische Kriminalstory. Ich hatte diesen Film schon einmal gesehen und mochte ihn sehr gern. Ich hatte nicht das Geringste dagegen, ihn mir nochmal anzusehen.

Im Kinosaal waren nur wenige Leute. Ich setzte mich neben ein junges Pärchen, aß von deren Popcorn und behelligte die beiden mit allerhand Fragen. Irgendwie hatte ich das Bedürfnis, sie zu ärgern. *Do you live in Oslo?*, fragte ich, und *What do you do here?* Sie fragte ich sogar: *Why did you choose him*? Worauf sie nur verlegen lächelte. Ihr seid lächerlich, dachte ich. Die ganze Menschheit ist lächerlich. Ungefähr nach zwanzig Minuten schlief ich ein.

Ich erwachte, als sich das Pärchen vorsichtig an mir vorbeidrückte, um den Kinosaal zu verlassen. Der Abspann lief. Ich stand auch auf. Draußen waren mir die Geräusche der Autos zu laut und die Lichter der Laternen zu grell. Ein Bus donnerte vorbei. Ich schwankte orientierungslos herum. Es ist mir ein Rätsel, wie ich es schaffte, ein Taxi anzuhalten. Kaum war ich eingestiegen, musste ich unendlich lange überlegen, wie die Adresse eigentlich lautete. Während der Fahrt sagte die Taxifahrerin irgendwann: »Kucken Sie mal!« und deutete aus dem Fenster. Ich sah ein verschwommenes, gewaltiges, rotes Backsteingebäude aufragen. »Das ist das Rathaus von Oslo. Hier wird der Friedensnobelpreis verliehen.«

28

Die letzte Begegnung mit meinem Bruder Matthias begann mit seinem Anruf abends um elf: »Ich bin in zehn Minuten bei dir, du musst mir die Fingernägel schneiden.«

Er legte größten Wert auf gepflegte Hände. Sie fielen ihm bei anderen Menschen auf, und seine eigenen überprüfte er immer sehr genau. Da tat sich für ihn nur ein Problem auf: Wegen seiner gelähmten Hand war er beim Schneiden der Fingernägel auf Hilfe angewiesen. Über Jahre hinweg hatte ihm meine Mutter die Fingernägel geschnitten. Zum Einzug in seine Berliner WG hatte ihm der Lebensgefährte meiner Mutter, Patrick, ein gutmütiger Kerl, Computerspezialist mit Heimwerkerqualitäten, als Geschenk eine Art Maschine gebastelt. Wir lachten alle, als Matthias sie auspackte. Sie bestand aus einem groben Holzbrett, auf dem mit Schrauben, Winkeln und Hebeln ein gewöhnlicher Nagelklipper befestigt war. In Patricks Vorstellung brauchte Matthias nur seine Finger der Reihe nach durch einen Ring in den Klipper hineinzuschieben, und die Nägel würden praktisch wie von selbst geschnitten. Matthias probierte es zweimal aus, zeigte mir die unbefriedigenden Resultate. Und verschaffte dem Folterwerkzeug einen Ehrenplatz auf seinem Schreibtisch. In Berlin war also ich die Maniküre.

Die Begegnung mit Matthias dauerte zwanzig Minuten, vielleicht eine halbe Stunde. Ich schnitt ihm im Badezimmer die Fingernägel, und wir tranken in der Küche noch ein Bier zusammen. Er erzählte von der Schule. Dass ihm Französisch zum ersten Mal keine Probleme bereitete, obwohl er so viel versäumt hatte. *Je suis formidable!* Aber Mathe wäre quälend. Er hatte ein neues Tommy-Hilfiger-Hemd an, dunkelbraun, weißes T-Shirt darunter. Einmal stand er vom Tisch auf, griff eine Packung *Kellogs* und aß ein paar trockene Cornflakes mit der Hand.

Seit seinem Tod läuft diese Szene in allen Einzelheiten immer wieder vor mir ab. Und ich frage mich jedes Mal: Gab es irgendeinen Hinweis darauf, dass Matthias sein Leben zwei Wochen später beenden würde? Als wäre es ein Film, in dem eine scheinbar belanglose Szene erst am Schluss bedeutsam wird.

Ganz am Anfang unserer Reise, im Zug nach Rostock, als diese Schulklasse unser Abteil besetzte, hatte Tanja mich gefragt: »Hast du eigentlich Geschwister?« Und ich hatte ihr geantwortet: »Ja, einen Bruder.« Mit dieser Antwort war Matthias am Leben. Für sie jedenfalls. Und das konnte ich nicht mehr ändern.

29

Der Wind drückte das Fenster auf und ließ es sachte wieder zufallen. Es war angenehm kühl im Zimmer. Unter der Bettdecke war es warm.

Tanja schlief noch nicht. Sie schmiegte sich an mich.

»Gott sei Dank bist du hier«, flüsterte sie. »Ich dachte, du würdest nicht wiederkommen.«

Zusammenhanglose Satzanfänge und Wortfetzen tobten durch meinen Kopf.

Schließlich brachte ich krächzend hervor: »Tut mir Leid. Tut mir Leid, wie ich gewesen bin.«

Ich meinte es ehrlich, aber meine Stimme dröhnte ekelhaft in meinen Ohren. Die Augen hatte ich fest geschlossen. Ich sah farbige tanzende Lichter vor mir. Spiralen, Kreise, Linien.

»Du hast getrunken«, sagte sie. Sie zögerte, ehe sie hinzufügte: »Das ist gut. Vielleicht bringt dir das ein wenig Zerstreuung.«

»Zerstreuung? Mein ganzes Leben ist Zerstreuung.«

Schweigen.

»Tim, schreibst du morgen was für mich?«, sagte sie schließlich. »HE! TIM!«

»Was?«

»Hast du gehört?«

»Was denn?«

»Ich möchte, dass du etwas für mich schreibst.«

»Was? *Was* soll ich tun?«

»Schreiben. Wenn es dir wirklich Leid tut, wie du zu mir gewesen bist, dann machst du das für mich, okay? Du wirst eine Geschichte schreiben, die mich rettet.«

»Bist du bescheuert?«

»Ich meine es vollkommen ernst. Ich habe Vertrauen in dich, Tim. Ich glaube an dich. Du *kannst* mich retten. Wenn du dich nur bemühst.«

»Hast auch getrunken, wie?«

»Nein.«

»Tanja, du bist übergeschnappt. Lass mich jetzt schlafen!«

»Es braucht ja keine lange Geschichte zu sein«, meinte sie. »Es reichen ein paar Seiten. Aber ich will, dass es eine Liebesgeschichte ist. Es soll eine Geschichte sein ... so voller Liebe, hörst du ...?«

»Hör auf, so einen Schwachsinn zu verzapfen. So was mache ich nicht! Ich schreibe nur für mich, verstanden? Und zwar dann, wenn es mir passt. Und jetzt schlaf endlich, verdammt nochmal!«

»Für mich wirst du aber eine Ausnahme machen. Ich erwarte von dir, dass du es tust. Und du wirst es auch tun. Das schwöre ich. Warte nur bis morgen!«

»Herrgott«, seufzte ich. »Auf morgen zu warten ist eine verdammt gute Idee. Ruhe jetzt!«

Ich war schon wieder so gut wie eingeschlafen, da sagte sie: »Ich bin heute übrigens diesem anderen Schriftsteller begegnet. Diesem Greveiller.«

Dieser Satz ließ mich um einiges wacher werden. Augenscheinlich hatte sie das geahnt und den Satz hauptsächlich deshalb ausgesprochen.

»So?«

»Ja. Ich bin ihm vorhin begegnet, unten im Salon. Ich hatte einfach keinen Bock mehr, hier blöd herumzuliegen. Also bin ich eben nach unten gegangen. Ich wollte dich suchen. Ich wollte die Hausverwalterin fragen, wo du bist. Aber ihr wart verschwunden. So bin ich eben eine Zeit lang mit meinen Fingern die holzverkleideten Wände im Salon entlanggefahren. Das mache ich gern, besonders in großen Räumen. Und habe mir währenddessen die Bilder angeschaut. Seltsames Zeug. Das muss man sagen. Eine große Aquarellmalerei in einem Goldrahmen fand ich besonders seltsam. Da ist ein junges Mädchen drauf mit geschlossenen Augen, auf einem Stuhl sitzend. Den *einen* Fuß hat das Mädchen auf der Sitzfläche des Stuhls abgestellt, das Knie ragt senkrecht in die Höhe. Man kann ihr zwischen die Beine sehen. Man kann ihre Unterwäsche sehen. Und alles ist in zarten Farben gehalten. Rechts unten in der Ecke trinkt ein Kätzchen aus einer Milchschale. Warum hängt ein solches Bild da?, habe ich mich gefragt. Und gleich daneben ein uraltes Kartenstück von den Pyrenäen! Als mir das Bilderbetrachten zu langweilig wurde, habe ich eine Schublade aus einer der beiden Kommoden, die da herumstehen, herausgezogen. Weißt du, was drinnen war? Modezeitschriften. Sehr alte Modezeitschriften. Sogar welche aus den zwanziger Jahren. Oder zumindest solche, in denen man Mode aus den 20ern sah. Alle in verhältnismäßig gutem Zustand. Mit echt hübschen Schwarz-Weiß-Fotos und auch mit vielen Zeichnungen drin. Da hab' ich mich auf einen der Sessel gehockt und alle der Reihe nach durchgeblättert. Ich habe mir all die Kleider aus dieser verschütteten Zeit angesehen, all die Taschen, Röcke, Accessoires. Besonders die Handschuhe haben's mir angetan. Und wenn man so was sieht, dann kommt man nicht drum herum zu denken, dass die Leute früher einfach stilvoller gelebt haben als heute. Der kalte, vornehme, edle Ausdruck auf den Gesichtern dieser Models war wie auf Tamara-de-Lempicka-Gemälden. Und während ich in diesem altmodischen Salon saß und diese Zeitschriften durchstöberte, da hatte ich auf einmal so ein Gefühl ... als ob ich wirklich in eine andere Zeit gezogen worden wäre. Das war wie ein richtiger Rausch, diese Bilder wirkten plötzlich ganz wahrhaftig, greifbar, verstehst du? Tim, bist du eingeschlafen?«

»Nein.«

»Also, wenn ich von den Zeitschriften aufgesehen habe, hatte ich das Gefühl, wirklich in eine andere Zeit gezogen worden zu sein. Ich habe diese reizenden Models gesehen, wie sie sich neben mir auf die Sessel geschmiegt haben. Habe junge Herren im Smoking, mit weißen, hageren Gesichtern und mit von Pomade glänzenden, streng geschnittenen Haaren am Kamin sitzen gesehen. Um ihre Köpfe herum waberte der Zigarettenqualm. Mir ist ganz schwindelig geworden. Irgendwann bin ich nach oben gegangen, hab' meine Jacke geholt. Ich wollte nach draußen, mich ein bisschen erfrischen. Ich bin in den Garten gegangen und dort ein wenig herumgeschlendert, an den Rosensträuchern entlang. Es ist noch nicht ganz dunkel gewesen. Ich habe die regengeschwängerte Luft in meine Lungen eingesogen. Sofort sind Erinnerungen in mir aufgestiegen. An früher, als meine Schwester und ich für unsere Freunde und die Eltern Theaterstücke in unserem Garten aufgeführt haben. Wenn es tagsüber geregnet hat, dann hat es genauso gerochen wie heute in diesem Garten. Ich habe mich an die vielen Klappstühle erinnert, die wir immer aufgestellt haben, habe das Geschrei der Kinder gehört, das Rufen einer Mutter. Ich habe meine Freundin Svenja gesehen, die aus Versehen einen ganzen Kuchen vom Tisch reißt und fürchterlich zu weinen anfängt. Ich habe mich daran erinnert, dass ich einmal nach so einer Veranstaltung heimlich Champagner getrunken habe und ziemlich schnell ziemlich blau war. Und an das Gesicht meines Bruders, der mich mit weit aufgerissenen Augen angesehen und mit schriller Stimme gerufen hat: ›TANJA, WAS HAST DU DENN? WAS IST DENN BLOSS LOS MIT DIR?‹ Ich konnte nur noch lachen. Bis schließlich meine Mutter herbeistürmte und ich tierischen Ärger bekam.

Und als ich wieder in den Salon zurückgegangen bin, saß dort jemand auf einem Sessel. Greveiller. (Ab jetzt wurde die Geschichte für mich interessant!) Er hatte einen beigefarbenen Leinenanzug an und ein weißes Hemd. Lose um seinen Hals war ein dünner, brauner Schal geschlungen. Er war klein, ganz schmal und zierlich. Hatte weiße, kurz geschnittene Haare. Du weißt ja, wie er aussieht. Er ist relativ unscheinbar, finde ich. Und trotzdem hat er etwas enorm Anziehendes ausgestrahlt. Reichtum, Eleganz. Auch etwas von einer vergangenen Zeit. Und außerdem war da etwas Rüpelhaftes, Wildes in seinen blauen Augen. Er hat mit übereinandergeschlagenen Beinen Zeitung gelesen. Vor ihm auf einem kleinen Tisch standen eine gläserne Kanne mit Tee und zwei Tassen aus Glas. Die eine zur Hälfte gefüllt, die andere leer. Es schien, als hätte er mich erwartet. Kaum war ich eingetreten, legte er die Zeitung beiseite, als wäre ich eine Krankenschwester, die ins Wartezimmer kommt und ihn als nächsten Patienten ins Behandlungszimmer ruft. Nur hatte dieser Salon rein gar nichts von einem Wartezimmer. Die Lichter des Kronleuchters haben gebrannt und dem Salon eine besonders feierliche Stimmung gegeben.

›Auch etwas Tee?‹, hat er mich gefragt. Ich bin überrascht gewesen, dass er mich direkt anredet – und dann noch in perfektem Deutsch. Nach kurzem Zögern habe ich mich zu ihm gesetzt. Er hat mir eingeschenkt.

Er erzählte mir, dass das ein Jasmintee sei, aber eine ganz besondere Mischung. Er beschrieb mir aufs Genaueste, aus welchen Zutaten er zusammengestellt wird, und dass man ihn nur in Verbindung mit einem ganz speziellen chinesischen Honig trinken kann. ›Sie werden sehen, kaum haben Sie ein paar Schlucke getrunken, wird sich ein Wohlgefühl in Ihnen ausbreiten. Ganz bestimmt!‹ Mir war der Geschmack allerdings ein bisschen zu intensiv. Irgendwann hat er gesagt: ›Ich bin übrigens Jean Greveiller.‹

›Das dachte ich mir‹, habe ich geantwortet. Natürlich wollte er nun *meinen* Namen wissen. Den habe ich ihm aber nicht genannt. Ich habe ihm nur gesagt, dass ich mit *dir* zusammen hier wäre. Er kannte dich nicht. Unglaublich, was?« Sie lachte. »Wenn ich das nächste Mal mit dir hier Urlaub mache, will ich, dass man dich bitte schön kennt, hast du gehört?«

»Na klar«, sagte ich.

»Jedenfalls hat er noch nie von dir oder der *Spielkameradin* gehört. Ich erzählte ihm dann, dass du dich in Göteborg mit Carstenson getroffen hast. Stell dir vor, daraufhin hat er verächtlich gelacht. Als ich wissen wollte, worüber er sich so herzlich amüsierte, meinte er, dass Carstenson eine Lachnummer wäre. Ein miserabler Autor und Arschkriecher, der über Jahre hinweg damit beschäftigt gewesen wäre, sich an die Fersen sämtlicher Mitglieder der schwedischen Akademie zu heften. Und er hätte ihnen so lange in den Ohren gelegen, bis sie ihn schließlich in die Akademie aufnahmen. ›So ein Stümper‹, hat Greveiller gemeint, ›entscheidet mittlerweile über den Literaturnobelpreis! Spätestens jetzt hat dieser Preis jegliche Bedeutung verloren.‹«

»Woher weiß er so genau über Carstenson Bescheid?«, fragte ich.

»Woher soll *ich* das wissen? Auf jeden Fall scheint er ihn nicht gerade gern zu haben. So viel steht fest.«

»Manche Menschen können sich eben einfach nicht ab.«

»Ja«, seufzte sie. »Ich habe ihm gesagt, dass mir sein Schal gefällt. Darauf hat er gemeint, dass das ein Kaschmirschal ist, und fing sofort an, von der Region Kaschmir zu reden, die ja durch die entsetzliche Katastrophe letztes Jahr praktisch dem Erdboden gleichgemacht worden ist. Früher wäre er oft dort gewesen. ›Und Sie, waren Sie schon einmal dort?‹, hat er mich gefragt. ›Nein‹, habe ich gesagt. ›Ich kenne den Namen nur aus den Nachrichten. Aber ich weiß, dass es neuerdings eine Rockband gibt, die so heißt.‹ Das war ihm völlig einerlei. ›Kaschmir liegt in Vorderindien, im Himalaya‹, hat er mit erklärt. Das Land dort ist anscheinend sehr fruchtbar. ›Und die Frauen‹, hat er gesagt, ›sind von atemberaubender Schönheit. Es heißt, von jeder Einzelnen ginge etwas Magisches aus. Was ich persönlich nur bestätigen kann.‹ Er hat mich gefragt, ob ich einen Lieblingsort auf der Erde hätte. Und ich habe gar nicht gewusst, wovon er sprach. Er hat uns Tee nachgegossen und hat dann gesagt, Orte, die nicht von *zu* vielen persönlichen Erinnerungen belastet seien, wären ihm die liebsten. Neutrale Orte wie dieser hier. Oder Hotels. Dann hat er mir von dem *Mandarin Oriental*-Hotel in München erzählt. ›Dort zum Beispiel bin ich wirklich gerne‹, hat er seufzend gemeint. ›Ein weißer, Neurenaissance-Bau. Inmitten der Stadt. Ein Luxushotel mit erstklassigem Service nach asiatischen Vorbild. Weißt du, wenn ich traurig bin, so traurig, dass ich mir ernsthaft überlege, mir eines meiner Gewehre in den Mund zu stecken und den Abzug durchzudrücken, wie Hemingway, oder, noch besser, einen meiner beiden Säbel mitten durch meine Brust zu stoßen …‹, und hier hat er dann einen ausführlichen und sehr merkwürdigen

Bericht über seine Säbel einfließen lassen, weißt du, er hat gemeint, er hätte seine Säbel hierher mitgenommen. ›Sie sind uralt‹, hat er gesagt, ›sie stammen aus dem viktorianischen Zeitalter. Ich habe sie zu einem guten Preis einem Händler in Bangkok abgekauft, von dem ich manchmal spezielle Dinge beziehe. Dinge, die einfach zu schade sind dafür, zurückgelassen zu werden, wenn ich weiß, dass ich lange fort sein werde. Dinge, die, solange ich sie um mich habe, weiß Gott warum, ein leichtes Gefühl der Ruhe, der Befriedung in mir auslösen. Natürlich kann ich die Säbel nur dann mitnehmen, wenn ich nicht gerade gezwungen bin, ein Flugzeug zu besteigen. Aber ich fliege sowieso nicht besonders gern. Eben auch deshalb, weil man nicht alles mitnehmen kann, was man mitnehmen will. Vielleicht kann ich Ihnen die Säbel bei Gelegenheit mal zeigen. Sie werden sehen, allein der Koffer, in dem sie aufbewahrt sind, ist ein Augenschmaus.‹ Ganz schön krank, nicht wahr, Tim? Ein Kerl, der seine Säbel auf Reisen mitnimmt …« Sie seufzte, ehe sie fortfuhr: »Aber nochmal zurück zu dem, was er vorher sagte: ›… wenn mich Traurigkeit überkommt, dann muss ich schnellstens zusehen, dass ich zu einem Ort wie dem *Mandarin Oriental* komme. Und erst, wenn ich dort in meinem Zimmer auf dem Bett liege, es sollte aber, wenn möglich, Zimmer Nummer 22 sein, da hat man das herrlichste Licht, und das Badezimmer ist am schönsten geschnitten, wenn ich also auf dem Bett liege und einmal tief durchatme, weiß ich, dass ich noch ein Weilchen bleiben kann, auf dieser Erde. Ich weiß nicht einmal genau, warum, aber dort finde ich diesen Frieden, den andere Leute in Kirchen, Moscheen oder Tempeln empfinden mögen. Diese heilige und heilende Stille. Ab und an verbringe ich auch ein paar Tage dort, um zu arbeiten. Aber nie lange. Ich will meinen heiligen Ort nicht beschmutzen.‹ Seine Augen waren aufgeflammt. Letzten Endes sind wir wieder auf dich zu sprechen gekommen. ›Bestimmt ein guter Schriftsteller‹, hat er gemeint. ›So wie ich Sie einschätze, haben Sie Geschmack.‹«

»Und du hast ihm natürlich widersprochen«, warf ich ein. »Du hast bestimmt gesagt: Um die Wahrheit zu sagen, er ist ein grauenvoller Schriftsteller. Er schreibt nämlich nur übers Ficken.«

»Nein«, lachte sie. »Ich habe gar nichts geantwortet. Und wir haben dann auch fast nur noch geschwiegen.« Und dann schwieg sie ebenfalls. Es dauerte lange, ehe sie wieder, das letzte Mal in dieser Nacht, die Stimme hob: »Ein seltsamer Abend. Das muss man sagen.«

In meinem Traum sah ich ein kleines, ziemlich heruntergekommenes Badezimmer vor mir, mit zerbrochenem Fenster und einer braunen, leicht vergilbten Badewanne. In dieser Wanne lag Christel. Es war kein Schaum auf dem Wasser. Einige Kacheln an der Wand fehlten. Christels Körper war fast vollständig unter Wasser. Nur ihr Kopf schaute daraus hervor. Sie wirkte, als wäre sämtliche Kraft aus ihrem Körper gewichen. Als könne sie nichts anderes mehr tun außer einfach dazuliegen. Ihre Augenlider hatte sie halb geschlossen. Ich hörte das leise Plätschern des Wassers. »Ich bin müde«, murmelte sie. »So müde. Gleich, wenn ich einschlafe, ertrinke ich. Wenn ich in einer Wanne liege, muss ich immer dran denken, dass sich Menschen im warmen Wasser die Pulsadern öffnen. Das passt. Warmes Blut in warmes Wasser. Ich würde das auch tun. Aber ich schlafe sowieso gleich ein. Warmes Blut in warmes Wasser. Warum hat das dein Bruder eigentlich nicht getan?«

30

»ICH HALTE ES NICHT MEHR AUS! ICH WILL DAS NICHT MEHR! ICH KANN NICHT MEHR! ES SOLL AUFHÖREN! AUFHÖREN! AUFHÖREN! AUFHÖREN!« Dann unverständliches Gebrüll.

»… was …«, stammelte ich und öffnete mühsam meine Augen: »… was … ist?«

Sie saß im Bett. Sie sog Luft ein wie eine Erstickende. Aus ihren Augen quollen die Tränen. Ich richtete meinen Oberkörper auf, versuchte sie zu umarmen.

»LASS MICH IN RUHE!«

Sie sprang aus dem Bett und rannte aus dem Zimmer. Ich folgte ihr, so schnell ich konnte. Sie raste über den schmalen Gang ins Badezimmer und sperrte ab. Ich blieb vor der Tür stehen und rief: »Mach auf! Ich möchte dir helfen! Ich möchte dir wirklich helfen! Mach auf, Tanja! Mach verdammt nochmal auf!« Ich hämmerte gegen die Tür.

Geschrei drang nach draußen, und darin klebte das Wort Hass. HASSE! HASSE! verstand ich nur. Etwas knallte gegen die Tür. Scherben klirrten.

»TANJA!«, brüllte ich.

»DIESES VERFLUCHTE HAUS!« Wimmern. »Warum hast du mich hierher gebracht? Warum?«

»Wir können doch gehen!«, sagte ich. »Wir müssen nicht hier bleiben, wenn du nicht willst. Wir können auf der Stelle abhauen! Tanja? Hörst du mich? Tanja?« Stille. Wieder hämmerte ich gegen die Tür. »MACH AUF!«

»HAU AB!«

Ich blieb stehen, versuchte, irgendwas zu sagen, wusste aber nicht genau, was. Drehte und wendete ein paar Sätze in meinem Kopf herum. Keiner war gut. Mir blieb nichts anderes übrig, als zurück ins Zimmer zu gehen und meine Sachen anzuziehen. Nachdem ich ziemlich lange auf dem Bett gesessen und darauf gewartet hatte, dass sie kam, ging ich runter, um zu frühstücken. Das Frühstück war auf dem großen Tisch in der Küche hergerichtet worden. Es gab Brötchen und Croissants, Marmelade, Honig, zwei Platten mit Käse und Wurst. Eine Kanne Tee. Eine Kanne Kaffee. Es war düster in der Küche, die Vorhänge waren zugezogen. Man hörte den Regen auf das Fensterbrett und gegen die Fensterscheibe prasseln. Am Tisch saß bereits jemand: Christel. Sie trug einen weißen Morgenmantel aus Seide, der fest zugebunden war. Nur ihre Waden und die nackten Füße waren zu sehen. Die Beine hatte sie übereinandergeschlagen. Sie sah ganz schön mitgenommen aus. Blasses Gesicht, blasse Lippen. Die schwarze Farbe, die sie gestern um ihre Augen gehabt hatte, war verschwunden. Ihr Haar war gekämmt. Eine enorme Mattigkeit ging von ihr aus. Als ich die Küche betrat, war sie gerade dabei, ein Brötchen aufzuschneiden. Ich stürzte mich auf die Kaffeekanne.

»Ah, der hübsche junge Schriftsteller«, sagte Christel leise. »Wie könnte ein Tag besser anfangen, als damit, das Frühstück in solch wunderbarer Gesellschaft einnehmen zu dürfen?«

»Übertreib's nicht!«, sagte ich und setzte mich zu ihr.

»Ich habe nicht übertrieben. Das kannst du mir glauben.«

»Schon recht.«

Sie schmierte Butter auf ihre Brötchenhälften.

»Hast du gut geschlafen?«, fragte sie. Ich nahm einen kräftigen Schluck Kaffee.

»Yes. And you?«

Sie ließ Kirschmarmelade auf eine Brötchenhälfte tropfen.

»Nein, nicht besonders gut«, entgegnete sie. »Ich habe schlecht geträumt.«

»Was hast du denn geträumt?«, fragte ich nach kurzem Zögern. Ich wollte mir Kaffee nachschenken, stieß aber mit dem Hals der Kanne an die Tasse und warf sie um. Ich verbrühte mir die Finger.

»Scheiße!«, sagte ich. Sie lachte.

Ich stand auf, hielt meine Hand unters kalte Wasser, nahm einen Lappen und wischte die Sauerei, die ich angerichtet hatte, wieder auf. Schmiss den Lappen zurück auf die Spüle, setzte mich und versuchte erneut, Kaffee einzugießen.

»Also«, sagte ich schließlich, »wo waren wir?«

Sie hatte gerade einen Bissen im Mund. Nachdem sie ihn hinuntergeschluckt hatte, meinte sie: »Du hast mich gefragt, was ich geträumt habe.«

»Und? Was hast du geträumt?«

»Ich finde es furchtbar langweilig, über Träume zu reden.«

»Tja«, entgegnete ich, »*ich* find's spannend.«

»Wenn du's spannend findest, dann sag du mir doch, was du geträumt hast.«

»Ich kann mich nicht mehr dran erinnern.«

»Schade«, sagte sie, kauend. Ihre Augen funkelten.

»Das heißt, ich kann mich schon dran erinnern.« Und dann fügte ich hinzu: »Ich habe von dir geträumt.«

»Von MIR? Im Ernst? Das sagst du nur so, oder?«

»Nein, das ist die Wahrheit.«

»Du hast also von mir geträumt.« Sie lächelte. »Und weiter?«

»Du lagst in einer Badewanne.«

Die erste Brötchenhälfte hatte sie inzwischen aufgegessen. Nun ließ sie Marmelade auf die zweite tropfen. Während sie das tat, sah sie immer wieder kurz zu mir auf.

»Ich bin demnach nackt gewesen?«

»Ja«, entgegnete ich seufzend.

Mit dem Messer verteilte sie die Marmelade sorgfältig.

»Hattest du einen Steifen?« Sie durchbohrte mich mit ihrem Blick. Doch dann machte sie eine vage Handbewegung, als wolle sie sich selbst zur Besinnung zu rufen. »Red nicht weiter! Ich kann's mir in etwa vorstellen. Ich will dir was von *meinem* Traum erzählen. Aber nur so viel: In meinem Traum ging es um Jean und um dich. Mehr sage ich nicht.«

Sie lehnte sich zurück und reckte sich.

»Ach, ich hasse solche grauen Tage! Übrigens, hast du's schon gehört? Seit einer halben Stunde ist im ganzen Haus der Strom ausgefallen. Die alte Frau hat gesagt, sie weiß nicht, woran es liegt. Nicht einmal die Handwerker wissen das. Es wurde aber schon jemand benachrichtigt, der kommen soll, um alles wieder ins Lot zu bringen. Mir würde es nichts ausmachen, wenn ihm das nicht gelänge. Dann leben wir hier eben ohne Strom. Das wäre doch romantisch, oder nicht? Nur schade, dass es draußen so grau sein muss! Weißt du, gegen den Regen habe ich an und für sich nichts. Den finde ich schön. Aber warum muss es, wenn es regnet, immer so grau sein?«

Eine Wahnsinnige, dachte ich. Aber das änderte nichts daran, dass sie unfassbar heiß war. Schweigen senkte sich herab. Nur der Regen trommelte in der gleichen Lautstärke weiter.

»Da habe ich ja Glück gehabt, dass ich wenigstens noch etwas Kaffee bekommen habe«, sagte ich schließlich, um überhaupt etwas zu sagen.

Sie nickte.

»Willst du nichts essen?«

»Nein. Keinen Appetit.«

»Du Penner hast mir ganz verschwiegen, dass du mit einem Mädchen da bist«, meinte sie.

»Mhm.«

»Jean hat mir von ihr erzählt. Er ist ihr gestern begegnet. Er war ganz begeistert von ihr. Habe ich einen Grund, eifersüchtig zu sein?«

»Das musst du selbst entscheiden.«

»Wo ist sie jetzt?«

»Keine Ahnung. Wo ist Jean?«

»Schläft.«

»Ja«, meinte ich. »Denke, sie schläft auch.«

»Warum ist heute nur so ein grauer Tag?«, seufzte sie wieder.

»Ja, warum?«

»Ich mag auch nichts mehr essen.« Sie schob den Teller mit der unberührten Brötchenhälfte von sich.

Wieder herrschte Schweigen. Sie war ganz in Gedanken versunken. Ihre Stirn hatte sie in Falten gelegt. Doch dann hellten sich ihre Züge wieder auf.

»Schau mal, was ich hier habe!« Sie kramte aus der Tasche ihres Bademantels eine winzige viereckige Spieluhr hervor. Sie drehte an der goldenen Kurbel, und es ertönte eine Melodie.

»Kennst du das?«

»Nein!«

»Warte, ich muss etwas langsamer drehen. Ich kenn's auch nicht. Scheint eine Art Kinderlied zu sein. Aber so schön! So beruhigend! Ich liebe den Klang dieser kleinen Glöckchen. Hörst du's? ... Wunderbar.«

»Ja, stimmt. Sehr schön!«

Sie kurbelte und summte gleichzeitig mit, wie um das traurigste Kind der Welt in den Schlaf zu wiegen. Schließlich sagte sie: »Oh, ich sag's dir: Wie ich Spieluhren liebe! Ich habe Tausende davon. Immer, wenn ich im Urlaub bin, versuche ich eine Spieluhr zu kaufen. Aus Deutschland habe ich auch eine! Aus Köln. Ich habe dir ja schon erzählt, dass das bei mir als Kind alles nicht so ganz einfach war. Ich konnte früher auch sehr oft nicht einschlafen. Dann bin ich zu meiner Mutter gegangen und habe sie aufgeweckt. Und sie musste sich dann mit zu mir ins Bett legen. Und sie besaß so eine kleine Spieluhr. Das war einmal ein Geschenk *ihrer* Mutter gewesen. Und die hat sie, wenn wir zusammen im Bett lagen, immer spielen lassen. Eine Melodie aus der *Zauberflöte* war das. Augenblicklich bin ich eingeschlafen, so beruhigend war das.« Sie hielt einen Moment inne und sah aus, als versuche sie krampfhaft, diese Beruhigung von damals in die Gegenwart retten. Es gelang ihr nicht, und sie machte sogar eher den Eindruck, als zweifelte sie daran, dass sie sich jemals beruhigt gefühlt hatte. Schließlich sagte sie, während sie auf ihren Schoß hinabblickte: »Dieses kleine Ding hier habe ich übrigens von Jean. Er kannte meine Leidenschaft für Spieluhren gar nicht. Ich hab' ihm nichts davon erzählt. Ist das nicht verrückt?« Sie sah auf. »Ich hab's ihm erst danach gesagt. Wie lieb und wie hellsichtig von ihm, dass er mir gerade *so* ein Geschenk gemacht hat.

Er ist eben doch ein Schatz. Wenn er will.«

31

Als ich das Zimmer betrat, stockte mir der Atem. Ich konnte nichts anderes tun, als dazustehen und zu starren. Tanja saß auf der Bettkante. Sie war nackt. Ihr Körper war mit Kratzern und Schnitten übersät. Ihre linke Brust war eine einzige offene Wunde. Sie saß da und blickte starr geradeaus. Das Fenster hinter ihr war weit aufgerissen. Die Fensterflügel klapperten. Der Regen prasselte herunter. Endlich setzte ich mich neben sie und schlang meine Arme um sie.

»Was machst du? Warum zum Teufel tust du dir das an?«

Sie sah mich an. Ihre Augen wirkten nicht verschleiert, sondern sehr wach.

»Jetzt bist du nicht mehr scharf auf meine Brüste, was?«

»Ich bringe dich zu einem Arzt. Und dann verschwinden wir von hier. Versprochen.«

»Nein«, sagte sie ruhig. »Warum? Ich will zu keinem Arzt. Und ich will auch nicht weg von hier.«

»Tanja ... du ...«

»Es tut mir Leid. Es tut mir so Leid. Ich bin dir dankbar dafür, dass du dich um mich sorgst. Auch dafür, dass du mich in dieses Haus gebracht hast. Mir gefällt es hier ja auch. Es ist so schön, das Haus. Vorhin ... das hätte ich nicht tun dürfen. Ich weiß nicht, was in mich gefahren ist. Du bist zu gut zu mir.«

»Tanja«, sagte ich verzweifelt. »Schau dich an! Wir müssen zu einem Arzt. Und dann ist es gut mit unserer Reise. Wir fahren nach Hause, hörst du? Ich bring' dich nach Bremen! Mit dir muss was geschehen!«

»Weißt du – Hermann Hesse oder Camus? Welcher von beiden war es? Es kann in einem der essayistischen Teile des *Steppenwolf* stehen oder in einem Aufsatz von Camus über den Selbstmord im Allgemeinen. Jedenfalls, einer von den beiden hat geschrieben, dass man sich nicht tatsächlich umbringen muss, um ein Selbstmörder zu sein. Dass man auch die Leute zu den Selbstmördern zählen sollte, die ihr ganzes Leben lang, oder immer wieder, mit dem Gedanken spielen, sich das Leben zu nehmen, aber es nicht tun, weil sie einfach zu feige sind. Dass diese Leute eigentlich noch viel schlimmer dran sind, hörst du? Weil ein Entschluss, eine Tat ja immer von größerer Stärke zeugt als ein verharrendes, ängstliches Nichtstun. Von der ausbleibenden Erlösung ganz zu schweigen. Selbst die Entscheidung zu treffen, aus diesem erbärmlichen, widerwärtigen Leben zu gehen, trauen sich diese Leute nicht. Geht es ihnen nicht wesentlich schlechter als den wirklichen Selbstmördern, die zumindest in einem Moment ihres Lebens für sich eingestanden sind, mutig genug waren, das einzig Konsequente, das Richtige zu tun? So oft muss ich an all die Leute denken, vor allem an die jungen Leute, die in ihren Zimmern hocken, in ihren WGs: *Habt ihr noch was zu saufen?*, ihren Wohnheimen: *Weißt du, wo ich mich für dieses Seminar von dem Professor Schneider eintragen kann?*, bei ihren Eltern: *Du hast heute noch gar nichts gegessen, Schatz!* Und eigentlich nur Schluss machen wollen mit dem ganzen Mist. Aber sie vegetieren einfach weiter und weiter dahin.«

»Du bist krank. Wir müssen zu einem Arzt. Wir müssen nach Hause.«

»Nein«, sagte sie. Dann streichelte sie mir plötzlich über die Wange.

»Es geht mir doch schon wieder gut. Es wird alles gut werden. Glaub mir. Wir bleiben einfach hier. Und ich ruhe mich aus. Dieses Haus ist doch so hübsch und friedlich. Ich hätte es nicht verurteilen dürfen. Es kann ja nichts dafür.«

»WAS REDEST DU, VERDAMMT NOCHMAL? DU BIST ÜBERGESCHNAPPT! Du sitzt in einer Blutlache und sagst, das Haus sei so hübsch und friedlich, sagst, es wird alles gut werden!«

»Es wird doch auch alles gut werden, oder etwa nicht?«, sagte sie leise und sah mit glänzenden Augen zu mir auf. »Ich möchte mich ein bisschen hinlegen.«

Ich verließ das Zimmer und lief nach unten zu Frau Garvang. Fragte sie nach Babypuder und Mullbinden.

Natürlich war es ein Skandal, dass ich sie nicht augenblicklich gepackt und zu einem Arzt gebracht habe. Doch ich muss zu meiner Entschuldigung sagen, wie offensichtlich es war, dass sie sich mit Händen und Füßen dagegen gewehrt hätte. Und noch etwas Entscheidendes spielte bei der Sache eine Rolle: In bestimmten Momenten konnte Tanja etwas aussenden, das meinen Blick kurzzeitig irgendwie verschwimmen ließ. Wie das genau vor sich ging, hätte ich niemals sagen können. Vielleicht war es ihre leise Stimme. Vielleicht eine gewisse beruhigende Sanftheit, die in ihren Augen schimmerte. Sie sah mich an, hauchte ein, zwei Worte, und das Schreckliche schrumpfte zu einer kleinen, dunklen Wolke zusammen, die sich weiter und weiter zu entfernen schien.

Frau Garvang sagte: »Babypuder und Mullbinden kriegen Sie in der Apotheke. In der Nebenstraße. Ist was passiert? Kann ich irgendetwas für sie tun?«

»Nein, danke. Schon okay.«

Ich rannte los. Wieder zurück im Zimmer angelangt, streute ich das Puder auf ihre Wunden und verband sie.

Ich streichelte sie, als wäre sie ein kleines Kind. Sie summte dazu leise vor sich hin.

Tanja kroch unter die Bettdecke. Ich setzte mich zu ihr an die Bettkante.

»Schreibst du mir jetzt meine Liebesgeschichte?«, fragte sie.

»Bitte, hör auf damit!«, antwortete ich.

»Bitte, bitte, tu es!«, sagte Tanja. »Tu es für mich! Du würdest mir wirklich eine Freude damit machen.«

»Weißt du, ich ...«

»Ja sicher, du musst ungestört sein. Frag die alte Dame, ob sie dir ein leeres Zimmer zur Verfügung stellt, in dem du arbeiten kannst. Das wird sie sicher tun.«

Es gab kein Entkommen. Tanja nagelte mich fest. Es hätte bestimmt einige Dinge gegeben, die ich lieber getan hätte als zu schreiben. Der Gedanke, jetzt eine Geschichte schreiben zu müssen, in diesem ganzen Wirrwarr, schreckte mich. Ich versuchte, es so locker wie möglich zu sehen, aber das ist eben so eine Sache. Die Lockerheit kam mir beim Schreiben öfters abhanden. Aber immerhin konnte ich auf Angst, Ekel und Verzweiflung zählen. Die ließen mich nie im Stich. Und denen war es auch ganz egal, wenn man nach ungefähr zehn Stunden nur zwei Worte aufs Papier gebracht hatte. Im Gegenteil, dadurch hatten die drei in mir noch mehr Spaß.

32

Frau Garvang stellte mir ihr kleines Büro, das im dritten Stock unterm Dach gelegen war, zur Verfügung. Sie überreichte mir einen Stoß Papier, einen Füllfederhalter und eine Taschenlampe, weil es im Haus noch immer keinen Strom gab. Eine karge Ausrüstung, um damit Liebe heraufzubeschwören, dachte ich.

Das Büro war eine kleine Kammer mit Dachschräge. Ein altmodischer, wuchtiger Schreibtisch aus Kiefernholz stand darin, mit vielen Schubladen, in denen wunderschön verzierte Schlüssel steckten. Davor stand ein einfacher Holzstuhl mit weinrotem Sitzbezug. Es war sehr eng. Man konnte gerade am Schreibtisch Platz nehmen, mehr nicht. Der Boden war mit einem prächtigen, roten Perserteppich ausgelegt. Das Büro war völlig dunkel. Der Regen, der etwas nachgelassen hatte, trommelte zaghaft an das Fenster.

Kleine Staubpartikel tanzten im Lichtstrahl der Taschenlampe. Auf dem Schreibtisch stand eine hübsche Lampe aus Messing, die man mit einer Schnur an- und ausschalten konnte. Jetzt funktionierte sie natürlich nicht. Aber ich zog trotzdem einige Male an der Schnur. Zum einen, weil ich die Bewegung mochte, zum anderen, weil ich etwas Zeit schinden wollte. Es klackte jedes Mal leise, wenn ich an der Schnur zog. Ansonsten befanden sich auf dem Schreibtisch ein kleines Gefäß mit allerlei Federn und Stiften darin und ein paar Muscheln, große wie kleine, die rauschten, wenn man sie ans Ohr hielt. Jede Einzelne ließ ich ziemlich lange rauschen. In meinem Kopf rauschte es auch. Über dem Schreibtisch hing eine Fotografie vom venezianischen Karneval. Zwei kalte, tote Masken starrten mich an, weiß mit spitzen Nasen und dunklen Höhlen als Augen, in die man seinen eigenen Wahnsinn sehr wohl hineinfallen lassen konnte. Der Karneval von Rio mit ein paar tanzenden Brasilianerinnen wäre mir lieber gewesen. Ich setzte mich, legte die Taschenlampe auf der Tischplatte ab, neben dem Papierbogen. Sie warf einen gelben Lichtstreifen übers Papier. Genau so, dachte ich, wie der Strahl über die Tischplatte fiel, in schwungvoller Weise, genau so musste jetzt gleich die reine, die wahre Empfindung aus dem tobenden Sturm aller Empfindungen hervorbrechen und übers Papier strömen wie auslaufende Tinte.

Die reine, wahre Empfindung! Ich fing an zu lachen. Meine Empfindungen sind alle nicht besonders rein, dachte ich. Und ob sie wahr sind, das weiß ich im Grunde genommen nie!

Ich gab mir große Mühe, nicht gleich zu verzweifeln. Doch ich wurde ziemlich schnell ziemlich ungeduldig.

»Nun fang schon an!«, sagte ich laut zu mir. Ich musste an eine Szene aus dem Film *Mission Impossible 2* denken, als der alte Anthony Hopkins, ein mysteriöser Auftraggeber, zu dem Agenten Ethan Hunt, gespielt von Tom Cruise, sagt: *Well, this is Mission Impossible, Mister Hunt. Mission Difficult would be a walk in the park for you!*

Und das versuchte ich mir zu sagen, als ich den Füller aufs Papier setzte. *Mission Difficult would be a walk in the park for you, Mister Gräter!*

Ich dachte an den Roman *Misery* von Stephen King, in

dem es um einen durch einen Autounfall ans Bett gefesselten Schriftsteller geht. Er wird von einer Frau in ihrem Haus festgehalten und gezwungen, nur für sie einen Roman zu schreiben. Sie droht, ihn umzubringen, sollte ihm das nicht gelingen. Und immer, wenn er sich unter Todesangst zum Schreiben hinsetzt, erinnert sich der Mann an das Spiel *Kannst du?*, das er als Junge zusammen mit seinen Freunden gespielt hat. Bei diesem Spiel stehen mehrere Kinder im Kreis. Eines fängt an, eine Geschichte zu erzählen. Und nach einer bestimmten Zeit deutet es dann auf ein anderes Kind, das meinetwegen *Judy* heißt, und ruft: *Kannst du, Judy?* Und Judy muss die Geschichte weitererzählen, bis sie auf den nächsten Jungen oder das nächste Mädchen deutet. Sobald einer die Geschichte nicht mehr weitererzählen kann, scheidet er aus. Und bei dem Schriftsteller sah die Situation eben so aus: Sobald er die Geschichte nicht mehr weitererzählen konnte, würde er sterben. Mich fröstelte. Aber war dieses Bewusstsein nicht Alltag für jeden richtigen Schriftsteller? Dass er sterben würde, sobald er nicht mehr in der Lage war, seine Geschichten aufs Papier zu bannen, sie voranzutreiben.

Kannst du, Tim?

Auf einmal war es mir ein Rätsel, dass ich noch atmete.

Ich sah Tanja vor mir, die mit ihren verbundenen Wunden im Bett lag.

Welche Art von Liebesgeschichte wollte sie eigentlich haben? Warum wollte sie überhaupt, dass ich etwas für sie schrieb? Was hatte sie davon? Eine Geschichte, die mich rettet, hat sie gesagt. Wunderbar! Das ist ja eine verdammt einfache Aufgabe! Das ist ja praktisch wie bei *Misery*! Ich fand, der Name *Misery* passte ausgesprochen gut zu Tanja. Ich musste lachen, riss mich aber schnell zusammen. Das arme Mädchen, sagte ich leise vor mich hin.

Einmal hatte sie auch gesagt, sie fände es unglaublich schön, wenn sich junge Leute in einer Geschichte wiederfänden. Natürlich wäre das schön, dachte ich. Aber warum, zum Teufel, wollen wir uns überhaupt alle immer in Geschichten wiederfinden? Alle halten wir immerzu nur Ausschau nach Geschichten, in denen wir uns selbst entdecken! Warum müssen wir uns immer erst in einem geschriebenen Text, in einem bestimmten Lied, in einem Film wiederfinden, um zu wissen, dass wir Helden sind? Warum wissen wir das nicht schon vorher? Das Interessante ist auch, dass sich ganz unterschiedliche Menschen in denselben Geschichten wiederfinden. Das ist ein weiteres Indiz für unsere unabänderliche Zusammengehörigkeit. Zwei Leute sitzen nebeneinander im Kinosaal. Sie kennen sich nicht, sie haben nichts miteinander zu tun. Doch beide können sich mit einer bestimmten Figur des Filmes, den sie gerade ansehen, identifizieren. Würden die beiden mit jeweils mindestens drei Paketen beladen in einer Deutsche-Post-Filiale in der Schlange stehen, würden sie sich höchstwahrscheinlich anmaulen, gegenseitig fertig machen und empört denken: *Es gibt schon schlimme Menschen auf dieser Welt!*, nur um dann am Abend wieder, jeder für sich, ins Kino zu gehen oder ein Buch aufzuschlagen und voller Begeisterung bei zwei ganz ähnlich beschaffenen Figuren oder gar bei ein und derselben Figur zu denken: Das bin ich!

Aber du sollst nicht das Schreiben analysieren und die Menschen, die in Post-Filialen stehen, verdammt nochmal!, dachte ich, DU SOLLST SELBST SCHREIBEN!

Ich blickte auf das weiße Papier, auf dem die Feder meines Füllers ruhte, ohne angefangen zu haben, einen Bogen zu schwingen. Eine Gedichtzeile von Ernst Jandl fiel mir ein:

Das Blatt seien weißen geblieben.

Seien weißen geblieben.
Weißen geblieben.

Die Zeile entlockte mir ein Lächeln. Andere Jandl-Zeilen fielen mir ein, die einen Funken Glück in mir entfachten. Ich liebte Jandl.

Sein das gewesen ein scheißen Tag!

Schließlich versuchte ich mich wieder auf meine Arbeit zu konzentrieren. Seit längerer Zeit schon trug ich die Idee für eine Kurzgeschichte mit mir herum. Durch Matthias war ich eines Tages auf diese Idee gekommen, hatte mich jedoch nicht darangemacht, die Geschichte zu schreiben, weil ich ja insgesamt nichts mehr schrieb. Es sollte darin um einen jungen Mann gehen, nennen wir ihn Florian, der eine Behinderung hat, ganz so wie mein Bruder sie hatte. Und genauso wie Matthias hatte Florian über die Jahre hinweg immer große Schwierigkeiten im Leben und auch große Schwierigkeiten mit Mädchen. Und aufgrund dessen war es schließlich sein sehnlichster Wunsch, eine Freundin zu haben, die ebenfalls behindert ist. Die weiß, was das bedeutet. Die ihn versteht. Die weiß, wie es ist, bestimmte Dinge einfach nicht tun zu können. Vor der er sich nicht für das, was er ist, zu schämen braucht. Und die natürlich, so denkt Florian es sich, einen ganz ähnlichen Wunsch hegen muss. Und dieser Florian hat einen älteren Bruder, der ein klein wenig an einen gewissen Tim Gräter erinnert, also ein Musterbild eines Bruders, nennen wir ihn der Einfachheit halber gleich Tim. Aus dessen Sicht wird die Geschichte erzählt. Tim ist gerade umgezogen, in eine Erdgeschosswohnung. An seinem Fenster läuft fast täglich ein hübsches junges Mädchen vorbei, das ihr linkes Bein auffällig nachzieht. Von dieser Entdeckung erzählt Tim seinem Bruder ganz freudig. Florian besucht Tim daraufhin ein wenig häufiger als sonst, die beiden legen sich auf die

Lauer. Und durch einen wirklich äußerst genialen Trick, den ich leider noch nicht ausgearbeitet hatte, kommt es zu einer Begegnung zwischen Florian und dem Mädchen. Doch am Ende stellt sich heraus, dass dem Mädchen niemals der Gedanke gekommen war, einen behinderten Freund zu haben. Sie will einen ganz normalen Freund. Punkt, aus, Amen.

Ich versuchte mir einzureden, dass dies exakt der richtige Moment sei, um die Geschichte zu schreiben. Dass ich sie jetzt bestimmt gut hinkriegen würde. Irgendwann musste der Knoten ja schließlich platzen. Irgendwann musste es doch wieder sein, wie es früher gewesen war. Als es sich beim Schreiben um mein Leben handelte und bei meinem so genannten realen Leben um ein schwarzes Nichts, in dem ich mich jetzt nach so langer Abwesenheit vom Schreibtisch voll und ganz aufzulösen im Begriff war.

Kannst du, Tim?

Ich wollte mir auch wirklich speziell für Tanja viel Mühe geben. Das hatte sie verdient. Vielleicht konnte sie ja eine Geschichte tatsächlich retten. Wer wusste das schon.

Auf geht's!

Das erste Mal sah ich das Mädchen an einem Nachmittag im Mai. Ich sah es, als ich an meinem Schreibtisch saß und an einer Hausarbeit für die Uni arbeitete.

Doch sosehr ich mich auch anstrengte, ich kam nicht über die ersten zwei Sätze hinaus. Ich wollte eine Beschreibung folgen lassen, von der Schönheit und Anmut des am Fenster vorbeischreitenden Mädchens, wollte aufs Genaueste die »behinderten« Bewegungen beschreiben, die ihrem Erscheinungsbild etwas Stolzes verliehen, sodass das Mädchen in den Augen des Erzählers nur noch hübscher wurde.

Aber es gelang mir einfach nicht. Die venezianischen Masken machten sich über mich lustig. Ich hörte sie kichern. Aber mit meiner Kreativität und meiner Beschreibungskraft schien es so zu sein wie mit der hübschen Lampe aus Messing, an deren Schnur man so oft ziehen konnte, wie man wollte, ohne dass jemals ein Licht erstrahlte.

Ich zog immer wieder an dieser Schnur. Der Regen hatte aufgehört. Ab und an klatschte ein einzelner Tropfen aufs Glas. Die Musik für meine Wertlosigkeit. Mein Bauch krampfte sich zusammen. Ich dachte fieberhaft nach. Ich schrie laut. Ich hämmerte meinen Kopf gegen die Tischplatte. Vergebens. Ich lehnte mich im Stuhl zurück. Bilder schwirrten in meinem Schädel herum. Das behinderte Mädchen, so wie ich es mir vorstelle. (*Es ist so schön*, dachte ich, *Ach, wäre es doch nur hier! Es könnte mich beruhigen.*) Ich glaubte, draußen seine humpelnden Schritte zu hören, worauf sich eine dünne Schicht Glück auf mich legte, doch dann hörte ich die Schritte nicht mehr und sah plötzlich Tanja, wie sie nackt auf dem Bett saß, dann Matthias, der im Scheinwerferlicht auf einer ansonsten schwarzen Bühne ein Gedicht vortrug, dann meine Mutter und mich, wie wir in der Küche zusammen tanzten, dann mich, wie ich auf einer meiner Lesungen einem hübschen jungen Ding ein Buch signierte, den Garten der Villa, in der ich mich gerade befand, mit den blühenden Rosensträuchern, Christel, lachend in der Küche sitzend, die Fotografie von Greveiller, ein Zeitungsausschnitt *Wie ein Schriftsteller gemacht werden wird …*

Ich öffnete die Augen, knüllte das Papier mit den zwei geschriebenen Sätzen zusammen und schmiss es in die Ecke. Schließlich versuchte ich einer Idee für eine andere Kurzgeschichte nachzugehen, die ebenfalls schon seit längerer Zeit in mir herumspukte. Das würde nun definitiv keine Liebesgeschichte werden, und ich war mir sogar sicher, dass Tanja sie verabscheuen würde, doch es war die einzige Idee, auf die ich noch zurückgreifen konnte. In dieser Geschichte ging es um einen jungen Studenten, der in Freiburg wohnt und eines Tages einen seltsamen Mitbewohner bekommt, von dem sich später herausstellt, dass er merkwürdige Anfälle hat. Dann tut er plötzlich Dinge, die er sonst nie tun würde. Zum Beispiel wird er gewalttätig.

Ich brachte es auf sechs Seiten. Ich las das, was ich geschrieben hatte, zwei- oder dreimal durch. Es war schrecklich. Mir gefiel die Beschreibung dieses Mitbewohners namens Jakob nicht. Man sah ihn nicht wirklich vor sich. Die Sätze, die ihn beschrieben, mussten wie eine Zauberformel sein, die der Figur Leben einhauchte. Aber das war nicht der Fall. Und auch sonst hatte der Text zu viele Schwächen. Außerdem erinnerte ich mich wieder daran, dass Tanja ja eine Liebesgeschichte bestellt hatte. Ein richtiger, ein guter Autor, sagte ich mir, muss auch Aufträge erfüllen können. Und nicht bei der Arbeit abdriften, in Gefilde, die ihn selbst möglicherweise interessieren mochten, aber keinesfalls seinen Auftraggeber. Ich wischte mit einer raschen Handbewegung die voll geschriebenen Seiten beiseite, sodass ich wieder ein weißes Blatt Papier vor mir hatte. Ich begann mit zittriger Hand einen Brief an Tanja zu verfassen:

Liebe Tanja,
es tut mir Leid, aber ich kann keine Liebesgeschichte für dich schreiben. Ich werde überhaupt nie mehr etwas schreiben. Ich hoffe, du verstehst das. Es tut mir sehr Leid, ehrlich. Keine Worte mehr. Nichts. Ich will meine Schmach keineswegs schmälern, doch will ich sagen, dass wir vielleicht einfach

in einer Zeit leben, in der sowieso zu viel gesprochen wird. Es tut mir auch sehr Leid, dass du dich in dieser Welt so unwohl fühlst. Die Welt hat scharfe Zähne, das stimmt. Das hatte sie wohl zu allen Zeiten. Ich würde dich gerne vor ihnen bewahren, aber ich weiß nicht, wie.

Alles Liebe

Tim

Als ich den Brief beendet hatte, hatte sich meine Unruhe gelegt. Dafür war ich unglaublich müde geworden. Mein Kopf sank auf die Tischplatte, und ich schlief augenblicklich ein. Als ich wieder die Augen öffnete, hätte ich nicht sagen können, wie lange ich geschlafen hatte. Das Erste, worauf mein Blick fiel, waren die beiden Masken. Aber ich sah sie gar nicht richtig, so finster war es geworden. Vielleicht lag es nur daran, dass ich die Augen geschlossen gehabt hatte. Das wusste ich nicht. Auf jeden Fall hörte ich das Gelächter der Masken. Ich hatte Kopfschmerzen. Es war, als befände sich ein glühend heißer Lavastein hinter meiner Stirn. Langsam erhob ich mich. Ich faltete den an Tanja gerichteten Brief zusammen und steckte ihn in meine hintere Hosentasche. Ich verließ den Büroraum und tauchte in noch tiefere Dunkelheit ein. War es schon spätabends? Ich stieg die Treppen zu dem Gang hinunter, in dem sich unser Zimmer befand. Dort war es keinen Deut heller. Ich ließ die Finger meiner rechten Hand beim Gehen an der Wand entlanggleiten und schob den Brief unter unserer Zimmertür durch. Kurz blieb ich davor stehen und überlegte, ob ich nicht doch besser zu Tanja hineingehen sollte. Aber ich wollte nicht. Ich entschied mich dafür, nach unten in den Salon zu gehen, machte noch einmal kehrt und kam vor Christels und Greveillers Zimmer zu stehen. Ich lauschte an der Tür. Waren sie da? Man hörte nichts. Ich stellte mir vor, wie Greveiller am Schreibtisch saß, höchstwahrscheinlich an einem altmodischen, wunderschönen, einem aus Mahagoniholz, ganz in seine Arbeit vertieft, die unzählig vielen Buchstaben in seine Schreibmaschine oder seinen Laptop hackend, gekonnt seine Geschichte vorantreibend. Möglicherweise schrieb er auch mit der Hand. Mit einem elegant aussehenden, wahnsinnig teuren Füllfederhalter. Da es derzeit keinen Strom gab, wäre dies zugleich äußerst praktisch. Wenn er in diesem Moment tatsächlich arbeitete, dann sprach die Stille auf jeden Fall gegen eine Schreibmaschine. Und Christel? Wo war Christel? Wo, zum Teufel, hatte er ein solches Mädchen aufgetrieben? Hatte er sie auch von irgendeinem Händler, wie dem in Bangkok? War sie die ganze Zeit über bei ihm? Durfte sie nie weggehen? Vielleicht wollte sie das auch gar nicht. Möglicherweise lag sie in ihrem schwarzen Nachthemd auf dem Bett und sah bewundernd zu ihm herüber, während er schrieb. Vielleicht lag sie auch auf dem Rücken, mit geschlossenen Augen, und hielt ihre geliebte Spieluhr in der Faust verborgen. Sie selbst war doch auch eine Spieluhr. Mit einer Kurbel, an der Greveiller drehte.

Hatte gerade jemand hinter der Tür gesprochen? Nein, es war noch immer still. So wie ich Christel einschätzte, wollte sie ihm bestimmt unentwegt etwas erzählen und tat sich schwer damit, still zu sein. Und ich stellte mir vor, wie er in immer strenger werdendem Tonfall sagte: *Sei jetzt ruhig!* Ich war plötzlich sicher, dass er sie zwang, die ganze Zeit über eine bestimmte Position einzunehmen. Als stünde sie einem Kunstmaler Modell. Möglicherweise musste sie nackt, mit der Augenmaske über dem Gesicht und mit gespreizten Beinen, in seinem Sichtfeld sitzen. Oder breitbeinig neben ihm auf einem Stuhl stehen. Wie eine Statue. Das traute ich ihm zu. Ein Widerling durch und durch, dachte ich. Die arme Christel! Dabei war ich es ja, der sich erhitzt diesen Vorstellungen hingab. Tanzte sie für ihn? Wie auch immer. Eine Sache stand fest: Christel musste verdammt oft zum Vögeln bereitstehen.

Einerseits tat sie mir Leid, andererseits bewunderte ich Greveiller dafür, dass er sich für die gesamte Zeit, in der er intensiv schrieb, ohne Skrupel, einfach mal eben so ein solch junges, kostbares Geschöpf gönnte. Ich versuchte durchs Schlüsselloch zu schauen. Man sah nichts. Um was es wohl in dem Roman ging, an dem er arbeitete?

Ich marschierte die Treppen hinab zur Empfangshalle. Lief an dem im Schatten lauernden Panther vorbei in den Salon und setzte mich auf einen der Sessel. Der Salon war völlig dunkel. Ich hatte das Gefühl, als befände ich mich in einem versunkenen Schiff. Als wären die Wände mit Algen überzogen. Als wären alle Gegenstände um mich herum Bestandteile der Schiffseinrichtung, die seit Jahren vom Wasser und der Strömung bearbeitet worden war. Es kam mir so vor, als gäbe es keine Wand zwischen dem Salon und der Terrasse, dem Garten. Rosenduft brannte in meiner Nase. Als würde er vom Garten herübergeweht kommen. Plötzlich drang ein Flüstern zu mir. Etwas flüsterte zwischen diesen frei schwebenden, leicht funkelnden Kristallen über mir, die den Kronleuchter ergeben mussten. Die Gestalten auf den Bildern wisperten. Etwas Lebendiges, doch ohne körperliche Hülle, flog durch den Raum und ließ sich auf einem Sessel ganz in meiner Nähe nieder. Das Flüstern verstummte. Stille. Tiefe Stille. Die Konturen waren nun wieder besser auszumachen. Mein Blick fiel auf ein altmodisches Fernrohr, das auf einem hölzernen Gestell stand und auf die Terrasse und den Garten gerichtet war. Ich saß lange Zeit bewegungslos da. Ich war ein König, der inmitten seines schon halb zersetzten und verfaulten Schlosses, selbst zu Stein erstarrt, auf seinem Thron sitzt. Ich war Pharaonenkönig Echnaton, von dem mir Tanja erzählt hatte, dass er in den letzten Jahren seines Lebens in seinem eigenen Palast gefangen gehalten worden war.

Erinnerungen tobten in meinem Kopf herum. Ich musste an meine Reisen denken, an beleuchtete, riesige Städte, an Personen, die mir begegnet waren. *Ksjusha.* Ich sah mich als ganz jungen Kerl in der Wohnung in München, in der ich mit meiner Familie gewohnt hatte, am Schreibtisch sitzen. Sah den Schulranzen, den ich in die Ecke geschmissen hatte. Sah mich auf diversen Buchmessen stehen, Lesungen halten, Interviews geben, vor Studenten sprechen. Meine ganze verdammte Schriftstellerkarriere zog in rasender Geschwindigkeit an meinem inneren Auge vorbei. Ich hatte das Gefühl, einfach alles falsch gemacht zu haben. *Ksjusha.* Ich hätte zum Beispiel versuchen sollen, in New York zu bleiben! Irgendwie dort Fuß zu fassen. Dort hätte ich wieder schreiben können! Mein Leben hätte eine ganz andere Wendung genommen! Eine bessere! Das wäre ein vollkommen neues, aufregendes, abenteuerliches Leben gewesen! Bestimmt hätte ich weiter Kurse an der NYU geben können. Damals war ich verdammt jung, damals war ich eine Sensation! Das hätte ohne Probleme geklappt. Zudem hätte ich viel von meinen Studenten lernen können. Bestimmt wäre es auch zu einer netten Affäre mit einer der Studentinnen gekommen. Aber was hatte ich stattdessen getan? Ich war brav heimgeflogen. Hatte alles einfach zurückgelassen. Hatte Ciao gesagt zu dieser Welt, die mir offen stand. Und war zuerst in München bei meiner Mutter herumgehockt. Und dann nach Berlin gezogen. Was für ein billiger Ersatz für New York! Was für eine Erbärmlichkeit!

Und leise, mit vor Angst zitternder Stimme, sprach ich in diesen dunklen, leeren Raum hinein: »Was soll denn nur aus mir werden? Jetzt, wo klar ist, dass ich kein Schriftsteller sein kann?«

Schließlich betrat jemand den Salon. Es war Frau Garvang. Zuerst konnte ich nicht sehen, was sie da bei sich trug. Doch dann, nach einigen Sekunden, erkannte ich es. In der einen Hand hielt sie einen Wischmop, und mit der anderen trug sie einen Eimer Wasser. Als sie mich sah, schrak sie zusammen.

»Huch! Herr Gräter!«, sagte sie. »Sie haben, wie mir scheint, ein Talent für plötzliches Auftauchen.« Sie stellte den Eimer auf dem Boden ab, lehnte den Mop gegen die Wand. »Warten Sie«, fuhr sie fort. »Sie müssen nicht länger im Dunklen sitzen. Ich hab' da was.« Sie entfernte sich und erschien kurz darauf wie ein Geist im Schein von drei zitternden Flammen, die auf einem silbernen Kerzenleuchter brannten. Als sie neben mir stand, sagte sie: »Es ist unglaublich! Seit ich hier bin, habe ich so etwas noch nicht erlebt. Im ganzen Block ist der Strom ausgefallen. Und die sind immer noch dran, es zu richten!«

Sie stellte den Kerzenständer auf dem kleinen Tischchen vor mir ab.

»Ist alles in Ordnung mit Ihnen? Sie scheinen mir so niedergeschlagen zu sein. Ist was passiert?«

»Nein«, antwortete ich leicht gereizt. »Alles okay.«

»Ihre Freundin schläft«, sagte sie.

»Wirklich?«, sagte ich in einem übertrieben interessiert klingenden Tonfall.

»Ja, ich habe vorhin nach ihr gesehen.«

»Gut. Danke. Wie spät ist es eigentlich?«

Sie sah auf ihre Armbanduhr. »Es ist halb sechs.« Damit kehrte sie zu ihrem Eimer und ihrem Mop zurück und wischte ein wenig im Salon herum. Sie rückte einen Sessel beiseite. Ein kratzender Laut ertönte. Sie wischte die freigelegte Stelle. Dann wurde der Sessel auf seine ursprüngliche Position zurückgestellt.

Sie lebt nur für das Haus und die Leute, die vorübergehend hier sind, dachte ich. Auf einmal konnte ich nicht anders, als das gruselig zu finden. Sie hielt in ihrer Arbeit inne und fragte: »Sind Sie beim Schreiben gut vorangekommen?« Da ich nicht gleich antwortete, fügte sie hinzu: »Sie müssen entschuldigen. Manche Autoren möchten, dass man sie nach ihrer Arbeit befragt. Andere wiederum haben das gar nicht gern. Das ist ein schmaler Grat.«

»Doch«, sagte ich, »Sie können mich ruhig danach fragen. Ich bin sehr gut vorangekommen.«

»Schön«, entgegnete sie.

In diesem Augenblick läutete mein Handy. Es war Lara Berggren. Sie sagte, dass es ihr Leid täte, dass sie sich jetzt erst bei mir melde, aber sie sei gestern unterwegs gewesen und hätte meine Nachricht erst heute abgehört. Sie fragte, ob ich mich heute Abend mit ihr treffen könne. Ich sagte zu. Nachdem ich gestern noch sehr über sie hergezogen hatte, freute ich mich jetzt darauf, sie treffen zu können. Ich befürchtete nämlich, dass ich einer ziemlich bedrohlichen Schwärze anheimfallen würde, wenn ich diesen Abend in dem Haus zubrächte. Der Anruf war wie ein Befreiungsschlag für mich. Wir waren für zwanzig Uhr in einer Kneipe verabredet, die *Svane* hieß, Schwan.

Ich ging in die Küche und aß drei Wurstbrote. Dann ging ich wieder nach oben. Ich hätte unser Zimmer am liebsten gar nicht mehr betreten. Aber ich musste an meinen Rucksack, um meine Klamotten zu holen, die besten nämlich, die ich auf diese Reise mitgenommen hatte. Ich hoffte sehr, dass

Tanja noch schlief und nicht mitkriegte, dass ich ins Zimmer kam. Als ich leise die Tür öffnete, fiel mein Blick auf meinen gefalteten Zettel. Der lag unberührt auf dem Boden. Tanja lag im Bett. Die Umrisse ihres Körpers zeichneten sich unter der Bettdecke ab. Sie atmete gleichmäßig. Ich beeilte mich, kramte so leise wie möglich die Klamotten aus meinem Rucksack hervor und verließ das Zimmer wieder. Ich ging duschen. Später schob ich noch einen Zettel unter unserer Zimmertür durch:

Treffe mich mit meiner norwegischen Lektorin. Gehen zusammen etwas trinken und dann vielleicht noch woandershin. Weiß noch nicht, wann ich wiederkomme.

Viele liebe Grüße

Tim.

33

Ich machte mich per Taxi auf den Weg zum Lokal. Der Wagen musste quer durch die Stadt fahren.

Treppenstufen führten in die Kneipe *Svane*. Drinnen war es eng. Wenige Tische, die alle besetzt waren. Aus Lautsprechern drang lauter Gitarrenrock. In den Ecken standen hölzerne Schwäne. Lara war bereits da. Sie trug einen schulterfreien schwarzen Pullover und schwarze Pulswärmer. Sie hatte wieder diesen leuchtenden Lippenstift aufgetragen. Sie sah äußerst hübsch aus. Sie erhob sich, während ich mich zwischen ein paar Tischen und ein paar Rücken hindurchquetschte und schließlich an ihren Tisch trat. Wir umarmten uns.

»Nice to see you«, sagte sie lächelnd. »Hope you didn't have too many problems finding this joint.«

»No«, antwortete ich. »It was easy. I took a cab.«

»Oh, good.«

Wir setzten uns.

»By the way«, sagte ich, »it's nice to see you, too.«

»Thanks.« Erneut huschte ein strahlendes Lächeln über ihr Gesicht. Ein wenig *zu* strahlend, dachte ich bei mir.

»Do you like it here?«, fragte sie.

»I do. You come here often?«

»Sometimes«, quiekte sie. »I think it's cosy. The people here are nice. Not too fancy. And it's close to where I live.«

Wir bestellten zwei Bier. Lara zündete sich eine Zigarette an und erzählte ein wenig von den Neuigkeiten im Verlag, von bestimmten Büchern, die im Herbst herausgebracht werden sollten. Neben einigen Veröffentlichungen von norwegischen Autoren war darunter auch ein Kurzgeschichtenband eines jungen Amerikaners. Dieses Buch lag ihr besonders am Herzen. Sie hatte sich sehr für die Erwerbung der Rechte eingesetzt. »Wie damals bei deinem Buch!«, fügte sie hinzu. Und wahrscheinlich, dachte ich, steigst du mit dem auch ins Bett. Sie erzählte, was sonst noch alles im Verlag vor sich ging, dass alle sehr bestürzt darüber seien, dass das Kind von Maggie, einer ihrer Kolleginnen (die ich auch kennen gelernt hatte), bei der Geburt gestorben sei. »So etwas ist so schrecklich«, meinte sie. »Wir haben doch alle mitgekriegt, wie ihr Bauch dicker wurde, wie sie anfing, Babysachen einzukaufen, wie sie Namensbücher durchstöberte, und wir hatten uns alle so für sie gefreut. Maggie ist noch dazu eine Frau, die ... wie soll ich's sagen? Die perfekte Mutter eben. Du wirst es nicht für möglich halten, aber sie hatte bei uns schon immer den Spitznamen Mama weg. Weil sie sich so leidenschaftlich und mütterlich um alle kümmerte. Sie brachte immer Kuchen mit, kochte zu allen möglichen Zeiten Kaffee und Tee und so weiter. Danke, Mama, sagten wir immer, oder *Unsere Mama eben!* Und dann ...«, sie atmete einmal tief durch, »passiert so was!«

Lara erzählte auch noch, dass eine Volontärin mit dem Cheflektor geschlafen hatte und seine Frau, die natürlich alle im Verlag von diversen Veranstaltungen kannten, eine schrecklich strenge, hochnäsige Person, wie Lara meinte, sofort bei ihm ausgezogen war, und wie sich alle heimlich darüber freuten.

Wir hatten unsere Biere ausgetrunken. Ich bestellte ein neues und Lara einen Baccardi Orange. Als die Getränke auf unserem Tisch standen, zündete sie sich noch eine Zigarette an. Erzählte, dass sie sich nun endlich dazu entschlossen hatte, ihrem Freund Erik Lebewohl zu sagen.

»Er liebte mich wirklich. Aber was kann man tun, wenn man nach und nach merkt, wie einem alles zu fade wird?« Ich hörte ihr zu und machte ihr immer wieder Komplimente. Sagte, wie toll sie aussehe, dass sie eine hinreißende Frau wäre. Und dass ich den Eindruck hätte, dass sie trotz aller Schwierigkeiten ziemlich stark und fest im Leben stünde. Eine Aussage, bei der ich die Erfahrung gemacht hatte, dass sie Frauen gefiel. Ich hoffte nur, dass ich sie vor einiger Zeit nicht schon in ihrer Gegenwart gemacht hatte.

Sie blies eine Rauchwolke in die Luft. Dann sah sie mich durchdringend an und sagte schließlich: »Tim, jetzt mal Klartext. Wenn du glaubst, dass du dich einfach so, nur weil du gerade in Oslo bist, mit mir treffen kannst, um zu vögeln, dann täuschst du dich gewaltig. Um ehrlich zu sein, habe ich mich auch hauptsächlich mit dir verabredet, um dir das zu sagen. Ich fand es extrem widerlich von dir, dass du es damals nicht für nötig gehalten hast, nochmal etwas von dir hören zu lassen. Ich war so was von sauer auf dich! Du warst derjenige, der gesagt hat: *Ach komm, wir machen's ohne Kondom! Ist doch viel schöner!* Und ich musste die verdammte Pille für danach schlucken. Und weißt du, wie man sich fühlt, wenn man diese Pille schlucken muss? Ich kann's dir sagen! Absolut beschissen fühlt man sich! Ich war keineswegs so verblendet zu glauben, dass aus uns beiden etwas werden könnte. Aber ich habe geglaubt, dass du jemand bist, der sich wenigstens mal meldet, sich mal nach einem erkundigt. Ich war mir sicher, dass du mich echt magst.« Sie sog mit dem Strohhalm in einem Zug die zweite Hälfte ihres Baccardis in sich hinein.

»Ich hab' echt die Schnauze voll von euch Schriftstellern«, sagte sie dann. »Das ganze Edle, Reine, Poetische, das euch immer anhängt, ist einfach nicht vorhanden. Ihr seid genauso scheiße wie alle anderen!«

34

Es gab wieder Strom. Als ich draußen im Garten der Villa stand, konnte ich sehen, dass zwei Fenster im oberen Stockwerk erleuchtet waren. Und nachdem ich unter großer Kraftanstrengung die Tür aufgesperrt hatte, konnte ich den Kronleuchter in der Empfangshalle einschalten. Wie prächtig und gewissenlos leuchtete er über mir elender Person. Ich schaltete ihn augenblicklich wieder aus.

Die Nachttischlampen in unserem Zimmer brannten und tauchten das Zimmer in ein mildes, milchiges Licht. Tanja lag bäuchlings in einem violetten Negligé, das ich zuvor noch nie gesehen hatte, auf dem gemachten Bett. Das Kinn auf ihre rechte Handfläche gestützt, blätterte sie in einer Zeitschrift. Die Verbände an ihrem Körper waren verschwunden. An ihren Schultern und Armen konnte man blutverkrustete Stellen erkennen. Ihre Füße hatte sie hinter sich gekreuzt. Wie sie so dalag, umspielt von diesem sanften Licht, ihr blondes Haar, in dem eine grüne Spange steckte, schimmerte, musste ich daran denken, wie sie nackt, verkratzt und blutüberströmt auf dem Bett gesessen hatte. Das Bild, das sich mir jetzt bot, gab mir dasselbe bedrohliche Gefühl, das ich heute früh bei ihrem Anblick empfunden hatte – obwohl jetzt alles so ganz und gar friedlich zu sein schien.

Sie blickte kurz zu mir auf.

»Ah, da bist du ja!«, sagte sie. »Wie war's?« Und jetzt fiel mir auf, dass mich die Art und Weise, wie sie sich auf dem Bett breitmachte, ihr knisterndes Negligé und der Tonfall, in dem sie *Ah, da bist du ja!* gesagt hatte, etwas an Christel erinnerten.

Ich setzte mich zu ihr auf die Bettkante. Ein starker Duft hing über dem gesamten Bett. Ein Blumenduft. Ein Duft nach Rosen. Übelkeit regte sich in mir.

»Wie geht es dir?«, fragte ich und legte meine Hand auf ihren Rücken.

»Gut, gut«, murmelte sie. Sie konzentrierte sich voll und ganz auf ihre Lektüre.

»Was siehst du dir da an?«, fragte ich.

»Was?«

»Was ist das?« Ich deutete auf ihre Lektüre.

»Ah«, seufzte sie, »das ist eine Zeitschrift von unten. Hübsche Bilder, nicht wahr?«

»Das ist ein hübsches Negligé, das du da trägst.«

»Findest du?«

Sie blätterte eine Seite um.

»Ja. Habe ich noch nie gesehen.«

»Mhm«, machte sie.

»Woher hast du es?«

»Was?«

»Das Negligé. Woher du es hast.«

»Ach so, das. Das ... das hab' ich ... ach, weiß nicht mehr. Ich glaub', ich hab's mir selbst irgendwann gekauft.« Und nach kurzem Zögern fragte sie, ohne den Blick von der Zeitschrift abzuwenden: »Wie war's denn nun mit deiner ... was war sie nochmal?«

»Lektorin.«

»Wie war's mit der?«

»Keine Ahnung.«

»Keine Ahnung? Was soll das heißen? War's nett?«

»Nett ... nicht nett. Ist doch scheißegal.«

»Also, so wie's sich anhört, war es jedenfalls nicht gerade aufregend.«

»Das kann man so sagen.«

Ich öffnete die Schleifen an meinen Schuhen, schleuderte die Schuhe von meinen Füßen. Ich klopfte mein Kissen aus, in der Hoffnung, den Rosenduft ein wenig vertreiben zu können, und schob es unter meinen Kopf. Unterdessen legte ich meine eine Hand auf ihren Hintern.

»Was soll das heißen, du wirst nie mehr schreiben?«, sagte sie plötzlich und drehte ihren Kopf in meine Richtung.

»Das, was es heißt«, antwortete ich leise.

»Ist das dein Ernst? Ich meine, vielleicht ist es nur eine vorübergehende Schreibhemmung. Du hast doch vor kurzem noch geschrieben, habe ich Recht?«

»Tanja, lass es bitte gut sein!«

Sie schaute mich durchdringend an.

»Na schön«, sagte sie schließlich.

Sie schmiss die Zeitschrift aus dem Bett. Flatternd sauste sie durch die Luft, wie eine Taube, die einen kleinen Satz zur Seite macht, weil ein Kind sie verfolgt.

»Oje!«, seufzte Tanja. »Ich bin so müde!« Sie gähnte, streckte die Arme. Jetzt stützte sie das Kinn auf beide Handflächen.

»Du bist so hübsch, weißt du das?«, sagte ich mit halb geschlossenen Augen.

»Ja«, sagte sie ziemlich desinteressiert und gähnte daraufhin wieder. »Ja. Danke.«

Der Rosenduft lähmte mich, betäubte meine Sinne.

Über mir die endlos weiße Decke, über die sich das Licht der Nachttischlampen breitete.

Ich drehte mich auf die rechte Seite. Betrachtete die Lampe. Mir gefiel sie außerordentlich gut. Das Licht, das von ihr ausging, schien etwas ganz und gar Reinigendes zu haben. Meine Augen gingen immer wieder auf und zu. Doch plötzlich blieb mein Blick an einem hölzernen, viereckigen Ding hängen, mit einer goldfarbenen Kurbel daran, das auf dem Nachtkästchen lag.

»Was ist das?«, sagte ich.

»Was?«

Ich nahm das kleine Ding in die Hand. Hob es in die Höhe. »DAS hier! Was ist das?«

»DAS!«, sagte Tanja, die inzwischen inmitten des Bettes saß und die Arme um ihre Knie geschlungen hatte, »DAS ... keine Ahnung, was das ist! Zeig mal!« Sie rutschte ganz nah an mich heran.

»Scheint eine kleine Spieluhr oder so was Ähnliches zu sein«, meinte sie. »Ich glaub', man muss an dieser Kurbel drehen!« Sie lachte. »Unfassbar! Dieses Haus ist einfach voll mit den kuriosesten Sachen.« Langsam drehte sie an der Kurbel.

Die Melodie ertönte. Diese seltsame Kindermelodie. Zuerst zerhackt, weil Tanja es nicht schaffte, die Kurbel gleichmäßig zu drehen. Doch dann, in den korrekten Rhythmus versetzt, wurde das Erklingen der kleinen Glöckchen eine Begleitmusik zu einem Bild, das sich in meinem Kopf zusammensetzte. Das Bild von Christel, die in einen Morgenmantel gehüllt in der Küche sitzt.

»Oh!«, sagte Tanja. »Eine wunderschöne Melodie! Kennst du sie? Ist die bekannt? Diese Töne klingen, als kämen sie aus einer Welt, in der man keinerlei Sorgen kennt, nicht wahr?« Sie schlüpfte unter die Bettdecke. »Könntest du eine Zeit lang einfach weiter für mich an dieser Kurbel drehen? Ich kann dann sicher gut einschlafen.« Sie schmiegte ihr Gesicht in das Kopfkissen. Schloss die Augen. »Hey Tim«, sagte sie schließlich. »Was ist los? Hier wartet jemand darauf, sanft in den Schlaf gekurbelt zu werden!«

»Woher hast du das Ding?«, fragte ich, während ich die Spieluhr zwischen meinen Fingern umherwandern ließ.

Sie öffnete die Augen.

»Wieso?«, wollte sie wissen. »Mir gehört es doch gar nicht. Das liegt hier eben so rum. Wie das ganze andere seltsame Zeug.«

»Das ist richtig«, sagte ich, »dir gehört es nicht. Es gehört IHR.«

»IHR?«, wiederholte sie. »Wen meinst du? Frau Garvang?«

»Dem Mädchen ...«, sagte ich. »Es gehört dem Mädchen. Christel. War sie hier?«

»Wer?«, fragte sie. »Wer war hier?«

»CHRISTEL!«

»Ich weiß nicht, von wem du sprichst. Wer ist das?«

»War ER auch hier?«

»Wen meinst du?«

»Du weißt, wen ich meine«, sagte ich.

»Tim ...«, erwiderte sie. »Was soll das? Wer, zum Teufel, soll hier gewesen sein?«

Augenblicklich setzte ich mich mit einer schwungvollen Bewegung auf die Bettkante. »War er hier?«, wiederholte ich, ohne mein Gesicht nach ihr umzuwenden. Das kleine Ding hielt ich fest in der Hand umschlossen. Ich hatte auf einmal das große Verlangen, es zu zerquetschen.

Ein langes, sehr langes Schweigen folgte.

»Ja«, sagte sie schließlich. »Er war hier.«

»Und du wolltest es verheimlichen. Warum?«

Sie zögerte kurz.

»Ach, keine Ahnung warum«, erwiderte sie dann in gereiztem Tonfall. »Ich dachte einfach, dass du etwas dagegen hättest. Was ja anscheinend auch stimmt.«

»Was wollte er? Was ... was habt ihr gemacht?«

»Was sollen wir schon gemacht haben? Wir haben ein bisschen geredet. Haben am Fenster gestanden, haben nach draußen geschaut. Geraucht. Nichts Besonderes.«

Sie strampelte ihre Bettdecke beiseite. Erhob sich vom Bett. Bog die Schultern zurück. Ging im Zimmer umher. Ließ ihre Finger über die Holzkommode streifen. Ihr Negligé knisterte. Schließlich sagte sie: »Ehrlich gesagt, verstehe ich nicht ganz, warum du dir darüber so viele Gedanken machst.« Sie blieb mit dem Rücken zum Fenster stehen. Stützte ihre Ellbogen auf das Fenstersims. Alles an ihr strahlte eine eitle Langeweile aus. Als hätte sie einen unfassbar heißen Tag damit zugebracht, faul auf einer sonnenüberfluteten Veranda im Bikini auf einer Hollywoodschaukel zu liegen, und würde sich nun erheben, um eine Kleinigkeit zu essen aus der Küche zu holen.

Ich blickte auf die Spieluhr in meiner Hand. Dann stand ich auf und lief zu ihr.

»WER BIST DU?«, sagte ich in ihr Gesicht. »WAS BIST DU?« Sie blickte mich an, ohne dass etwas in ihrem Gesicht zu lesen gewesen wäre. »Und kannst du mir bitte einmal die Wahrheit sagen«, flehte ich. »Ein einziges Mal! Was ist bei dir überhaupt Wahrheit? Das weiß man nie! In einem Moment zerstückelst du dich! Schneidest dir die halbe Brust weg! Im nächsten sitzt du da und sagst mit der zartesten Stimme: *Es ist alles gut, Tim! Es ist alles fein! Lass uns einfach so weitermachen!* Einerseits sagst du, du könntest Sex nicht ausstehen und fändest ihn widerlich! *Weil das männliche Sper-*

ma die gesamte Widerwärtigkeit der Spezies Mensch enthält! Anderseits hast du keine Probleme damit, in der Fußgängerzone deine blutigen Titten herumzuzeigen! Außerdem redest du verdammt häufig über Sex, dafür, dass du ihn so widerlich findest! Trägst die aufreizendsten Klamotten, machst mich ständig an, holst mir einen runter. Sagst mir Sachen wie *Komm schon, du willst es doch!* Kannst du mir erklären, wie man wissen soll, woran man bei dir ist? Ich würde es wirklich gerne wissen! Die ganze Zeit kommst du mir mit deiner Scheiß-Moral! Sprichst davon, was für eine große Verantwortung und was für eine ehrenvolle Aufgabe wir alle als Menschen hätten. Entschuldigung, dass ich nicht in Afrika war, dass ich mich nicht um verhungernde Kinder gekümmert habe, dass ich nicht zu Pfadfindertreffen gehe und sage *Ich will alle Lebewesen und die Natur achten*, sondern mich stattdessen hinsetze und schreibe. Aber natürlich nicht über hochgeistige und brisante Themen, NEIN, nichts Philosophisches, nichts über die Lage in Israel, nichts über die Tragik des Jungseins, sondern natürlich ausgerechnet auch noch über die Manifestierung des Widerlichen schreibe ich, übers Ficken! Und überhaupt: Dafür, dass du so verdammt moralisch bist, hast du wenig Probleme damit zu lügen! *Ich habe meine Periode!* Der billigste Witz des Jahrhunderts! Und ich bin auch noch drauf reingefallen! Liegst neben mir im Bett und sagst ganz scheinheilig, ganz nebenbei: *Ach, ich habe heute diesen anderen Schriftsteller kennen gelernt. Diesen Greveiller! Also wirklich, ein komischer Vogel!* Und gerade eben: *Keine Ahnung, wem diese Spieluhr gehört! Was ist los, Tim? Hier will jemand in den Schlaf gekurbelt werden!* Und wenn ich dann frage, was ihr gemacht habt, dann antwortest du wie selbstverständlich: *Was sollen wir schon gemacht haben? Wir haben am Fenster gestanden! Haben geredet!* Und dabei ist es dir sicherlich gar nicht aufgefallen, dass du dich, rein zufällig, ruck, zuck komplett verwandelt hast. Dass du aussiehst wie seine Hure! Wie diese Christel! Du redest jetzt auf einmal sogar wie sie! Hast denselben eitlen Gesichtsausdruck! Hast sogar dieselben Sachen an! Und das alles nach nur einem Tag! Ein wahrhaft hübsches Negligé! Aus Seide nehme ich an!«

Ich zog an einem der Träger, ließ ihn auf die Haut zurücksausen.

»Fass mich nicht an!«, zischte sie. »Ich warne dich! Fass mich nicht an!« Nach einem nicht enden wollenden Moment des Schweigens sagte sie mit völlig ruhiger Stimme: »Soll ich dir erklären, warum du keine Ahnung von mir hast? Weil du dich keinen Deut für mich interessierst! Weil dir das, was mit mir passiert, im Grunde genommen scheißegal ist. Ich bin keine Person für dich! Ich bin ein saftiges Stück Fleisch mit einem Arsch und zwei Titten! Und wenn ich mich zerstückle, wenn ich mir die halbe Brust wegschneide, wie du sagst, dann ist dein erster Gedanke: *Schade um das leckere Fleisch!* Wenn du wissen willst, wer ich bin, dann würde ich dir raten, einfach die Augen aufzumachen! Das ist für Schriftsteller generell eine relativ wichtige Sache, habe ich gehört.« Sie machte eine Pause. »Aber na gut«, meinte sie dann. »Du willst wissen, was passiert ist? Ich werd's dir erzählen. Ich hoffe inständig, es hilft dabei, dass du dir ein besseres Bild von mir machen kannst: Er war hier. Sie war auch hier. Wir haben gevögelt. Es war himmlisch. Weißt du, wie aus dem Nichts sind die beiden aufgetaucht! Sie waren wie Tiere, die ein verwundetes Exemplar ihrer Gattung liebkosen. Sie haben mich mit Rosenbalsam eingerieben. Haben mir meine Wunden geleckt. Und dieses Mädchen, diese Hure, wie du sie nennst, war in der Lage, mit ihrer Zunge

Dinge zu tun, die ihr kein irdisches Wesen beigebracht haben kann. Reicht das schon? Oder darf ich dir noch eine andere Sache anvertrauen? Eigentlich wollte ich dir das ja schon früher sagen: Tja, es war wohl nie der rechte Zeitpunkt dafür. Umso besser, dass er jetzt gekommen ist.«

Wie ausdruckslos, wie monoton ihre Stimme klang!

»Du erinnerst dich ja an den Nachmittag, an dem du dich mit Carstenson getroffen hast. Als ich an diesem Nachmittag im *Backpackers* war, um nach meinen E-Mails zu sehen, da habe ich drei junge Engländer kennen gelernt. So um die zwanzig. Stattliche Kerle. Na ja, ein bisschen rustikal. Fußballfans. Einer davon war sogar äußerst hübsch. Die anderen hatten ziemlich kahl rasierte Köpfe. Die drei übernachteten in diesem *Backpackers*. Und ich bin mit ihnen nach oben gegangen, auf ihr Zimmer, und habe es im Badezimmer mit ihnen getrieben. Mit allen dreien! Es war wie in einem Pornofilm! Einer hat mich von hinten genommen, und den anderen beiden habe ich währenddessen einen geblasen. Bis ich genug hatte und dem einen, dem Hübschen übrigens, meine Zähne in seine Scheiß-Eier gehauen habe und dem anderen so fest ich nur konnte oben in seinen Schwanz. Ich brauche mich nur daran zu erinnern, und schon habe ich wieder ihre Schreie in meinen Ohren. Ich bin abgehauen. Ich war beinahe nackt. Sie haben mich nicht erwischt. Beim Rennen, da musste ich würgen und habe lauter kleine knorpelige Stückchen auf den Boden gespuckt.« Sie blickte mich an, und ein Licht flammte in ihren Augen auf. »Weißt du jetzt besser über mich Bescheid?«

»Du lügst«, stammelte ich.

»Diesmal nicht!«, sagte sie. Sie marschierte zu einem der beiden Nachtkästchen, zog die Schublade heraus und förderte ein dickes Taschenbuch zutage. Hob es in die Höhe.

»Und zum guten Schluss muss ich dir leider noch was sagen«, meinte sie. »Ich habe inzwischen Greveillers *Ein unglücklicher Besucher* gelesen. Er ist ein viel besserer Autor als du. Und soweit ich das mitbekommen habe, macht er auch nicht so ein Geschiss um die ganze Sache. Vielleicht kannst du dir davon mal eine Scheibe abschneiden!«

Ich stand da und sah sie an. Ein Zittern durchfuhr meinen ganzen Körper. Und dann rannte ich auf den Gang hinaus, lief immer weiter, bis ich vor Christels und Greveillers Zimmer stand. Ich riss die Tür auf.

Zuerst stieß ich auf einen kleinen Vorraum, den ich mit zwei schnellen Schritten durchquerte. Vom Zimmer der beiden nahm ich so gut wie nichts wahr. Mir fiel nur auf, dass es viel größer als unseres war. Das Zimmer war so ausgeleuchtet wie bei einer religiösen Andacht. Schatten zitterten an der Wand. Schatten zitterten überall. Die Luft war rauchgeschwängert. Aus einem alten Grammophon drang Klarinettenmusik. Christel stand in einem Tanga und einem dunklen Trägeroberteil bei einem der beiden Nachtkästchen und zündete mit einem Streichholz eine Kerze an. Sie sah mich überrascht an. Greveiller kauerte in einem schwarzen Morgenmantel auf einem riesigen Fellteppich, über seine Manuskriptseiten gebeugt, die kreuz und quer darüber verteilt waren. Er trug eine schwarzgeränderte Brille, zwischen Daumen und Zeigefinger hielt er einen Kugelschreiber. Er glotzte mich an. Ich schritt wortlos auf ihn zu, packte ihn am Kragen, zog ihn in die Höhe, holte weit aus und schlug ihm mit der Faust genau zwischen die Augen. Die Brillenfassung zerbrach. Er sackte zusammen. »NO!«, kreischte Christel. »NO!« Ich trat Greveiller mit dem Fuß ins Gesicht. Er krümmte sich. »NO! NO!« Nochmal trat ich ihn! Nochmal! Und ein weiteres Mal! Seinen Lippen entfuhr ein kaum wahrnehmbares Stöhnen. Sein Kopf sackte nach hinten. Langsam tropfte ihm Blut aus der Nase. Christel schrie. Ich wollte ihn gerade wieder treten, da kam sie angerannt und warf sich schützend über ihn. Sie sah mit vor Entsetzen aufgerissenen Augen zu mir auf. Einen Herzschlag lang stand ich reglos da und starrte. Starrte sie an und den Körper, den sie verdeckte: Der Gürtel seines Morgenmantels hatte sich gelöst, der Mantel klaffte auf, der Schriftsteller lag nackt und bewegungslos in diesem schummrigen Licht da. Schließlich fing ich an, nach einzelnen Manuskriptseiten zu treten, ich trat nach ihnen, als wären sie Ratten oder anderes niederes Getier, die Seiten flatterten auf, fielen ineinander. Die Klarinettenmusik spielte unterdessen fröhlich weiter. Ich ging zum wuchtigen Schreibtisch hinüber, der über und über mit Büchern bedeckt war. Dazwischen stand ein aufgeklapptes Notebook mit schwarzem Bildschirm. Dieses Notebook nahm ich und schleuderte es zu Boden. Danach fegte ich mit einer raschen Handbewegung die Bücher und das übrige Zeug, zwei Aschenbecher aus Porzellan, die vor Zigarettenstummeln überquollen, zwei verkrustete Kaffeetassen samt Untertassen, drei halb volle Rotweingläser, eine leere Rotwein-, eine volle Whiskeyflasche und einen Kerzenständer mit zwei brennenden Kerzen hinunter. Ich wandte mich leicht torkelnd vom Schreibtisch ab, machte zwei Schritte und blieb wieder stehen. Mein Blick fiel auf das breite Himmelbett, das von Licht und Schatten umspielt wurde und das ich auf einmal so schön fand, so unbeschreiblich schön, dass es mir in der Seele schmerzte.

35

Als ich in unser Zimmer zurückkam, fand ich Tanja auf dem Boden kauernd vor, mit dem Rücken gegen die Kommode gelehnt. Ihr Negligé war verrutscht und gab den Blick auf unheimlich blasse Beine und einen hellblauen Slip frei. Die Träger des Negligés waren über ihre Schulter gefallen. Es sah aus, als wären sie gewaltsam heruntergerissen worden. Überall auf dem Boden waren ihre Klamotten verstreut. Irgendwo dazwischen lag ihr Rucksack. In ihrem Mundwinkel klemmte eine Zigarette. Ihr Blick war starr geradeaus gerichtet. Ich setzte mich aufs Bett. Ließ den Kopf in meine Hände sinken. Lange Zeit schwiegen wir. Irgendwann sagte sie mit leiser Stimme, nachdem sie den Rauch gen Decke geblasen hatte: »Tim.« Und darauf wiederholte sie das: »Tim, Tim.« Doch das war für mich nicht mein Name. Das war ein vollkommen fremdes Wort.

Plötzlich wurde die Tür aufgerissen. Es dauerte einen Moment, ehe ich begriff, dass es sich bei dem, was ich vor mir sah, nicht um eine Erscheinung handelte. Hätte es nur eine Sekunde länger gedauert, wäre es schon zu spät gewesen.

In der Tür stand Greveiller, von dem goldfarbenen Licht des Ganges eingerahmt. Er stand da mit blau angelaufenem Gesicht und blutverschmierter Nase. Er hatte noch immer den Morgenmantel an, der geöffnet war. Man konnte den Ansatz seines herabhängenden Geschlechtsteils erkennen.

Hinter seinem Rücken hielt er etwas verborgen. Etwas, das nicht lange verborgen bleiben konnte. Es war ein Säbel. Ein Säbel mit aufblitzender Klinge und goldverziertem Griff. Er sah aus wie ein Märtyrer. Sein Anblick erinnerte auch an einen furchtbar tragischen Clown. An einen Pantomimekünstler, dessen Make-up durch seine Tränen im Gesicht verläuft. Die Augen in diesem geschwollenen Gesicht waren jedoch die Augen eines Fürsten. Eines Fürsten, der sich noch ein letztes Mal erhebt, nachdem Wilde seinen Palast überfallen und alle Männer seiner Leibgarde dahingemetzelt haben, um mit der Waffe in der Hand ehrenvoll dem Tod ins Antlitz zu schauen. Er machte langsam zwei Schritte ins Zimmer hinein. Und das war der Moment, in dem mir die Kontrolle über meine Gedanken und mein Handeln vollkommen entzogen wurde. Alles ging unfassbar schnell. Tanja stieß einen gellenden Schrei aus, und Greveiller schlug mit dem Säbel nach mir. Gerade noch rechtzeitig konnte ich ausweichen. Die Klinge schnitt einmal quer durch die Bettdecke. Er hieb erneut nach mir. Und ein weiteres Mal. Doch er verfehlte mich. Tanja schrie und schrie. Ich schaffte es, an ihm vorbeizukommen. Raste auf den Gang hinaus. *Wohin? Wohin verdammt?* Er war schon da. Ich rannte los. Er war hinter mir. Ich rannte zur Treppe. Ich rannte um mein Leben.

Dann stolperte ich, versuchte mich zu fangen, aber es ging nicht. Ich stürzte die Treppe hinab.

Ich landete auf dem Rücken, die Arme und Beine von mir gestreckt. In meinem ganzen Körper pochte es. Der Boden unter mir hob und senkte sich wie ein schlingerndes Schiff. Meine Augen nahmen nur Verschwommenes wahr.

Aus weiter Ferne, dumpf, hörte ich sie *TIM!* schreien. Dann gab es über mir eine deutliche Bewegung. NEIN!, schrie sie. NEIN!

Etwas Kaltes, Spitzes berührte meinen Hals.

»Ich sollte dich wie ein Schwein abstechen!«

Und ich stammelte tatsächlich wie ein Cowboy, Superheld oder so etwas Ähnliches, den ich als Kind vielleicht toll gefunden hätte, ich stammelte: »Töte mich! Komm schon! Töte mich!«

Schweigen. Ich spürte, wie die Klinge von meinem Hals entfernt wurde. Wie ein Idiot verzog ich den Mund zu einem breiten Grinsen. Eine Sekunde verstrich. Zwei Sekunden verstrichen. Dann zerriss ein unfassbarer Schmerz meine linke Handfläche, ein Schmerz, der mich augenblicklich wachrüttelte, ein Schmerz, der von meiner Hand ausgehend durch meinen gesamten Körper peitschte. Ich krümmte mich. Ich konnte nichts anderes mehr tun, als meinen Mund weit aufzureißen und zu schreien, wie ich noch nie in meinem Leben geschrien hatte.

Dann zog Greveiller die Spitze seines Säbels wieder heraus. Er sagte etwas. Was es war, bekam ich nicht mit.

Das Nächste, was ich weiß, ist, dass ich auf dem Bett lag. Die Hand war mit Mullbinden verbunden. Tanja neigte sich über mich. Sie bedeckte mein Gesicht, meine Stirn mit Küssen. Sie sagte immerzu: »Tim, ich liebe dich! Du weißt, dass ich dich liebe? Das weißt du doch …?«

36

Zum Abschied hatte mir Ksjusha Rosenblüten geschenkt. Rosenblüten in einer kleinen, mit dunkelblauem Filz überzogenen Schachtel. Außerdem hatte sie einen an den Rändern angesengten Zettel beigelegt, der inzwischen leicht vergilbt ist. Auf diesem Zettel steht in geschnörkelter Handschrift, die zarten Buchstaben fliegen wie eine geordnete Schar kleiner, flinker Vögel dahin: *Everything passes away, Roses subside, paper turns yellow* (wie absurd es ist, einen solchen Satz auf einem vergilbten Blatt Papier zu lesen!), *scents lose their freshness* (der Geruch der Rosenblüten hat sich inzwischen natürlich ebenfalls verflüchtigt), *youth eclapses, dreams are left behind. But each instant paints its own picture in the eternity. Something much more considerable always stays. You stay. And I stay too. Each petal from every flower remembers us. Each movement of sky means us. Each whisper of time means us. Let's go on like this, forever!*

Von wem diese Zeilen stammen, weiß ich nicht. Wahrscheinlich stammten sie nicht von ihr. Aber das war mir egal. Ksjusha war eine Russin. Als ich sie kennen lernte, war sie achtzehn Jahre alt und ich zwanzig. Sie kam aus der Stadt Rostov am Don. Einer Stadt mit angenehmem, gemäßigtem, kontinentalem Klima. Im Juli steigt das Thermometer auf bis zu 23 Grad. 1200 Kilometer von Moskau entfernt. 1,1 Millionen Einwohner. Aus der Region, die ebenfalls Rostov heißt, stammt der weltberühmte Schriftsteller Anton Tschechow, was für mich von großer Bedeutung gewesen wäre, hätte ich davon gewusst. Ich wusste es jedoch nicht, bevor ich im Mai dorthin kam, beinahe exakt ein Jahr vor meiner ersten Begegnung mit Tanja. Ehrlich gesagt wusste ich nicht einmal, dass es Rostov überhaupt gab. Von Russland im Allgemeinen wusste ich ebenfalls nur wenig.

Ich wurde für drei Tage nach Rostov am Don eingeladen. Vom DAAD, dem Deutschen Akademischen Austauschdienst, von dessen Existenz ich zuvor auch nichts wusste. Und zwar wurde ich zur einundzwanzigsten Germanistenkonferenz eingeladen. Einmal pro Jahr findet so eine Konferenz statt, wie aus meinem Einladungsschreiben hervorging. Jedes Mal in einer anderen russischen Stadt. Und in jenem Jahr war die Wahl auf Rostov gefallen. Ungefähr sechzig russische Deutsch-Studierende aus den unterschiedlichsten Teilen des Landes kamen nach Rostov, dazu deutsche Mitarbeiter des DAAD, so genannte Lektoren, die ebenfalls in verschiedensten Ecken Russlands arbeiteten, um, wie es ihr Chef mir gegenüber formulierte, *Botschafter der deutschen Sprache* zu sein. Die meisten kannten sich bereits. Für diese Lektoren war es ein großes Wiedersehen. Im Laufe der Germanistenkonferenz fanden für die angereisten Studenten spezielle Vorlesungen statt. Ein berühmter Professor aus Bern war eingeladen worden, um einen Vortrag zu halten. Über was, weiß ich nicht mehr genau, ich glaube über Powerpoint-Präsentationen. Auf jeden Fall war sein Vortrag schrecklich langweilig. Eine Theatergruppe aus Leipzig kam, die aus vier netten, lustigen Männern bestand: zwei Schauspielern, einem Jungen und einem Älteren, einem Regisseur und einem schweigsamen Menschen, der für das Bühnenbild und die Technik zuständig war. An einem der drei Abende führte die Theatergruppe vor allen Studenten, Powerpoint-Professoren und Lektoren das Stück *Herz eines Boxers* auf, das mir sehr gut gefiel, weil die Dialoge lustig waren, und es ziemlich zur Sache ging. Die beiden Schauspieler boxten gegeneinander, und zum Schluss waren Gesicht, Hände und Füße des Jüngeren mit brauner Schuhcreme eingeschmiert: Solche Auftritte gefallen mir. Noch mehr gefiel mir das Ambiente, in dem das Stück gegeben wurde. Ein altes, wunderschönes, prachtvolles Theater. Und zu guter Letzt war also noch ein junger Schriftsteller eingeladen worden, namens Tim Gräter. Der an einem Vormittag vor den Studenten einen Vortrag über kreatives Schreiben im Allgemeinen und über den Zustand der zeitgenössischen Literatur in Deutschland zu halten hatte und am letzten Abend in einem großen Hörsaal der Universität, der leider nicht ganz so hübsch war wie das Theater und in einem eher das Gefühl hervorrief, man befände sich auf einer kommunistischen Parteisitzung, eine Lesung aus seinem Roman *Die Spielkameradin* zum Besten geben sollte.

Während meines Aufenthalts in Rostov verbrachte ich viel Zeit mit einer DAAD-Lektorin, die darauf angesetzt worden war, sich um mich zu kümmern. Eine ungefähr 35-jährige gutherzige Frau mit langen, schwarzen Haaren, die Theresa hieß, in Moskau lebte und die ich sehr mochte. Auch deshalb, weil sie wahnsinnig lustige Geschichten erzählen konnte. Die meisten setzten sich mit den grundsätzlichen Unterschieden zwischen Russen und Deutschen auseinander. Und sie konnte unfassbar viel Wodka trinken. Ursprünglich kam sie aus Münster. Eine kleine Abenteurerin. Machte gerne Motorradtouren durch Europa, hörte Rockmusik. Ihr Freund war sogar ein Rocker. Ein russischer Rocker. Übrigens besuchten mich die beiden während einer solchen Motorradtour ein halbes Jahr später in Berlin und übernachteten in meiner Wohnung. Allein ihr Freund war eine Offenbarung für mich. Ein breiter, wuchtiger Mann, der in einem Charlottenburger Lokal in seiner Lederjacke über ein riesiges Steak gebeugt saß und beinahe keinen Bissen mehr hinunterbekam, weil er schon die Hälfte von Theresas Steak gegessen hatte, aber immerzu etwas Russisches brabbelte, was sie mir wie folgt übersetzte: *Ein Russe gibt niemals auf!*

Mit der Schauspielertruppe verstand ich mich auch sehr gut. Besonders mit dem jüngeren Schauspieler, der Philipp hieß und ungefähr in meinem Alter war. Er war ein ziemlich aufgedrehter Kerl mit leuchtend blauen Augen. Er schäumte vor Lebensbegeisterung beinahe über. Als Kind war er ein ganzes Jahr schwer krank gewesen. Um welche Krankheit es sich genau handelte, daran erinnere ich mich nicht mehr. Auf jeden Fall hatte er dieses Jahr vollständig im Bett zugebracht. So hatte er, wie er es ausdrückte, das Träumen gelernt. Das Träumen, das ihn schon im Kindesalter in Richtung Künstlertum stieß. Er war gerade von Leipzig nach Hamburg gezogen, um Schauspiel zu studieren. Und er erzählte, dass er ein kleines Moped fuhr, eine Schwalbe, worüber sich Theresa lustig machte.

Das Aufeinandertreffen der Lektoren war äußerst spannend zu beobachten. Dieses typische *Sichmögen* und *Sichnicht-riechen-Können*, dieses leise, unterschwellige oder offen inszenierte *Übereinanderlästern*, dieses *Grüppchenbilden* und dieses *Sich-aus-dem-Weg-Gehen* und gleichzeitig diese, egal was man tut, nicht zu beseitigende Zusammengehörigkeit. Man sitzt gemeinsam unter dem Dach des DAAD, unter dem gemeinsamen Dach des Jobs, eine Zusammengehörigkeit, die einem einerseits auf den Wecker geht, anderseits aber auch automatisch ein *Wir-Gefühl* erzeugt. All das eben, was ein Aufeinandertreffen von Leuten, die demselben Beruf nachgehen, ausmacht. In diesem Fall konzentrierte sich das alles auf drei Tage Germanistenzeit in Rostov. Was die Lektoren außerdem besonders verband, war ihre Abscheu gegenüber ihrem gemeinsamen Chef, Dr. Sels. Der hatte früher eine hohe Stellung beim Militär innegehabt, und jetzt, wo er Leiter des DAAD in Russland war, handhabte er viele Dinge noch immer so wie beim Militär. Alle Lektoren und Dr. Sels waren im selben Hotel untergebracht, *Hotel Rostov*, in dem auch ich übernachtete, und außerdem, was für mich unheimlich bedeutungsvoll war, alle zugereisten Studenten – was eigentlich heißen soll, alle Studentinnen, denn die Zugereisten bestanden zu 80 Prozent aus Mädchen.

Mittags zwischen den Vorlesungen und Vorträgen aßen die Lektoren gemeinsam in der Kantine der Universität, abends, nach überstandenem Tagesprogramm, verteilten sie sich in Grüppchen quer über die Stadt, landeten in den verschiedensten Lokalen und tranken Wodka bis spät in die Nacht. Zwei Abende verbrachte ich zusammen mit meiner lieben Theresa und meiner Theatertruppe. Die Lektoren gaben mir durch ihre Erzählungen einen flüchtigen Einblick in bestimmte russische Gegenden. Die meisten Erzählungen endeten mit dem Satz: *Lange halte ich es dort nicht mehr aus*. Und ab und zu wurde dann noch hinzugefügt: *In Russland allgemein hält man es eigentlich nicht lange aus*. Schließlich wurden alle betrunkener und betrunkener und unterhielten sich irgendwann nur noch über Sex. Eine Lektorin offenbarte uns, dass sie auf Domina-Spiele stehe und diese auch des Öfteren praktiziere. Philipp offenbarte, dass er unheimlich auf ältere, reifere Frauen stehe, und kurz darauf waren die beiden verschwunden. Ein anderer aus der Runde, der eher schweigsam war und beim Sexthema unsicher gelächelt hatte und irgendwo in der tiefsten Provinz Russlands arbeitete, kippte wenig später volltrunken vom Stuhl.

Mein Vortrag vor den Studenten war vielleicht nicht ganz so schlau wie der des Professors, aber er war immerhin recht lustig. Hauptsächlich war er deshalb lustig, weil ich am Abend zuvor für meine Verhältnisse viel zu viel Wodka getrunken hatte, und meine Hand mit der Kreide zwischen den Fingern immens zitterte. Ich vollführte zudem, glaube ich, ziemlich schräge Bewegungen. Und was ich zur Lage der zeitgenössischen Literatur sagte, das verschweige ich lieber. Auf jeden Fall hätte ich gerne eine Videoaufzeichnung von diesem Vortrag. Was den Schreibprozess betrifft, wollte ich den Schülern eine Ahnung davon übermitteln, wie man seine Gefühle auf direktem Wege ungefiltert aufs Papier bringt. Deshalb ließ ich Zettel herumgehen, auf denen sie aus dem Stegreif ihre Wünsche und Träume niederschreiben sollten.

Hinterher ließ ich drei Studentinnen die Zettel vorlesen. Laut und gleichzeitig. Um ein Gewirr aus Traumstimmen zu erzeugen. Ein gesprochenes Poem.

Ich war unglaublich angetan von dem Elan, der Begeisterung, der Liebe, die diese gerade einmal siebzehnjährigen Studenten der Literatur entgegenbrachten. Auch von ihrer Intelligenz, ihrer Aufnahmebereitschaft, ihrer Schnelligkeit, ihrer Pfiffigkeit, von den Überlegungen, die sie anstellten – und von der Ausgefeiltheit ihrer Sprache. Deutsch war ja schließlich eine Fremdsprache für sie. Jedoch redeten sie allesamt absolut perfektes Deutsch. Perfekter als alle deutschen Siebzehnjährigen, denen ich in den letzten Jahren begegnet war. Genau genommen perfekter als beinahe alle Deutschen, die ich so kannte. Sie benutzten sogar Ausdrücke, die in der

Literatur noch verwendet werden, aber kaum mehr im allgemeinen Sprachgebrauch. Und wie sie sich verhielten, wie sie auf meinen Vortrag reagierten, hatte rein gar nichts gemein mit den deutschen Studenten und Schülern, vor denen ich schon gesprochen hatte. Bei denen man immer das Gefühl hatte, sie schliefen gleich ein. Die vollkommen desinteressiert wirkten.

Diese russischen Studenten hakten nach, sie widersprachen einem, stellten hervorragende Vergleiche zwischen ihrem Leben und Figuren in der Literatur her, sie brachten Beispiele, um ihren Standpunkt zu unterstreichen, sie wollten immer mehr und mehr wissen. Ich war hin und weg.

Spät am Abend des Tages, an dem ich den Vortrag gehalten hatte, traf ich mit ein paar dieser Studenten zusammen. Ich war von einem Saufgelage mit meinen Lektoren ins Hotel zurückgekommen und hatte einen Jungen im Fahrstuhl getroffen, und der hatte mich dann nach oben mitgenommen. Auf dem Zimmer tranken wir mit vier Studentinnen Tee. Alle kamen aus Wladikawkas. Der Junge sagte: »Wir sind Tschetschenen. Wie ist das in Deutschland? Wie sieht man das dort? Hat man da eher Angst vor uns?« Ich wusste nicht, was ich antworten sollte. Er grinste. »Na ja, vor uns fünf brauchst du jedenfalls keine Angst zu haben!«

Eines der Mädchen, ein zierliches, dunkelhäutiges mit einem süßen Lächeln und großen Brüsten, erzählte, dass sie gerade Thomas Manns *Zauberberg* auf Deutsch las. Und sie erzählte voller Begeisterung von Hans Castorp und Madame Chauchat. Dieses Mädchen, dessen Namen ich leider vergessen habe, begleitete ich später auf ihr Zimmer. Wir unterhielten uns noch ein wenig über Dostojewski. Ich war jedoch schon ziemlich besoffen. Ich hielt einen bestechenden Vortrag über die Kunst Dostojewskis, obwohl ich fast gar nichts von ihm gelesen hatte. Natürlich wollte ich sie schließlich nur noch dazu kriegen, mit mir zu schlafen. Ich küsste sie und küsste sie, küsste ihren Mund, ihre Augen, ihre Stirn, ihre Ohren, ihre Brüste. Sie sagte immer: »Nein! Nein!« Ließ mich jedoch weitermachen. Bis sie mich mit aller Kraft von sich stieß.

»Nein«, sagte sie. »Es geht einfach nicht. Glaub mir, ich würde es gern tun. Ich würde es so gern tun. Aber bei uns ist das nicht so einfach, weißt du.«

Und ich stolperte irgendwo in Russland, in diesem großen Land, von dem ich nichts wusste, nach einer Begegnung mit fünf großartigen jungen Menschen aus Tschetschenien, von deren Volk ich auch nicht die geringste Ahnung hatte, mit Wodka abgefüllt und voller Scham und seltsamer Rührung die Treppen des Hotels hinab. Wie ich meine Zimmertür fand und aufkriegte, ist mir ein Rätsel. Ich sank aufs Bett und schlief ein.

Am letzten Abend meines Rostov-Aufenthalts, nachdem mir nach meiner Lesung feierlich Blumen überreicht worden waren, und ich unzähligen Studentinnen Autogramme hatte geben dürfen (Philipp zwinkerte mir des Öfteren vielsagend zu), gab es ein großes Abschlussfest, zu dem alle Lektoren, Professoren, Schauspieler, Schriftsteller und Studenten eingeladen waren und mit dem die 21. Germanistenkonferenz zu Ende ging. Das Abschlussfest fand in einer riesigen Diskothek statt. Zuerst saß ich dort mit einer Gruppe von Studentinnen in einer Sitzecke. Ich kam mir wie einer der Hiphopper vor, die ich als Kind so verehrt hatte. Und ich dachte: Es stimmt also doch! Als Autor kann man es schaffen, inmitten einer Schar von unfassbaren Ladys zu sitzen. Ksjusha saß neben mir. Sie war das hübscheste Mädchen von allen. Sie war zierlich, schlank, hatte langes, braunes Haar, ein schmales Gesicht mit ausgesprochen feinen Zügen und hoch liegenden Wangenknochen. Und in diesem Gesicht hatte sie grüne Augen von großer Leuchtkraft. Sie war ausgezeichnet geschminkt. Nicht übertrieben, sondern so, dass die Schönheit ihres Gesichts zärtlich untermalt wurde. Ihre Wimpern waren lang und leicht nach oben gebogen. Sie hatte einen dunkelroten Lippenstift aufgetragen. In ihren Haaren steckte eine künstliche Blüte mit weißen Blütenblättern. Sie trug ein enges, schwarzes Oberteil und einen kriminell kurzen, bläulich schimmernden Rock, den ein dunkler Gürtel mit silbrig glitzernder Schnalle hielt. Ihre Hände ruhten auf ihren Knien wie zarte, weiße Vögelchen. Sie trug hochhackige Schuhe mit dünnen, schwarzen Lederbändern, die ihre Beine fast bis zu den Knien umringelten.

Ich musste an Blumenfelder denken, Sommerabende, Sommernächte, an einen tiefen Wald in einem Traumgeflecht. Gleichzeitig stiegen Bilder von eleganten Damen vergangener Zeiten in mir auf. Ich saß neben ihr, und je mehr Zeit verging, desto hemmungsloser brannte das Verlangen in mir, in ihr zu zerfließen.

Als ich sie endlich ansprach, lachte sie verlegen. Es stellte sich heraus, dass sie eine Französischstudentin war und kein Deutsch, sondern nur Französisch und ein paar Brocken Englisch sprechen konnte. Sie lebte und studierte in Rostov. Sie war mit zu meiner Lesung gekommen, weil eine befreundete Deutschstudentin sie mitgenommen hatte. Und dieser Freundin war sie schließlich auch in die Disko gefolgt.

Ich muss zugeben, dass ich nicht gerade ein As in Französisch bin. Genau genommen tue ich mich schwer, auch nur einen einzigen Satz richtig auszusprechen. Wir beide konnten uns nur mit Mühe verständigen. Aber das war gut, weil ich sie nicht mit irgendwelchem pseudophilosophischen Zeug zulabern konnte. Und das Wesentliche war ohnehin klar. Sie erzählte mir, dass ihr Name Ksenia sei, dass man sie aber in der Regel mit der verniedlichten Form dieses Namens, wie das in Russland üblich wäre, anredete: Ksjusha.

Sie konnte Englisch recht gut verstehen, nur sprechen konnte sie es nicht. So sprach ich Englisch und sie hauptsächlich Französisch. Am besten verstand sie Englisch, wenn sie es zu lesen bekam. Also lief ich zur Bar hinüber, besorgte Zettel und Stift und schrieb ihr alle möglichen Komplimente auf. Alles, was mir einfiel. Während des Lesens strahlte sie, und wenn sie danach aufsah und mich direkt anblickte, hatte ich das Gefühl, ihre Augen würden sich an meiner Seele vergreifen. Sie machte mir verständlich, dass sie von meiner Lesung zwar nicht das Geringste begriffen hätte, aber von meiner Stimme überaus angetan gewesen wäre. Und schließlich schrieb sie etwas auf einen Zettel: *Tu es si joli, si tendre! Je n'oublie pas que cette moment es vrai!*

Genauso feurig und leidenschaftlich wie die Studenten in Bezug auf die Literatur gewesen waren, waren sie auch beim Tanzen. Auch die Lektoren legten sich mächtig ins Zeug. Etwas Derartiges hatte ich noch nie erlebt. Zuerst lümmelten sich alle ruhig und friedlich in ihren Sitzecken, die Tanzfläche lag verlassen da, die Diskokugel funkelte für sich allein, die Musik spielte monoton vor sich hin, doch plötzlich, von einem Moment auf den anderen, sprangen alle, und ich meine wirklich ALLE, gleichzeitig auf und stürmten die Tanzfläche. Und tanzten von der ersten Sekunde an mit einer Freude und Ausgelassenheit und in solch manischem Enthusiasmus, als täten sie es bereits seit Stunden. Es wurde buchstäblich getanzt, bis die Fetzen flogen. In diesem zuckenden Diskolicht. Bei dieser ziemlich schrägen, aber gerade deshalb von mir als großartig empfundenen Technomusik. Und ich, der ich mich, was das Tanzen angeht, sonst eher zurückhielt, war mittendrin. Die Studentinnen hatten mich auf die Tanzfläche gezerrt. Arme und Beine flogen neben mir durch die Luft, es wurde geschrien, wie wild durch die Gegend gehopst, es wurden Pirouetten gedreht. Es wurde sich beieinander eingehängt, man wurde hin und her gerissen, es wurde an einem gezogen, jemand sprang einem auf den großen Zeh, hier wirbelte Philipps schelmisch grinsendes Gesicht vorbei, hier glitzerte der Ansatz einer schweißbedeckten Mädchenbrust, kurz Theresas lachende Augen, jemand, der dir mit einem Bierglas zuprostete, da wurde man auch schon mit einer Polonaise eingefangen. Es gab auch eine kleine Bühne, auf der abwechselnd verschiedene Studentinnen tanzten, die alle gleich hübsch waren und ihre Hintern kreisen ließen, während die Bässe hämmerten. Sie entkleideten sich beinahe vollständig. Einmal packte mich eine Mädchenhand und zog mich auf die Bühne. Das war, als ich gerade mit der Polonaise vorbeikam. Und ich stand da oben zwischen den Studentinnen und ließ auch meinen Hintern kreisen. Hätte irgendjemand aus meinem Bekanntenkreis eine heimliche Fernschaltung zu mir gehabt und in diesem Moment nachgesehen, was ich gerade so trieb, er hätte seinen Augen nicht getraut. Er hätte laut ausgerufen: *Dieser verdammte Schweinehund! Wieso passiert mir nie so etwas!*

Wenn ich nicht gerade den Bühnenstar gab, tanzte ich mit Ksjusha. Sie tanzte, als wäre sie eine Stripperin, die mir eine Privatvorstellung gab. Sie wandte mir zum Beispiel ihren Rücken zu und rieb ihren Hintern auf eine derart offensive Weise gegen meinen Schwanz, dass es kaum möglich war, dies noch als Tanzen durchgehen zu lassen. Ksjusha nahm meine Hände und führte sie zu ihren Brüsten. Über mein Gesicht rann in Strömen der Schweiß, ich hatte zwei Wodkas intus und dachte: Ich bin im Paradies. Danke, lieber Gott! Ein ungefähr 40-jähriger DAAD-Lektor mit Glatze, den ich von Anfang an nicht sonderlich sympathisch gefunden hatte, weil mir sein übermäßiges Interesse an meiner Arbeit und seine Freundlichkeit geheuchelt erschienen waren, kam zu mir getanzt und brüllte mir ins Ohr: »Du weißt schon, dass du aufpassen musst, oder? Diese Mädchen wollen alle nur von dir geschwängert werden, sodass sie schnellstmöglich nach Deutschland können. Mehr zählt für die nicht.« Und schon war er wieder im Wirrwarr der Wirbelnden verschwunden. Ksjusha widmete sich mir mit vollem Einsatz. Gleichzeitig war ein anderes Mädchen ernsthaft damit beschäftigt, mir ihre Reize vorzuführen. Und von irgendwoher rief mir das Mädchen, mit dem ich in der vorangegangenen Nacht Küsse getauscht hatte, zu: »Na, amüsierst du dich?« Bitterkeit schwang in diesem Ruf mit. Aber das fiel mir in diesem Moment überhaupt nicht auf.

Da nahm mich Ksjusha plötzlich bei der Hand und verließ mit mir im Schlepptau die Tanzfläche, eilte die Treppe hinab und dem Ausgang entgegen, bis wir auf der Straße standen. Mich überkam dieses noch leicht berauschte, leicht benommene und gleichzeitig auch erfrischende Gefühl, das einen stets überkommt, wenn man einen Club verlässt und an der frischen Luft steht.

Es war eine heiße, schwüle Nacht. Laut knatternde Autos rasten vorbei. Alles war von orangefarbenem Laternenlicht übergossen – ein Szenario reinster Trostlosigkeit. Ich kam mir vor wie in einem tristen Film, der von der Einsamkeit in Städten handelt. Aus einem Gully dampfte es. Hunde bellten. Vorbeieilende Menschen, Stimmen, das Klacken von Absätzen.

Wir liefen eine Zeit lang schweigend nebeneinander her. Das Klacken *ihrer* Absätze fügte sich perfekt in das vielstimmige Klacken anderer Absätze ein. Die wahre, schönste musikalische Untermalung einer erbarmungslos über eine Stadt hergefallenen Nacht. Ich konnte nicht glauben, dass ich mit so einem wunderschönen Mädchen herumspazierte. Ich konnte überhaupt nicht glauben, wo ich mich hier befand und was gerade mit mir geschah. Ich rief immerzu: »Une nuit formidable! Une nuit formidable!« Sie lachte. Immer, wenn wir eine Straße überquerten, nahm sie mich bei der Hand, als wäre ich ihr kleiner Sohn. Aber das war gut so. Während meines Aufenthalts wäre ich schon zweimal um ein Haar überfahren worden. Beide Male bremste der Wagen mit kreischenden Reifen, und vor Wut glühende Augen blitzen mich durch die Windschutzscheibe an. Ich glaube, es ist korrekt zu sagen, dass die Russen auf die gleiche Weise Auto fuhren, wie sie tanzten. Offensiv. Offensiv, das war überhaupt ein Wort, das in Russland auf unheimlich viele Dinge zutraf: In Russland waren die unsagbar süßen, grellbunten Torten, die in allen Kaffeehäusern angeboten wurden, ebenso offensiv wie die kurzen Röcke der Mädchen.

Wir gelangten in eine Gegend, die sehr ruhig und verlassen war, man sah so gut wie keine Menschen mehr, und Motorengeräusche drangen nur noch dumpf aus der Ferne zu einem. Wir hockten uns auf den Bordstein einer breiten, stillen Straße. Der Asphalt schlief. Eine Plastiktüte flatterte von einem der seltenen Windstöße angetrieben an uns vorüber. Unsichere Blicke gingen zwischen uns hin und her. Ich löste meinen Blick immer wieder kurz von ihr. Ich hatte Angst, sie direkt anzusehen. Als fürchtete ich, allein schon durch einen falschen Blick könnte dieser himmlische Moment zerstört werden. Dann neigte Ksjusha sich zu mir und küsste mich. Es war, als verschwände bei der kleinsten Bewegung ihrer Zunge eine Wunde aus meinem Herzen. Während wir Küsse tauschten, ruhten ihre schmalen kühlen Hände auf meinen Wangen. Doch dann hörte sie abrupt auf, mich zu küssen. Sie verlangte, dass ich ihr irgendetwas auf Deutsch vortrug. Sie meinte, es sei so wundervoll, mich Deutsch reden zu hören.

Sie wollte wissen, ob ich Gedichte schriebe.

»Ja«, antwortete ich. Sie wollte, dass ich ihr eines aufsagte. Ich konnte jedoch keines auswendig, also rezitierte ich eines von Wolfgang Borchert, der einer meiner Lieblingsdichter war und zu dessen Grab auf dem Ohlsdorfer Friedhof ich ging, wenn ich zu Besuch in Hamburg war. Ich tat vor Ksjusha so, als wäre sein Gedicht *Laternentraum* von mir verfasst worden. Während ich das Gedicht aufsagte, strahlte sie übers ganze Gesicht. Ein gewaltiges Reinigungsfahrzeug kam angefahren, das fontänenartig Wasser auf den Gehsteig und auf die Straße sprühte. Als es bei uns vorbeikam, stieß Ksjusha einen Schrei aus und sprang auf. Ich sprang ebenfalls auf. Beinahe hätte mich ein Strahl getroffen.

Wir tauschten eine Ewigkeit lang auf dem Gehsteig stehend Küsse. Alles, was sich um uns herum befand, Asphalt, schweigende Straße, dunkle Fenster, weggeworfener Müll, armseliges Gestrüpp, ein zerrupfter kleiner Straßenhund, alles versank.

Wir liefen zur Diskothek zurück.

Ich wollte Theresa fragen, ob sie Ksjusha und mich zum Hotel Rostov fahren könne. Aber sie war zu betrunken. Ein großer, dicker Lektor mit breiten Schultern und kurzem braunem Haar, den ich auch schon ein wenig kennen gelernt hatte, ein Paradebeispiel für einen lieben Brummbären, der sich die ganze Nacht nur an Cola gehalten hatte, erklärte sich bereit, uns zu fahren. Philipp klopfte mir auf die Schulter. Er machte eine aufs Ksjusha weisende Kopfbewegung. »Na, Alter! Du bist vielleicht ein Glückspilz!«

Als wir die Diskothek verließen, rief mir Theresa nach: »Tim, nimm bitte ein Kondom!«

Der Brummbär beförderte uns mit einem schwarzen Ford Galaxy zum Hotel. Und dort wurde mir anschaulich gemacht, dass in Russland einiges viel diffiziler war als in Deutschland. Es war nämlich so, dass niemand im Hotel mit nach oben gehen durfte, der kein Zimmer gemietet hatte. Ich hätte mich natürlich bereiterklärt, Ksjusha ein Zimmer zu mieten, aber das ging nicht, weil man dafür Ksjushas Pass verlangte, und sie hatte ihn nicht bei sich. Der Brummbär, der uns in die Lobby des Hotels begleitet hatte, verhandelte wie ein Weltmeister mit den Leuten an der Rezeption. Ich sagte ihm, er solle ihnen Geld anbieten. Aber sie waren unbestechlich. Schließlich beschlossen wir, uns heimlich die Treppen emporzuschleichen. Gegen diesen Plan hatte ein zwei Meter großer stämmiger Kerl mit grimmigem Gesicht, ein Angestellter des Hotels, etwas einzuwenden. Ich hätte ihn natürlich leicht umhauen können. Aber ich fühlte mich an diesem Abend einfach nicht danach. Der Brummbär trat vor. Aber nach einem kurzen russischen Wortwechsel mit diesem Kerl fühlte er sich, gesetzt den Fall, er hätte etwas Ähnliches in Erwägung gezogen wie ich, auch nicht mehr so danach. Und so standen wir kurze Zeit darauf erneut auf dem Parkplatz des Hotels.

»Können wir vielleicht zu dir gehen?«, fragte ich sie.

»No«, war ihre Antwort. »Impossible. My parents!«

Der Brummbär stellte sich als wahrer Held heraus. Er sagte, wir könnten gerne in seinem Auto übernachten. Es befände sich zwar noch dieser Kindersitz auf der Rückbank, aber den könne er auch in den Kofferraum tun. Wichtig sei nur, den Schlüssel am nächsten Morgen wieder an der Rezeption abzugeben. Seine Zimmernummer: 508.

Wir waren beide einverstanden, Kindersitz hin oder her. Ich sah in diesem Ford Galaxy ein Vehikel, das mich auf eine Reise mitnehmen soll, auf der meine zauberhaftesten Träume wahr werden würden.

Ksjusha und ich setzten uns auf die Rückbank. Es dauerte nicht lange, und wir fielen übereinander her. Ich lag auf dem Rücken (soweit man von Liegen auf einer Rückbank überhaupt sprechen kann), sie befand sich über mir. Wir knutschten herum. Es war eng und unbequem da drin, aber das war vollkommen belanglos. Ich sog gierig den Duft ihrer Haut ein. Ihre Haare kitzelten mein Gesicht. An ihren Lippen haftete ein Elixier, das mich vor Verlangen beinahe vergehen ließ. Und wenn das Grün ihrer Augen aufflammte, dann war es, als würde in mir ein elektrischer Impuls ausgelöst, der mein Herz in geradezu gefährlichem Tempo hämmern ließ. Ich fuhr mit den Händen unter ihr Oberteil, hakte an ihrem Rücken den BH auf. Dann wollte ich ihre Gürtelschnalle öffnen. Aber sie rief: »No! You're too fast! We don't know each other yet!« Und sie ließ von mir ab. Mit so etwas hätte ich nach dem Verlauf unserer Begegnung und nach all den mit Vehemenz an mich herangetragenen Warnungen nicht im Geringsten gerechnet. Und die restliche Nacht lief dann so ab, dass ich mit allen möglichen Tricks versuchte, sie dazu zu kriegen, mit mir zu schlafen, sie jedoch hartnäckig nein sagte. Sie ließ sich zwar küssen und berühren, aber mehr nicht. Sie sagte nur: »Another time!« Ich entgegnete verzweifelt: »But probably there is no other time! You live in Russia! And I live in Germany! We've only got tonight!

Now you are here! I am here! Everything's fine! Why wait?« All den Blödsinn eben, den man in einer derartigen Situation so von sich gibt.

Sie sagte: »You don't want to see me again?« Es war hoffnungslos. Ich fühlte mich an den Song von Meat Loaf erinnert, *Paradise by the dashboard light*, in dessen Text es darum geht, dass sich ein jugendlicher Junge und ein jugendliches Mädchen nachts alleine auf der Rückbank eines Autos befinden, und er will natürlich mit ihr schlafen und strengt sich über alle Maße an, an sein Ziel zu kommen. Aber sie sagt: Ich schlafe nur mit dir, wenn du mir schwörst, dass du mich für immer liebst und immer für mich da bist und so weiter. Und er, zwischen der Angst, eine solche einschneidende Entscheidung treffen zu müssen, und dem unglaublichen Verlangen, mit ihr zu vögeln, hin und her gerissen, presst immer wieder ein ungeduldiges, ein flehendes *Let me sleep on it* hervor. Das lässt sie ihm aber nicht durchgehen. Und schließlich siegt das Verlangen über die Angst.

In meinem Fall hätte es mir auch nichts genützt, meine Liebe zu beschwören. Ksjusha hatte ihre Entscheidung gefällt.

Draußen waren Dunkelheit und Laternenlicht in einer tiefen Umarmung versunken. Einer Umarmung, die wirkte, als könnte sie sogar vor dem anbrechenden Tag Bestand haben.

Ksjusha legte ihren Kopf auf meinen Bauch. Und ich streichelte über ihr Haar. Sie erzählte mir, dass sie in ein paar Monaten für einige Zeit nach Frankreich gehen würde. Zuerst ein paar Wochen nach Tours. Und dann ein paar Wochen nach Paris.

»Will you visit me in France?«, fragte sie flüsternd.

»Yes«, entgegnete ich. »I will. I promise.«

Obwohl wir nicht miteinander schliefen, war die Nacht, die ich zusammen mit einer russischen Studentin in Rostov in einem Ford Galaxy verbrachte, eine der mit Abstand tollsten Nächte meines Lebens.

Als ich die Autotüre öffnete, tagte es bereits. Ksjusha begleitete mich in die Hotellobby. Wir tauschten E-Mail-Adressen aus. »One day, we'll see each other again!«

Noch ein Kuss. Und ich sah sie über den Parkplatz des Hotels davontrippeln. Sonnenstrahlen krochen über das Dach des Ford Galaxy. Ich gab den Schlüssel an der Rezeption für den Brummbären ab.

Auf dem Flug von Rostov nach Moskau und weiter nach Berlin saß ich am Fenster, starrte in die Wolken und redete vor mich hin: »... die Ultraschall-Marie, sie, mit ihren süchtigen Fingern.«

»Wo kommen Se denn her?«, fragte mich der Taxifahrer, zu dem ich am Berliner Flughafen in den Wagen stieg ...

37

Warum bloß setzte ich die Reise mit Tanja fort? Vielleicht, weil ich einfach nicht mehr nach Hause wollte, konnte. In diesem Zusammenhang fällt mir eine Zeile von Morrisey ein: *Please don't drop me home, cause I haven't got one.* – Ich habe kein Zuhause. Ich denke, dass ich ähnlich empfunden habe. Vielleicht war es so, dass ich mich nicht traute, die Reise abzubrechen. Oder es lag schlicht und ergreifend daran, dass ich verrückt geworden war. Wahr ist jedenfalls, dass ich in jener Nacht, nachdem die Sache mit Greveiller passiert war, krank wurde. Ich bekam hohes Fieber. Mir ging es sehr dreckig. Tanja kuschelte sich in dieser Nacht die ganze Zeit an mich. Und ich konnte das kaum ertragen. Ich rutschte immer wieder ein Stückchen weiter weg von ihr, aber sie rutschte mir unbeeindruckt hinterher. Schließlich lagen wir ganz am Rand des Bettes. Ich hatte Schüttelfrost und schreckliche Bilder in meinem Kopf.

Tanja nahm die Planung für den weiteren Ablauf unserer Reise in die Hand. Ich wäre gerne nach Amsterdam geflogen. Aber sie war der Ansicht, wir sollten die Fähre nach Kiel nehmen und dann mit dem Zug nach Amsterdam fahren. Das würde zwar wesentlich länger dauern, sei alles in allem aber entspannter und gemütlicher. Und würde mir infolgedessen auch weniger Kraft abverlangen. Außerdem bekäme man ein besseres Gefühl für Entfernungen. Davon hatte sie die gesamte Reise über immer wieder gesprochen. Ich war zu schwach, um Einspruch zu erheben. Eines jedoch war sicher: Ich *hatte* ein Gefühl für Entfernungen. Vor allem für die Entfernungen zwischen Menschen.

Am nächsten Morgen brachen wir um 6 Uhr auf. Mit dem Taxi, wie immer. *Sie* hatte es aufgetrieben. Ich hinterließ nicht einmal eine Nachricht für Frau Garvang. Aber das war, ehrlich gesagt, auch ungefähr das Letzte, an was ich dachte. Ich saß zitternd neben Tanja auf der Rückbank des Taxis. Als wir am Hafen ankamen, war dort noch kein Schalter geöffnet. Selbst die Wartehallen waren geschlossen. Ich legte mich auf eine Bank, direkt am Wasser. Die Schiffe, die Kräne, die geschlossenen Buden, das Wasser selbst, alles war in schönstes, zartes, morgendliches Licht getaucht. Aber ich konnte das nicht wirklich genießen. Mich fror, jeder Windstoß fuhr mir durch Mark und Bein. Genauso wie mich auch ein jeder Schrei einer Möwe erschauern ließ. Mein Kopf dröhnte. Meine Hand schmerzte. Tanja saß neben mir auf der Bank und streichelte mir die Beine. Ich hatte inzwischen seltsame Bilder im Kopf, die sich um Tanja drehten. Es war mir nicht möglich, sie abzustellen. Ich war plötzlich felsenfest davon überzeugt, dass sie mir etwas antun wolle. Ich konnte ihre Stimme nicht mehr ertragen und glaubte, sie setze sie nur ein, um mir Schmerzen zuzufügen. Immer wieder sank ich in den Schlaf, und die Bilder glitten in einen Traum, wo mir noch schlimmeres Leid zugefügt wurde. Irgendwann stupste sie mich an und sagte: »He, mein kranker Schatz! Tut mir Leid, unsere Fähre geht erst um 13:35 Uhr. Ich hab' die Tickets aber schon! Ich habe sie auf Herrn und Frau Gräter ausstellen lassen. Jetzt sind wir ein Ehepaar. Klasse, oder?« Sie setzte sich wieder neben mich.

»Wie geht's deiner Hand?«

»Gut.«

»Lass mich mal sehen! Vielleicht müssen wir ...«

»Nein, es geht ihr gut.«

Wir schwiegen eine Zeit lang. Aber die Möwen schwiegen nicht.

»Wir haben noch so verdammt viel Zeit!«, sagte sie schließlich, auf ihre Uhr blickend. »Ich würde gerne noch ein bisschen durch die Stadt laufen. Ich habe ja noch gar nichts von ihr gesehen! Aber du siehst nicht gerade so aus, als hättest du große Freude daran. Und ich will dich auch nicht allein lassen.«

»Geh ruhig!«, sagte ich. »Ich bleibe hier auf der Bank liegen.«

»Ist das wirklich in Ordnung für dich?«

»Ja.«

»Die Wartehallen sind mittlerweile geöffnet. Du kannst dich ja auch dort hinlegen.«

»Nein, ich bleibe hier.«

»Sicher?«

»Ja.«

Sie war nur ein paar Schritte gegangen, als ich meine Meinung änderte. Ich rief ihr nach, dass ich doch mitkommen wolle. Ich hatte maßlose Angst davor, wieder einzuschlafen. Ich hatte Angst vor meinen Träumen. Das Problem war nur, dass Realität und Traum ineinanderflossen.

Tanja lief los und erkundigte sich am Schalter, ob es irgendwo Schließfächer gäbe, in die wir unsere Rucksäcke einsperren könnten. Die gab es. Und sie erkundigte sich nach dem Weg in die Innenstadt. Es war Viertel vor neun, als wir aufbrachen. Wann immer ich die Möglichkeit dazu hatte, setzte ich mich hin. Wenn ich mich hingesetzt hatte, fiel es mir schwer, wieder aufzustehen. Ich fühlte mich schwach und heiß. Der Himmel war inzwischen strahlend blau, und die Sonne schien. Es waren viel zu viele Menschen mit lauten Stimmen unterwegs.

Tanja gefiel die Stadt. Besonders mochte sie die Karl Johans Gate, die geradewegs zum Schloss hinführte. Ein weiter Weg. Für mich zählte jeder Meter. Sie musste wieder ein Taxi anhalten. Für den Rückweg zum Hafen.

38

Als wir unsere Kabine fanden, stellten wir fest, dass sie kein Fenster hatte. Zwei Betten übereinander, eine winzige Waschzelle, und die Luft zum Schneiden. Ich legte mich in das untere Bett. Ich zitterte am ganzen Körper. Meine Zähne klapperten. Die Fahrt mit dieser Fähre dauerte zwanzig Stunden. Sie war schrecklich. Besonders während der Nacht. In der Kabine nebenan lachte und quietschte eine japanische Gruppe. Alles um mich herum schwankte. Ich wusste nicht, ob es das Meer war oder das Fieber. Ich wusste nicht einmal, ob sie auf der Pritsche über mir lag oder ob sie sonst wo war, vielleicht im Schiff umherlief, bei den Japanern mitlachte, an Deck frische Luft schnappte, Engländer fickte. Irgendwann schrak ich auf, weil ich dachte, sie würde sich über mich beugen, um mich zu erwürgen. Aber es beugte sich niemand über mich. Um mich herum war Dunkelheit. Und ein Japaner schrie etwas. Ich schlief wieder ein. Das nächste Mal erwachte ich, als jemand dicht neben meinem Ohr zu sprechen anfing. Es war Tanja. »Guten Morgen«, sagte sie. »Du musst aufstehen. Wir sind gleich da. Willst du mit mir nochmal nach oben aufs Deck gehen? Das würde dir bestimmt gut tun. Es ist herrlich dort. Die Sonne scheint. Wir können zusehen, wie das Schiff in den Hafen einläuft.«

»Nein, lieber nicht.«

Eine Viertelstunde später gingen wir in Kiel von Bord.

Beim Aussteigen trafen wir auf meine geliebte japanische Gruppe. Endlich bekam ich sie zu Gesicht. Sie bestand aus sechs oder sieben Frauen und zwei Männern. Erstaunlich, dachte ich, dass die alle in einer einzigen Kabine Platz gefunden haben. Wahrscheinlich haben sie da drin eine Orgie gefeiert und deshalb so wild herumgeschrien. Das Lächeln, das die Münder der beiden Herren umspielte, gab mir Recht. Obwohl keiner lange geschlafen haben konnte, sah niemand von denen müde aus, und es gab noch immer viel zu lachen. Wir mussten schmale, endlos lange, trostlose Gänge entlanglaufen, Treppen hinabsteigen. Mich erinnerte das an die Ankunft an einem Flughafen. Und wieder musste ich an meine Reisen denken, an die vielen Flughäfen, an denen ich angekommen war. Ich sah einen schmalen, braunhaarigen, jungen Kerl vor meinem inneren Auge, der seine große grüne Reisetasche vom Gepäckband zieht. Und Wehmut überkam mich.

Mein Kopf fühlte sich ein wenig kühler an als am Tag zuvor, aber mir ging es ziemlich schlecht. Und die blöde Rucksack-Schlepperei bereitete mir Schwierigkeiten. Ich hatte einen fauligen, ganz und gar widerlichen Geschmack im Mund. Ich verschwand in der nächsten Toilette, putzte mir die Zähne und spritzte mir Wasser ins Gesicht. Dann liefen wir weiter. Wir liefen, den Hauptbahnhof-Schildern folgend, eine lange Straße hinunter, die direkt am Hafen entlangführte. Von der Straße aus hatte man einen tollen Blick auf die riesige, im Sonnenlicht glänzende *Color-Line*-Fähre, die uns hierher befördert hatte. Der Weg zum Bahnhof war lang. Als wir endlich dort ankamen, ließ ich mich erschöpft auf eine Bank fallen. Tanja erkundigte sich nach den Verbindungen. Sie erfuhr, dass wir zuerst nach Hamburg fahren mussten. Wir hatten Glück. Der Zug nach Hamburg ging um 10:22

Uhr. Auf unserem Weg nach Amsterdam mussten wir noch zweimal umsteigen. In Münster und in Enschede. Vom Umsteigen bekam ich nicht viel mit. Genau genommen bekam ich von überhaupt nichts etwas mit. Solange wir im Zug saßen, schlief ich. Dann weckte mich Tanja irgendwann, half mir, den Rucksack aufzusetzen. Wir stiegen aus, sie nahm mich bei der Hand und führte mich zum nächsten Gleis.

39

Es war halb sechs, als wir in Amsterdam eintrafen. »Yippee«, rief Tanja, »wir sind da!«

Ich hatte vorgeschlagen, im Hilton Hotel zu übernachten. Wahrscheinlich hätte es schönere und auch billigere Unterkünfte gegeben, aber ich liebte es, Orte aufzusuchen, die vom Rock'n'Roll berührt worden sind. Besonders, wenn Persönlichkeiten, die ich sehr verehre, dafür gesorgt haben, dass ein Ort berührt worden ist. Ich hatte deshalb schon eine Nacht im Chelsea Hotel in New York verbracht, wo sich solche Größen wie Bob Dylan, Leonard Cohen und Janis Joplin in den 60ern oft aufgehalten hatten, und war in London zum Hammersmith Odeon gefahren, um zu sehen, wo David Bowie sein letztes, sein legendäres Ziggy-Stardust-Konzert gegeben hatte. Ich habe ein Faible für so etwas. Ich suche auch gerne Orte auf, die in Filmen gezeigt wurden. Das Riesenrad in Wien, das im *Dritten Mann* vorkam, zum Beispiel. Aber ich verbrachte auch einen ganzen Vormittag in der Lobby des Hotels Atlantik in Hamburg, weil James Bond einmal im Laufe seiner langen, langen Dienstzeit für seine Majestät in diesem Hotel abgestiegen war. James Bond war einer der Helden meiner Kindheit. Und im Hilton Hotel in Amsterdam hatten John Lennon und Yoko Ono gewohnt, als sie gemeinsam ihren weltberühmten *Hair Peace* und *Bed Peace* praktizierten, und es wurde später auch in dem Beatles-Song *The ballad of John and Yoko* erwähnt.

Nun, alles was *Hair Peace* anbelangte, war mir in diesem Moment ziemlich egal, dafür war ich auf *Bed Peace* umso mehr erpicht. Ich hatte auch keinen Bock, wieder in einer Jugendherberge oder etwas Ähnlichem zu übernachten. Ich sagte Tanja, dass ich die Hotelrechnung bezahlen würde. Sie war einverstanden.

Sie nahm mich bei der Hand, und wir verließen das Bahnhofsgebäude. In mein Blickfeld gerieten sofort zwei Männer mit dunkler Hautfarbe und Rastalocken, die in einer Ecke, ganz nahe einer mit Graffiti besprühten Wand, im Schneidersitz auf dem Boden hockten und Schach spielten. Marihuanaduft wehte uns entgegen. Was für eine coole Stadt!, dachte ich. Dann rutschte ich neben Tanja auf die Rückbank eines Taxis. Mein Kopf sank gegen die Fensterscheibe. In Amsterdam war das Wetter so schön wie am Morgen in Kiel. Die Sonne schien, ein blauer Himmel, über den nur wenige Wolken zogen, wölbte sich über der Stadt. Das Taxi steuerte ein lustiger Kerl, ein Araber, der ein grünes Tuch um seinen Kopf gewickelt hatte. Bei jeder roten Ampel spielte er Flöte, und Tanja brach in Gelächter aus. Wir brauchten lange durch den stockenden Verkehr. Gehupe, Motorenlärm, schnaufende Lastwagen. Und dazu noch diese Flöte. Tanja schien ausgesprochen fröhlich und begeistert zu sein. Sie rief dauernd: »Wir sind hier! Wir sind endlich hier! Wie toll! Ist das nicht toll, Tim!« Als sie einen jungen Mann und eine junge Frau sah, die gemeinsam auf einem Fahrrad die Straße entlangfuhren, die Frau seitlich auf dem Gepäckträger mit übereinandergeschlagenen Beinen, rief Tanja: »Schau dir das an! Schau dir das an! Oh, ich liebe es, so Fahrrad zu fahren! Das symbolisiert für mich pure, reine Lebensfreude! Das müssen wir auch mal zusammen tun!«

Ich war weit davon entfernt, meinen Kopf aufrecht halten zu können, geschweige denn, Fahrrad zu fahren. Und mit Tanja zusammen Fahrrad zu fahren, bei dieser Vorstellung wurde mir übel. Ich konnte es kaum erwarten, in einem Bett zu liegen.

Das Hilton Hotel war ein riesiger, grauer Klotz, der in der Mitte eines Parkplatzes in die Höhe ragte. Es lag relativ weit von der Innenstadt entfernt und sah nicht gerade nach Rock 'n' Roll aus. An der Rezeption mussten wir warten. Vor uns standen ein ungefähr 60-jähriger Mann und eine ebenso alte Frau. Offensichtlich ein Ehepaar. Der Mann war ungeheuer dick, trug eine weiße Stoffhose und ein Hawaiihemd, an dem die Knöpfe fast abplatzten. Die Frau hingegen war klein und zierlich und hatte einen weißen Sommerhut auf. Die beiden ließen sich von dem Herrn an der Rezeption den Weg erklären. Man hörte, dass sie aus Amerika kamen. Als sie sich entfernten, sagte die Frau zu ihrem Mann: »Phil, I really hope the others will find that place.« Und er antwortete daraufhin mürrisch: »I rather hope *we*'ll find it!«

Wir kriegten ein Zimmer im zweiten Stockwerk. Nummer 2237. Als wir dort ankamen, schmiss ich den Rucksack hin und fiel ins Bett. Schlief sofort ein. Immer wieder wachte ich kurz auf. Ich hörte, dass Tanja unter der Dusche stand. Als ich das nächste Mal die Augen öffnete, lag sie in einem weißen Morgenmantel neben mir. Ein Handtuch war um ihre nassen Haare gewickelt. Und ein Seifen- und Parfümgeruch haftete an ihr, dessen Heftigkeit für mich kaum zu ertragen war. Mir war heiß, ich strampelte die Bettdecke weg. Kurz darauf fror ich wieder und zog die Decke zu mir. Der Fernseher lief. Eine Stimme sagte: *Ihr alle seid Mistkäfer!* Dieser

Satz setzte sich in meinem Kopf fest. Ich hörte ihn immer und immer wieder. Ich wälzte mich herum.

»Ich habe Penizillin dabei«, hörte ich sie sagen. »Willst du Penizillin nehmen?«

Ich presste ein *Ja* hervor.

Tanja brachte mir die Tablette und ein Glas Wasser. Mühsam richtete ich meinen Oberkörper etwas auf und schluckte die Tablette. Dann war ich wieder meinen Träumen ausgeliefert. Ich sah mich im Bett liegen. Auf einmal bekam ich keine Luft mehr. Etwas steckte in meinem Hals. Ich riss meinen Mund auf, langte hinein und zog lauter Kaugummifäden heraus. Ein Batzen Kaugummi schnürte mir den Hals ab. Tanja, die in meinem Traum neben mir lag, sagte: *Gut so, gut! Lass alles raus!*

40

Die nächsten zwei Tage verbrachten wir ausschließlich in diesem Zimmer. Ich sagte mehrere Male zu Tanja, dass *sie* doch wenigstens einmal nach draußen gehen könne, doch sie lehnte ab. *Ich bleibe bei dir! So lange, bis du wieder gesund bist!*

Es war tatsächlich so wie bei John Lennon und Yoko Ono. Nur dass wir eben nicht ganz so haarig waren, und bei uns der Frieden nicht unbedingt im Vordergrund stand. Für das Frühstück und die sonstigen Mahlzeiten nahmen wir den Room Service in Anspruch. Beziehungsweise Tanja nahm ihn in Anspruch, denn ich konnte keinen Bissen hinunterkriegen. Ich schlief fast unentwegt. Und sie lag in Blümchen-Unterwäsche neben mir und trank Unmengen von kleinen Alkoholfläschchen aus der Minibar. Sie war eigentlich zwei Tage lang komplett betrunken. Immer, wenn ich kurz aufwachte, hörte ich sie laut rülpsen, singen, summen, säuseln oder sah, wie sie mit den kleinen Fläschchen herumspielte. Die Fläschchen jagten sich auf unsichtbaren Pferden (denn Tanja wieherte in unregelmäßigen Abständen) quer über die Bettdecke, über die Kissen, über *ihren* und über meinen Körper. Ab und an stand sie auf und torkelte ins Bad, um für mich kalte Tücher zu machen. Ganze zwei Male traten wir kurz auf den Gang hinaus, als die Zimmermädchen das Zimmer säuberten. Zitternd schmiegte ich mich an eine

Wand im Gang und konnte es kaum erwarten, mich wieder hinzulegen.

Der Fernseher lief pausenlos. Einmal, als ich aufrecht im Bett sitzend einen Tee trank und ein Musiksender lief, sagte Tanja: »Soll ich für dich tanzen? So etwas in der Art würde dir doch bestimmt gut tun!« Sie wartete, bis das nächste Video anfing. Es war ein Beyonce-Knowles-Video. Sie stellte maximale Lautstärke ein. Stand im Bett auf. Die Musik dröhnte in meinen Ohren. Sie ließ ihren Hintern passend zur Musik kreisen. Sie machte Bewegungen, durch welche die Temperatur meines Blutes, die ohnehin schon bedrohlich hoch war, noch einmal rapide anstieg. Sie stellte sich so hin, dass ich ihr zwischen die Beine sehen konnte. »Ist die Aussicht okay?«, fragte sie. Und schob ihren Slip ein wenig beiseite.

Daraufhin ließ sie sich wieder aufs Bett fallen und brach in schallendes Gelächter aus, während die Rapper im Fernsehen weiterhampelten.

41

Am Morgen des dritten Tages fühlte ich mich ein wenig besser, und wir gingen in den Frühstücksraum im obersten Stockwerk des Hotels. Er war wunderschön. Ein kleiner, schlicht, aber mit Stil eingerichteter Raum, mit zwei Bereichen, die durch drei Stufen voneinander getrennt waren. Das Buffet, das eine reichliche Auswahl bot, befand sich im unteren Bereich.

Egal, wo man Platz nahm: Durch eine breite Fensterfront hatte man einen herrlichen Blick auf die Stadt.

Nach dem Frühstück beschlossen wir die Trambahn zur Innenstadt zu nehmen, um das Anne-Frank-Haus zu besichtigen. Anne Frank war eine wichtige Figur für Tanja. Sie hatte schon in Berlin, als ich sie das erste Mal sah, von ihr geredet. Aber in der Trambahn bekam Tanja eine Art Panikanfall. Sie wurde aschfahl. Ihr stand plötzlich das Entsetzen ins Gesicht geschrieben.

Sie krallte sich an einem Haltestab fest und flüsterte: »Ich muss hier raus!«

Wir stiegen an der nächsten Haltestelle aus. Sie erklärte, dass sie augenblicklich zurück ins Hotel fahren wolle.

»Bist du sicher?«, fragte ich. »Willst du dich nicht einfach ein bisschen hinsetzen? Vielleicht wird's dann besser!«

»Nein«, sagte sie. »Dann wird's nicht besser. Ich will ins Hotel zurück!«

»Okay, gehen wir!« Ich setzte mich in Bewegung, sie jedoch blieb stehen.

»Tim?«

»Ja?«

»Ich will nicht, dass du mitgehst. Ich will allein sein.«

Ich zögerte kurz.

»Und Anne?«, fragte ich schließlich.

»Anne weiß, was ich für sie empfinde. Dafür brauche ich nicht in ihr Schreckenshaus zu gehen.«

Wir trennten uns also. Ich setzte mich in ein Lokal, das *Arteel* hieß und sich gleich gegenüber der Haltestelle *Pottia Straat* befand, an der wir ausgestiegen waren. Es standen Tische und Stühle draußen, doch ich wollte mich lieber drinnen hinsetzen. Das Lokal war eher rustikal eingerichtet, hatte jedoch Atmosphäre. Das Sonnenlicht sickerte herein. Man sah Staubpartikel durch die Luft wirbeln. Ich freute mich auf eine Tasse Kaffee. Und ich hatte endlich wieder richtigen Hunger. Als eine junge Kellnerin mit einem dampfenden Teller Bratkartoffeln aus der Küche gelaufen kam, sagte ich zu ihr auf Englisch: »Egal, was dieser Teller kostet, ich zahle Ihnen zwei Euro mehr, wenn Sie mir den jetzt gleich vorsetzen!«

»Sorry!«, lachte sie, »someone else is waiting for it!«

Es blieb mir also nichts anderes übrig, als zu warten. Ich bestellte ebenfalls Bratkartoffeln und zusätzlich einen Cappuccino. Ich überlegte, was ich jetzt tun, wohin ich gehen sollte. Währenddessen hüpften zwei Spatzen durch die Eingangstür in das Lokal hinein, pickten auf dem Boden herum, hüpften auf die Tische. Außer mir war kein anderer Gast im Raum. Dann wollten die Vögel wieder davonfliegen, aber sie fanden die Tür nicht, flogen immer wieder hoch und knallten gegen die Fensterscheibe. Die Kellnerin rannte herbei und fing fast zu weinen an. Sie hatte Angst, dass die Vögel sich das Genick brechen würden, und versuchte sie mit sanften Handbewegungen zum Ausgang zu dirigieren. Ich kam ihr zu Hilfe. Der eine Spatz flog hinaus. Bei dem anderen dauerte es lange. Wir schafften es nur, weil wir ihm Kuchenbrösel vorwarfen. Die Kellnerin trug ein schwarzes Oberteil, das viel von ihrem Rücken frei ließ. Sie hatte einen schönen Rücken. Die feinen Bewegungen ihrer Schulterblätter, während sie sich bückte, um die Vögel zu dirigieren, entzückten mich. Sie lächelte mich an. Ich kehrte zu meinem Cappuccino zurück.

Wohin sollte ich jetzt gehen? Eigentlich fiel mir nur ein einziger Ort ein.

42

Ich machte mich auf den Weg und lief in Richtung Zentrum. Die gelbe Farbe der Trambahnen leuchtete unglaublich intensiv in der Sonne. Ich sah wieder Fahrräder fahren, auf deren Gepäckträgern seitlich Mädchen mit übereinandergeschlagenen Beinen saßen. Eines davon, das ein dunkelrotes Sommerkleid trug, schleckte ein Eis. Und als das Mädchen bemerkte, dass ich es anstarrte, winkte es. Und ich dachte: Das ist so ein Bild, dieses vorbeisausende Mädchen auf dem Gepäckträger eines Fahrrads, an einem Sommertag in Amsterdam, so was möchte bitte schön vor meinem inneren Auge aufleuchten, in dem Moment, in dem ich mein Leben aushauche.

Die Krankheit war noch nicht ganz aus meinem Körper gewichen, ich hatte noch ein leichtes Schwindelgefühl. Ich machte immer wieder Pausen und gab Acht, im Schatten zu laufen. Kaum hatte ich die Fußgängerzone erreicht, sprach mich ein junger gelockter Typ an, der einen Rucksack trug. Ich solle ihn und seine Kumpels vor einem Coffeeshop fotografieren. Das tat ich, und kurz darauf lief eine Frau barfuß an mir vorüber, die ein Pappschild vor sich her trug. *You're not supposed to break down* war darauf zu lesen. Sie hatte ein sehr herbes, bleiches Gesicht und langes, schwarzes, zerzaustes Haar. Ich blieb stehen und drehte mich noch einmal nach ihr um. Sie wandte sich ebenfalls um. Ihr Blick traf mich wie ein Pfeil. Plötzlich hätte ich schwören können, dass ich diese Frau während unserer Reise schon einmal gesehen hatte. Der Gedanke machte mich ganz unruhig. Ich lief ihr dann sogar nach, doch ich verlor sie schnell aus den Augen. Ich war einfach noch nicht fit genug für eine Verfolgungsjagd. Was machst du eigentlich für einen Schwachsinn?, dachte ich. Was geht nur in dir vor?

Ich versuchte mich wieder auf mein ursprüngliches Ziel zu konzentrieren, was für sich genommen auch keine besonders einfache Aufgabe war. Ich konnte mich nicht mehr genau an den Weg erinnern. Deshalb bog ich einige Male falsch ab.

Vorbeiströmendes Allerlei: fünf junge Kerle mit einem laut aufgedrehten Ghettoblaster, unzählige Hand in Hand gehende Pärchen, ein Hund, der aus einer Einkaufstüte herausschaute, ein Typ mit grüner, dicker Winterjacke, der eine Gitarre auf dem Rücken trug. Junge Frauen in kurzen Röcken, die vor einem Laden standen, sich gegenseitig schräge Sonnenbrillen aufsetzten und sich halb totlachten. Eine Touristengruppe. Alle mit seltsamen Hüten und mit Fotoapparaten um ihre Hälse. Zwei kleine Jungen, die heimlich Leute mit Wasserpistolen bespritzten.

Als ich sicher war, dass meine Richtung stimmte, wurde ich aufgeregter und aufgeregter. Mir wurde schwindelig. Als ich die Walletjes-Gasse erreichte, hörte ich den Puls in meinen Ohren tönen. Die Gasse war von sehr vielen Menschen bevölkert, aber das war gar nichts, verglichen mit dem letzten Mal, als ich bei Nacht hier gewesen war. Überhaupt hatte die Straße bei Tag viel von ihrem Abenteuerlichen, viel von ihrem Reizvollen, Gefährlichen verloren. Alles wirkte freundlicher und somit auch trostloser. Langsam schritt ich an den Glastüren vorbei, hinter denen die Prostituierten saßen oder standen. Bei Tag waren sie nicht ganz so hübsch wie in der Nacht. Die Schminke war dicker. Ich blieb vor einer Türe stehen. Die Nutte lächelte mich herausfordernd an. Ich ging zu ihr hinein.

Sie wies mich an, eine kleine Treppe mit drei Stufen hinunterzusteigen. Sie zog einen Vorhang vor die Glastür. Dann folgte sie mir. Es war eng hier drin und die Luft durchtränkt von künstlichem Veilchengeruch. Unten, rechts an die Wand gerückt, befanden sich ein Bett und ein Nachtkästchen. Auf dem Nachtkästchen stand eine kleine Lampe, die rote Lichtflecken an die Wand warf. Auf der anderen Seite des Raumes gewährte eine geöffnete Tür Einblick in ein winziges Badezimmer. An der Stirnseite des Bettes hing ein Poster mit einer nackten Frau, die in der untergehenden Sonne dem Meer entstieg. Außerdem gab es noch ein Holzschränkchen mit ausziehbaren Schubläden, auf dem lauter silberne Kreolenohrringe lagen. Die oberste Schublade war nicht ganz geschlossen. Ein türkisfarbener Slip hing heraus. Ich setzte mich aufs Bett. Sie setzte sich neben mich. Sie hatte langes, wasserstoffblondes, gelocktes Haar und große Silikonbrüste – ein Pamela-Anderson-Verschnitt. Sie sagte, dass sie Rebecca heiße und eine gebürtige Holländerin sei. Ich bezahlte sie für eine Stunde. Als sie sich das Kondom in den Mund steckte und mir überstülpte, kam es mir schon. Und dann wollte ich lieber gleich wieder aufbrechen und zog rasch meine Klamotten an. Nur um sie fünf Minuten später erneut auszuziehen, weil ich nicht hatte widerstehen können und zu einem braunen Mischlingsmädchen hineingestiefelt war. Jane sagte, dass sie aus Thailand käme. Und dass Jane die Abkürzung für Janejira sei. Sie redete viel mehr als die Erste. Das gefiel mir. Sie erzählte, dass sie einen 5-jährigen Sohn habe, Chatchai, der in Bangkok bei ihrer älteren Schwester untergebracht sei. Sie hätte ihn schon drei Monate nicht mehr gesehen. Aber bald würde sie wieder nach Thailand fliegen und bei ihm sein. »Ich zähle die Tage«, sagte sie. Ich versuchte mir vorzustellen, wie das war, wenn man einen Sohn in Thailand hat und unfassbar weit weg von ihm in Amsterdam sitzt, um diese Arbeit zu tun. Es gelang mir nicht. Ich wollte lieber ans Bumsen denken. In Janes Zimmer sah es fast genauso aus wie in Rebeccas. Nur die Beleuchtung war anders. Und über dem Bett hing kein Poster, sondern ein dunkelroter Wandteppich. Ich fühlte mich wohl bei ihr. Und obwohl ich mir fest vorgenommen hatte, auf keinen Fall viel Geld auszugeben, blieb ich drei Stunden bei ihr und wurde ungefähr 700 Euro los. Wir machten es in den verschiedensten Positionen. Zwischendurch lagen wir nebeneinander und redeten. »What did you do with your hand?«, fragte sie.

»An injury.« Sie kochte mir sogar einen Tee. In den drei Stunden kam es mir zweimal. Als ich wieder aufbrach, sagte ich: »Ich wünsche dir, dass du eine schöne Zeit hast mit deinem Sohn«, und drückte ihr noch einen Hunderter in die Hand.

»Vielen Dank«, entgegnete sie. »Mach's gut!«

Eigentlich hatte ich vor, die Walletjes-Gasse so schnell wie möglich zu verlassen. Schnell weg von diesem verdammten, elenden, widerlichen Ort! Warum zum Teufel musstest du überhaupt wieder hierherkommen? Was hast du nur davon? Als ob es nichts anderes für dich gäbe! Doch ich hatte diese Gedanken noch nicht einmal zu Ende gedacht, als ich schon wieder vor einer Glastür stehen blieb. Dahinter saß ein sehr schmales und zierliches Mädchen mit schwarzem Kurzhaarschnitt. Sie hatte ein schwarzes Negligé an und versuchte nicht, die Freier zu sich zu locken, wie es die anderen Frauen taten. Im Gegenteil, es wirkte, als hoffte sie inständig, dass niemand gerade *sie* auswählte. War das Angst in ihren Augen? Oder war das auch nur ein Trick, um die Aufmerksamkeit der Männer auf sich zu lenken? Wenn es tatsächlich ein Trick war, dann funktionierte er. So schnell war ich noch nie durch eine Tür durch! Sie begrüßte mich auf zurückhaltende Art, in gebrochenem Englisch.

»Kommst du aus Deutschland?«, fragte ich.

»Du auch? Na, so was. Angenehmer Zufall.«

Diese Scheu oder Ängstlichkeit oder Unsicherheit verlor sich sofort, und sie wurde heiter und gesprächig. Sie erzählte mir, dass ihr Name Heike sei und dass sie in Halle leben würde. Sie hatte auch einen starken sächsischen Akzent.

»Ich dachte nicht, dass du zu mir hereinkommen würdest«, sagte sie. »Du bist so ...«, sie zögerte kurz, ehe sie den Satz beendete, »... jung.«

Wir setzten uns nebeneinander auf ihr Bett.

»Hast du so was schon mal gemacht?«, fragte sie. »Dass du so wo hingegangen bist?«

»Nein.«

»Machst du in Amsterdam Urlaub?«

Ich nickte.

»Wirklich, das muss man sagen, hier laufen ganz schön viele Deutsche rum.« Und nach einer kurzen Pause sagte sie: »Und jetzt, wo du schon mal hier bist, willst du's also mal wissen, ja?«

Ich nickte wieder.

»Bist du mit deinen Kumpels zusammen hier?«

»Ja.«

»Woher kommst du?«

»Berlin.«

»Oh, Berlin«, sagte sie, »Berlin is schön! Berlin kenn ick! Det glob ick, wa, dass du es jetzt wissen willst, wa, ick meene, diese Stadt is ja schließlich och berühmt für det alles! Aber dat du jerade of eene wie mich, eene aus Halle triffst, det hetste nich jeglobt, was?«

Für einige Sekunden war es still. Blicke gingen hin und her. Jetzt, wo ich neben ihr hockte, kam sie mir unglaublich jung vor. Allerhöchstens achtzehn. Genauso wie Christel, dachte ich.

»Das ist gut«, sagte sie, »dass du so was noch nie gemacht hast, meine ich. Ich bin nämlich auch neu auf diesem Gebiet, weißt du.«

Sie erhob sich vom Bett und strich die Stelle glatt, auf der sie gesessen hatte.

»Also, was sollen wir zwei Hübschen denn jetzt Schönes miteinander anfangen? Hast du bestimmte Vorstellungen?«

»Na ja, ich ...«

»Ich sage dir erst einmal, was ich alles mache beziehungsweise nicht mache, über den Preis können wir ja dann nochmal reden. Also: Ich mache eigentlich alles. Aber kein französisch natur. Und keinen Analverkehr.« Ich bezahlte sie für eine Stunde. Wir zogen uns aus. Ihre Haut war sehr bleich. Sie hatte kleine Brüste. Sie kam mir ungeheuer verletzlich vor, viel verletzlicher, als es Rebecca und Jane gewesen waren. Aber vielleicht fiel es mir bei ihr nur deshalb besonders auf, weil die Gier danach, abzuspritzen, mir inzwischen nicht mehr den Blick verschleierte.

Wir hatten ausgemacht, dass sie mir vorher den Rücken massierte.

Sie breitete ein Handtuch auf dem Bett aus. Ich legte mich hin. Sie setzte sich zu mir auf die Bettkante.

»Also ich muss zugeben«, sagte sie, »dass das schon ein wenig seltsam für mich ist. Weil du so jung bist, meine ich.

Nicht schlimm, aber eben … aber eben seltsam. Achtung! Kalt!«

Sie gab Massage-Öl auf meinen Rücken und verrieb es. Meine Haut zuckte unter den Berührungen ihrer kleinen, zarten Finger.

»Weißt du, dass du total nach Damenparfum riechst?«, sagte sie.

»Wirklich?« Ich sog kräftig Luft durch meine Nasenlöcher ein. »Ich rieche nichts.«

»Doch, und wie! Woher kommt das?«

»Ach, keine Ahnung.«

Um schnell vom Thema abzulenken, fragte ich:

»Was genau heißt das? Du bist neu auf diesem Gebiet?«

»Heute ist mein vierter Tag.«

»Hier?«

»Insgesamt.«

»Insgesamt?«, wiederholte ich überrascht.

»Ja.« Sie ließ noch mehr Massage-Öl auf meinen Rücken laufen.

»Ursprünglich wollte ich nur nach Leipzig gehen«, fuhr sie fort, während ihre Hände wieder über meinen Rücken glitten. »Ich habe ein Inserat in einer Anzeigenzeitung gelesen. Aber kaum war ich da, lernte ich eine kennen, und die sagte: *Komm mit mir nach Amsterdam! Da ist was geboten! Da verdienst du richtig Kohle! In Leipzig kannst du's doch vergessen!* Und ehe ich mich versah, schwupps, war ich hier.«

»Und verdienst du jetzt auch gut Kohle?«

»Ja, schon. Aber ich habe gemerkt, dass das einfach nichts für mich ist. Es ist gut, es einmal ausprobiert zu haben. Aber damit hat sich's jetzt auch! Ich mache allerhöchstens noch die Tage fertig, die ich mir vorgenommen habe. Und dann ist Schluss!«

»Wie viele Tage hast du dir vorgenommen?«

»Zehn«, gab sie zur Antwort. »Aber wenn ich es nicht mehr aushalte, haue ich einfach ab. Ich lasse mich in nichts reinziehen.«

Schließlich sagte sie: »Du kannst dich jetzt umdrehen!«

Ich legte mich auf den Rücken. Sie schmierte mir die Brust ein.

»Du kannst mich ruhig anfassen, wenn du willst.«

Ich fing an, ihr vorsichtig den Arm zu streicheln. Mehr traute ich mich gar nicht.

»Was machst du denn normalerweise?«, fragte ich. »Ich meine, beruflich.«

»Das ist ja das Problem! Ich bin arbeitslos. Ich habe in Halle in einer Bäckerei gearbeitet. Aber das war eben nur Zeitarbeit. Die stellen lieber immer wieder neue Leute ein, als jemandem eine feste Stelle zu geben. Das ist besser für die. Wegen den Versicherungen. Es ist momentan unmöglich, irgendwo unterzukommen. Was willst du da schon machen? Als ich die Anzeige las, habe ich das Ganze einfach als Abenteuer angesehen. Ich habe mir früher schon oft gesagt: Wenn alle Stricke reißen, dann mache ich eben so was hier. Ich hab' mir da keinen Kopf drüber gemacht. Irgendwas muss man ja tun. Außerdem fand ich das alles auch irgendwie spannend. Also hab' ich da angerufen. Und dann ging alles ganz schnell. Von einem Tag auf den anderen. Ich habe mein Zeug gepackt und wusch – war ich in Leipzig. Und noch einmal wusch hat's gemacht, und ich war in Amsterdam. So einfach war das. Ganz schön verrückt, was?«

»Weiß irgendjemand aus deinem Umfeld, was du gerade machst?«

»Habe ich einen Vogel oder wie?«

»Deine Eltern auch nicht, nehme ich an.«

Sie schüttelte den Kopf.

»Die würden schlicht und ergreifend sterben, wenn sie es erführen.«

»Und wo denken sie, dass du gerade bist?«

»Sie denken, ich würde Urlaub machen. Ich habe ihnen gesagt, dass ich vorhätte, alleine und ungestört ein paar Tage durch die Gegend zu reisen. Einfach, um den Kopf ein wenig frei zu bekommen und so, habe ich gesagt. Dass ich nicht mal das Handy mitnehmen würde. Dasselbe habe ich auch meiner Schwester gesagt. Mit der wohne ich in Halle zusammen. In einer 2-Zimmer-Wohnung. Meine Schwester passt so lange auf meinen Hund auf. Oh, ich vermisse ihn so sehr! Ich kann es kaum erwarten, wieder nach Hause zu kommen. Manchmal ist es richtig schlimm hier. Ich meine, natürlich nicht, wenn jemand wie du reinkommt. Jemand, mit dem man sich unterhalten kann. Und der nicht alt ist und so schlaffe Haut hat. Denn die meisten Männer, die reinkommen, sind uralt. Und es fällt mir schwer, sie nur anzuschauen. Geschweige denn zu berühren. Wobei man sagen muss, dass du mir schon wieder fast *zu* jung bist. Ich bin unmöglich, nicht wahr?« Schließlich sagte sie: »So, jetzt lass uns aber mal anfangen! Das ist die von dir bezahlte Zeit, die gerade flöten geht!«

Sie biss mit den Zähnen die Kondompackung auf, machte sich daran, mir das Kondom überzustreifen.

»Irgendwas stimmt mit diesem Teil nicht«, sagte sie. »Es ist zu eng. Kaum zu glauben. Mit diesen Dingern habe ich immer Probleme. Warte, ich hol' ein Neues!«

»Wie heißt dein Hund?«, fragte ich, nachdem mit dem zweiten Kondom alles geklappt hatte.

»Bruno.«

»Und welche Rasse?«

»Bruno ist eine fünf Jahre alte Dogge. Frech, stinkend, furzend. Aber unglaublich süß!«

Ich lachte.

»Bald wirst du ihn wiedersehen.«

»Ja«, sagte sie. »Bald.« Und fing an, an meinem Schwanz zu lutschen.

Kurz darauf machten wir es in der Missionarsstellung. Sie gab sich mir so hin, dass ich keine Sekunde lang das Gefühl hatte, ich sei nur ein Freier. Es war ganz toll. Es war wirklich, als zerfließe sie in den Armen eines Liebhabers. Bevor wir loslegten, hatte sie noch gesagt: »Das habe ich ganz vergessen. Auf den Mund küssen geht bei mir natürlich auch nicht.« Aber ich probierte es so lange, bis sie nachgab und wir schließlich doch herumknutschten. Bei ihr hatte ich keinen Orgasmus. Aber das war nicht verwunderlich. Nach geraumer Zeit sagte sie: »Bei den meisten anderen musst du ihr Ding bloß ansehen, und schon kommt es ihnen! Aber bei dir ... Du solltest Pornodarsteller werden! Die werden immer gebraucht. Egal, wie schwierig die generelle Arbeitssituation im Land ist!«

Als ich meinen Schwanz aus ihrer Scheide zog, blieb das Kondom darin stecken.

»Oje! Oje!«, sagte sie, sprang auf und hüpfte mit ihrer rechten Hand zwischen den Beinen ins Badezimmer.

Später erkundigte ich mich nach ihrer Adresse und sagte, dass ich sie gerne einmal in Halle besuchen würde. Sie wollte das nicht.

43

Als ich die Lobby des Hilton Hotels betrat, überkam mich ein unheilvolles, gespenstisches Gefühl. Ich war plötzlich felsenfest davon überzeugt, dass Tanja sich etwas angetan hätte. Warum bist du nicht schon früher zurückgekehrt?, dachte ich. Warum ist dir die Gefahr nicht schon früher aufgegangen? Du hättest sie gar nicht erst allein lassen dürfen! Wenn ihr was passiert ist, dann ist das nur deine Schuld! ALLEIN deine Schuld! Während sie verblutend in der Wanne lag, hast du genüsslich deine Zeit mit Prostituierten herumgebracht! Verzweifelt versuchte ich mir in Erinnerung zu rufen, was sie als Letztes zu mir gesagt hatte. Hatte sie vielleicht etwas angedeutet? DU BIST SO DUMM! DU BIST SO DUMM! Ich raste zum Aufzug, fuhr nach oben, rannte den Gang entlang zu unserem Zimmer. Ich versuchte, die Tür mit meiner Schlüsselkarte zu öffnen. *Tanja! Tanja!* Sie ging nicht auf!

Halt! Das war ja gar nicht unser Zimmer! Unseres befand sich genau daneben! Diese Tür ließ sich problemlos öffnen. Ich rannte ins Zimmer hinein. Dort war niemand. Der Fernseher lief mit voller Lautstärke. Ich rannte zum Badezimmer. Verschlossen! Ich rüttelte wie verrückt an der Klinke.

»TANJA!«, schrie ich aus Leibeskräften. »TANJA!« Ich wollte schon versuchen, die Tür einzurennen, da tönte es auf einmal von drinnen: »Ich bin gleich da.« Und zehn Sekunden später kam sie heraus. Sie trug noch immer dieselben Klamotten, die sie auch am Vormittag angehabt hatte. Eine enge Jeans und ein weißes Hemd. Ihre Gesichtsfarbe war genauso weiß wie das Hemd. Ihre Augen waren glasig und weit aufgerissen. Sie schien ebenso außer sich zu sein wie ich. Ihre Hände zitterten. Sie stand da und starrte mich an, als wäre ich eine Jesus-Erscheinung. Dann schlang sie plötzlich ihre Arme um mich und drückte mich ganz fest an sich.

»Mein Gott, Tim!«, sagte sie daraufhin, heftig schnaufend. »Ich hab' x-mal versucht, dich anzurufen. Hast du's überhaupt mitgekriegt?«

»Wieso?«, stammelte ich. »Was mitgekriegt?« Sie nahm mich an der Hand, ging mit mir ins Zimmer und deutete auf den Fernseher. Ich sah das Gesicht eines Mannes mit Brille und Halbglatze, der in ein Mikrophon sprach. Eine Hand hielt er sich ans Ohr. Oben links in der Ecke konnte man das ZDF-Zeichen erkennen. Der Mann sagte: »... gegen 11:20 hatten sich ...« Tanjas Handy läutete. »Hi«, sagte sie, während der Mann weiterredete. »Ja ... mhm. Furchtbar! ... Absolut furchtbar! ... mhm ... ja, ich hab's gleich mitgekriegt.«

»Es wird vermutet, dass ...«, sagte der Mann. Hinter ihm sah man Leute laufen und stehen. Polizisten, Feuerwehrmänner. »Ja, wir sind noch unterwegs«, sagte Tanja. »Wir sind gerade in Amsterdam ... Mhm ... ich war im Hotelzimmer ... ich ... ich hatte den Fernseher laufen ... Es ist so schrecklich! Es ist so schrecklich! ... Hast du mit Tine telefoniert?«

Ich setzte mich aufs Bett. Starrte auf den Bildschirm. Was passiert war, entnahm ich nach und nach dem Newsticker, der unten im Bild vorbeilief: ... *momentanen Schätzungen zufolge liegt die Zahl der Toten bei über 400. Große Teile des Gebäudes wurden vollständig zerstört. Seit Stunden ver-*

suchen Rettungseinheiten, Überlebende unter den Trümmern zu bergen. Zum gegenwärtigen Zeitpunkt ist noch unklar, wer hinter dem Anschlag steckt. Bundeskanzlerin Merkel spricht vom »Tag des Grauens für Deutschland« +++ Terroranschlag auf Kaufhaus des Westens in Berlin. Fünf Selbstmordattentäter sprengen sich zeitgleich um Punkt zwölf Uhr mittags in die Luft. Die Attentäter hatten sich zuvor auf fünf verschiedene Stockwerke verteilt.

Es wurde zurück ins Nachrichtenstudio geschaltet. Die Nachrichtensprecherin sagte, dass die Zahl der Toten mittlerweile auf 413 angestiegen sei.

Ich schaltete mein Handy an. 14 Anrufe in Abwesenheit.

Ich rief meine Mutter an. Die war völlig außer sich. »Wo bist du denn jetzt?«, schrie sie. »Wo bist du denn jetzt? Ich hab' dauernd versucht, dich anzurufen. Weißt du, was ich mir für Sorgen gemacht habe? Hättest du mich nicht mal anrufen können? Ich wusste doch nicht, ob du schon wieder zurück bist. Ich wusste nicht, bist du in Berlin, in Schweden oder sonst wo.«

Danach telefonierte ich mit meinem Vater. Das Gespräch war Gott sei Dank etwas ruhiger. Aber er sagte ebenfalls dauernd: »Gott sei Dank warst du nicht in Berlin. Gott sei Dank. Der Florian war in Berlin.« Damit meinte er seinen Bruder. »Aber der war zum Glück auch weit weg vom KaDeWe.«

Im Hintergrund hörte ich Tanja telefonieren. »Unfassbar!«

Im Fernsehen sah man eine Frau, die weinend von den Geschehnissen berichtete.

Ich rief meinen Mitbewohner Darius an und war sehr froh darüber, dass er abnahm.

»Mensch, Tim!«, brüllte er. »Mensch, Tim! Du glaubst gar nicht, wie fertig ich bin. Du hast so ein Schwein, dass du nicht hier bist! Hier ist die Hölle los! Ich sag' dir, die Leute drehen durch! O mein Gott!!«

Ich rief noch zwei Menschen an, die ich in Berlin kannte. Beide waren wohlauf. Tanja hörte gar nicht auf zu telefonieren. Das musste seit Stunden so gehen. Ich glaube, sie telefonierte mit jedem verdammten Menschen, den sie kannte. Und sie kannte, so wie es schien, ganz schön viele Leute. Immerzu rief sie: »Unglaublich! Wahnsinn! Nicht zu fassen!« Am Anfang waren mir diese Ausrufe noch ganz natürlich und verständlich vorgekommen, doch nach kurzer Zeit klangen sie so, als würde Tanja mit ihrer besten Freundin telefonieren und die würde ihr erzählen, dass sie mit einem unglaublich süßen Kerl zusammengekommen sei. Ich konnte mich des Gefühls nicht erwehren, dass in ihrer Stimme eine Begeisterung mitschwang. Eine einfache, naive Begeisterung darüber, dass eine unsagbare, riesige Sache geschehen war. Eine Sache, die erst einmal alles aus den Angeln hob. Was allein schon für heimliche Freude sorgte. In solchen Momenten, glaube ich, rücken die gegensätzlichsten Gefühle, die ohnehin eigentlich wahnsinnig nahe beieinander liegen, noch ein Stückchen näher zueinander. Bis sie schließlich ineinander aufgehen. Oder sich alle gegenseitig blockieren, sodass man am Ende gar nichts mehr fühlen kann, beziehungsweise nur mehr eine Leere in sich wahrnimmt. Wir saßen da, sahen, wie die Zahl der Toten stieg, hörten, wie die verschiedensten Leute von dem Anschlag berichteten. Untermalt wurde das Ganze von dem Klingeln von Tanjas Handy. Irgendwann erhob sie sich vom Bett, trat näher an den Fernseher heran, verschränkte die Arme vor der Brust, starrte hin, starrte weiter und weiter hin. Ihr gesamtes Sein schien sich auf Augen und Ohren zu reduzieren. Schließlich sagte sie: »Lass uns morgen hinfahren! Nach Berlin! Das ist so unglaublich, so existenziell, was dort passiert ist! Da muss man einfach dort sein, die Stimmung aufnehmen.«

»Tanja«, sagte ich, »das ist kein Rockfestival.«

»Natürlich ist das kein Rockfestival, du Vollidiot!«, brüllte sie, sich augenblicklich zu mir umwendend. »Was denkst du eigentlich von mir? Glaubst du, ich weiß nicht, was das ist?« Sie deutete mit dem Zeigefinger auf den Bildschirm. »O ja, ich weiß, was das ist. Und gerade weil ich weiß, was das ist, möchte ich da hinfahren.«

Ein einziger Gedanke ergriff von mir Besitz. Ein Gedanke, der heftige Wellen durch meinen ganzen Körper schickte. *Diese Frau ist wahnsinnig.* Und dieser Gedanke wurde noch mächtiger, als sie ans Fenster trat, hinausstarrte und sagte: »Egal, wer die Täter sind. Eines steht fest: Die haben wenigstens für etwas gekämpft. Nicht so wie wir.«

Bis tief in die Nacht sahen wir uns vom Bett aus die Berichterstattung über den Anschlag an. Irgendwann gab es die Information, dass es sich bei den Attentätern wohl um fünf junge Kerle handelte, keiner von ihnen älter als dreiundzwanzig. Sie waren gebürtige Deutsche, bis auf einen, der gebürtiger Türke war. Sie wollten den in den letzten Jahren verübten großen Terroranschlägen nacheifern.

Nachdem wir den Fernseher ausgeschaltet hatten, sprang Tanja auf und rannte ins Bad. Sie musste sich übergeben. Als sie zurückkam, sagte sie: »Ich glaube, du hast mich angesteckt.« Und tatsächlich bekam sie heftiges Fieber. Sie wälzte sich im Bett herum. Sie war glühend heiß. Sie sagte immerzu, wie in einer Art Delirium: »Du fährst doch mit mir nach Berlin, nicht wahr? Das tust du doch, oder? Bitte! Versprich es mir!«

»Ja, ich verspreche es«, sagte ich. Doch in meinem Kopf verfolgte ich meinen eigenen Plan.

44

Als wir am nächsten Morgen mit dem Taxi in Richtung Flughafen Schiphol fuhren, durchzuckte mich ganz überraschend eine Welle des Glücks. Ich freute mich darauf zu fliegen. Ich freute mich auf das ganze Drumherum, die Terminals, die Check-in-Schalter, die Duty-free-Shops, die Anzeigetafeln, auf denen die Namen unzähliger großartiger Städte aufleuchteten, die Ankunftsbereiche, wo die Leute mit ihren Schildern standen, *Mr. and Mrs. Simor, Mr. Patters*. Nirgendwo wirkt die Freude, die Liebe ehrlicher, die man in den Augen der Leute aufblitzen sieht, als im Ankunftsbereich, wenn Abholer und Ankömmling sich glücklich in die Arme schließen. Ich freute mich auf die Rollkoffer, die über den glatten Boden rattern, auf die kleinen, seltsamen Gefährte, die im Terminal herumsausen und Koffer transportieren. Ich freute mich auf die Gangways, die Busse, die herumeilenden Menschen und auf die Werbetafeln. Und ich wollte diesen Satz in mir widerhallen lassen, der an irgendeinem Flughafen auf einer Werbetafel gestanden hatte: *The world is so close!* Was für ein Satz! Was für ein Gefühl!

Aber für Tanja war an diesem Tag die Welt in unendliche Ferne entrückt. Sie saß im Taxi genauso zitternd neben mir, wie ich in Oslo neben ihr gesessen hatte.

Am Flughafen marschierten wir zu einem *Lufthansa*-Schalter. Ich kaufte uns zwei Business-Class-Tickets für den

Flug LH 943 nach Berlin/Tegel. Die Tickets waren sehr teuer, aber ich hatte ihr im Taxi versprochen, dass wir Business-Class fliegen würden. Ich hatte zu ihr gesagt: »Wenn man krank ist, dann sollte man so komfortabel wie möglich reisen.«

»Vielen Dank«, sagte sie, als ich ihr das Ticket in die Hand drückte. »Danke, dass du mich mitnimmst nach Berlin.« Das war das Einzige, was sie sagte. Wir gaben unsere Rucksäcke beim Check-in-Schalter auf. Am Gate legte Tanja sich auf die Wartesessel und schlief. Ich schlenderte ein wenig auf und ab, aber mich überkam schnell ein ekelhaftes Gefühl der Unruhe. Vielleicht hatte ich erst zu schlendern angefangen, weil ich unruhig gewesen war. Auf jeden Fall fand ich es überhaupt nicht mehr schön, hier zu sein. Die sitzenden, die stehenden, die telefonierenden, die vorübereilenden Menschen machten mich nervös. Mich schwindelte. Die Stimme aus dem Lautsprecher schmerzte in meinem Kopf: *Please don't leave your luggage unattended! Passenger Lester booked for British Airways Flight 903 to London Heathrow please proceed to gate number 9!*

Ich starrte auf einen blau leuchtenden Monitor und las die Städtenamen: Nice, Brussels, Rome, Barcelona, Helsinki, Frankfurt, Jerez de la Frontera, keine russische Stadt. *We kindly remind you that smoking is only permitted in the …* Paris/Ch. de Gaulle, London/Heathrow, Dublin, Zurich, *Ladies and gentlemen, Lufthansa Flight 943 to Hamburg is now ready for boarding!* Alles drehte sich. Schweiß rann mir über den Rücken. »The world is so close«, stammelte ich leise vor mich hin. »The world is close.« So ein Schwachsinn. Es wird einem das Gefühl gegeben, sie wäre *so close*, aber in Wirklichkeit …? Das heißt, der Satz stimmte schon irgendwie. *The world is so close! So damn close!* Man kann sie beinahe mit den Fingern berühren, *so close* ist sie, aber in Wahrheit ist sie unerreichbar! Absolut unerreichbar! Ich taumelte an die Theke eines Bistros und bestellte ein Bier. Rechts neben mir saß ein dicker Kerl in enger Jeansjacke und mit schweißnasser Stirn, der auch ein Bier vor sich stehen hatte, aber nicht trank, sondern in seiner Adidas-Reisetasche herumwühlte. Links neben mir saß ein junger Mann im Anzug, der telefonierte. »Yeah«, sagte er, »yeah! But Rick, listen! My question is, who's gonna pick us up?«

Das war auch *meine* Frage. *Who's gonna pick me up? Who's gonna pick me up when I finally fall to the floor?* Ich nahm einen kräftigen Schluck Bier. *No problem*, dachte ich. *Rick will pick me up!*

Ladies and Gentlemen, Lufthansa Flight LH 943 is now ready for boarding! Es dauerte, bis ich begriff, dass es sich um unseren Flug handelte.

Das Flugzeug war ziemlich voll. Konnte man in den Gesichtern der Menschen wirklich Bedrücktheit erkennen? Oder legte man das nur in sie hinein? Während des gesamten Fluges schlief Tanja neben mir auf dem Sitz und flüsterte im Schlaf wirres Zeug. Zweimal rannte ich auf die Toilette, weil ich dachte, ich müsste mich übergeben. Aber ich würgte nur heftig.

45

In den drei Monaten nach unser gemeinsamen Nacht in Rostov schrieben Ksjusha und ich uns beinahe täglich E-Mails, in denen es von Sätzen wimmelte wie: *I miss you, I dream of you, I adore you, I wish you could be here with me*. Ksjusha fügte fast allen E-Mails ein Foto von sich bei. Es waren zum Teil erotisch angehauchte Bilder, die dann meinen Computerbildschirm schmückten. Ihr Frankreichaufenthalt zögerte sich, aus unerfindlichen Gründen, immer wieder hinaus. Und als sie dann Ende September nach Frankreich fuhr, besuchte ich sie tatsächlich in Tours.

Mein erster bleibender Eindruck: ihr winziges Zimmer im Wohnheim für ausländische Studenten. Ein schmales Bett, ein Schränkchen, ein Schreibtisch und ein Kühlschrank waren in dieses Zimmer hineingequetscht. Ich erinnere mich an die knallgelben Vorhänge, die sie vors Fenster gezogen hatte. Daran, dass auf den Gängen immerzu Geschrei war und oft heftig gegen ihre Tür gehämmert wurde. An ihr Schminkzeug, das überall herumlag. Daran, dass sie ständig *Slatki* zu mir sagte, Süßer. Und *Je t'adore*! Dass sie mir französischen Käse vorsetzte und irgendwelche Kräcker, die sie aus Rostov mitgenommen hatte, und russische Süßigkeiten, selbst gebacken von ihrer Mutter. Sie sagte: »You have to eat! You're so thin!« Ich erinnere mich daran, dass sie ganz oft zu mir sagte: »Slatki, you're far too serious!« Und: »Stop thinking!«, wenn ich gedankenverloren vor mich hinblickte. Ich erinnere mich daran, dass sie mich voller Panik vom Waschbecken (das gab es auch noch in diesem engen Zimmer) wegriss, als ich einen Schluck Wasser aus dem Hahn trinken wollte. »Are you crazy?« Sie erklärte mir, dass es in Russland unmöglich ist, Wasser aus dem Hahn zu trinken, es ist zu verschmutzt. Ich erinnere mich daran, dass wir am Abend durch Tours spazierten und mir diese Stadt ungeheuer verlassen vorkam, so verlassen, wie mir nur selten eine Stadt vorgekommen war. Ich erinnere mich daran, dass wir auf einer Brücke standen und auf die Loire hinunterblickten, bis es dunkel wurde, und das Mondlicht auf dem Wasser glitzerte. Als wir dann wieder am Wohnheim ankamen, mussten wir uns an einem Kerl vorbeischleichen, der eine Art von Wärter darstellte. Es war den Studenten verboten, jemanden mit aufs Zimmer zu nehmen. Aber was diese Dinge anbelangt, waren wir bereits Experten. Im Zimmer holte Ksjusha eine Flasche Champagner aus dem Kühlschrank, die sie aus Russland mitgebracht hatte. Ich war schnell ziemlich betrunken, und sie auch. Wir hopsten auf ihrem Bett herum und sangen. Sie schrie lauter russische Begriffe, die ich nachschreien sollte, was ich natürlich einwandfrei hinkriegte. Sie verreckte beinahe vor Lachen. »That's good!«, sagte sie, als wir schließlich aufeinanderlagen. »You're not so serious anymore!« Und dann schliefen wir miteinander. Wenn man das überhaupt so bezeichnen kann, denn kaum war ich in sie eingedrungen, spritzte ich ab. Ich erinnere mich auch an die drei nebeneinanderliegenden Muttermale über ihrer linken Achselhöhle, die ich lange betrachtete, als sie neben mir lag und schlief.

Als ich am nächsten Morgen erwachte und mein Blick die Kräckerschachtel auf dem Schreibtisch streifte, unsere Klamotten auf dem Boden, die Champagnerflasche und die Gläser, von denen eines zerbrochen war, irgendwo daneben ihre Haargummis, war ich dermaßen von diesem unsäglichen Gefühl des *Eingeengtseins* durchdrungen, dass es mir Schauer über den Rücken jagte. Mir wurde übel. Ich sprang auf, zog mich an, weckte Ksjusha und sagte ihr, dass ich leider sofort gehen müsse. Sie hielt das für einen Scherz. Aber sie merkte schnell, dass es keiner war. Wie ein Flüchtling verließ ich das Wohnheim und rannte zum Bahnhof. Fuhr auf dem schnellstmöglichen Weg von Tours nach Paris und von Paris nach Berlin. Dort fühlte ich mich einen Tag lang sehr erleichtert. Und dann packte mich das schlechte Gewissen und die Trauer darüber, eine wahre, magische Liebe, so eine, wie man sie nur einmal im Leben findet, einfach weggeschmissen zu haben. Ich schrieb ihr eine E-Mail, in der ich mich tausendfach bei ihr entschuldigte und aufs Genaueste erklärte, weshalb ich so gehandelt hatte. Und ich versprach hoch und heilig, sie bald zu besuchen, wenn sie in Paris wäre, um dann alles wieder gutzumachen. Ein qualvoller Tag verging. Zwei Tage vergingen. Eine ganze qualvolle Woche verging. Dann kam ihre Antwort, nur wenige Sätze in einem für sie sehr untypischen sachlichen Tonfall. Aus ihnen ging zumindest hervor, dass sie mir verzieh und sich auf meinen Besuch in Paris freute.

So fuhr ich gut vierzehn Tage später nach Paris.

Wir übernachteten in einem noblen, altmodischen Hotel, dem Champs-Élysées Plaza, Rue de Berri. Ich machte ihr den Aufenthalt in diesem Hotel zum Geschenk. Sie war begeistert. Sie war begeistert von der prachtvollen Lobby, dem altmodischen Fahrstuhl, unserem Zimmer, den goldenen Lampen auf den Nachtkästchen, dem breiten Bett, den Kissen, dem marmornen Bad, den Badeölen, der gigantischen Badewanne. Sie küsste mich und hörte gar nicht wieder auf.

Wir spazierten Händchen haltend durch Paris. In Frankreich trug sie keine kurzen Röcke, sondern enge Jeans. Sie sagte lachend: »Zöge ich mich in Frankreich so an wie in Russland, dann weiß ich nicht, was mit mir passieren würde.« Ich erinnere mich daran, dass wir eine richtige Sightseeing-Tour machten. Sie hatte eine Videokamera dabei und filmte alles. Für ihre Familie zu Hause, die alle noch nie Russland verlassen hatten. Sie sagte: »They have never been abroad.« Und als dieses Wort fiel, abroad, wurde mir zum ersten Mal bewusst, was für Welten zwischen Ländern liegen. Sie filmte mich. Ich sollte die Familie auf Deutsch anreden, ihnen Grüße zusenden. Ich stotterte irgendetwas Klägliches. Wir besichtigten die kleine Freiheitsstatue, wir gingen in den Louvre, wir besichtigten Notre-Dame. Ich erinnere mich daran, dass ich sie abends in ein französisches Restaurant ausführte und sie sich dort sehr unwohl fühlte. Sie erklärte mir, in Russland ginge sie nie in ein Restaurant, und sie bestellte auch nichts. Und sie wurde zornig, weil ich mein Rinderfilet nicht aufaß. »You have to eat!«

Nach dem Abendessen sahen wir mit laufender Videokamera von der Bir-Hakeim-Brücke aus zu, wie der Eiffelturm zur vollen Stunde funkelte. Und mir kam es so vor, als wären diese abertausend Lichtkristalle, die über der nächtlichen Seine zuckten, meine Träume. Wir liefen über die Champs-Élysées zu unserem Hotel zurück. In der Nacht vögelten wir. Wir vögelten auf dem breiten Bett, auf dem Fußboden, in der Badewanne. Nach dem letzten Mal, als wir vollkommen fertig im abgekühlten Wasser saßen, schrie sie auf einmal »Why have you done this?«, und schlug mit ihren kleinen Händen, die sie zu Fäusten ballte, gegen meine Brust.

»Hey!«, rief ich und versuchte, ihre Schläge abzuwehren. »What are you talking about? *What* have I done?« Aber sie wollte es mir nicht sagen. Und ich war zu müde, um nachzuhaken. Wir blieben in der Wanne hocken, bis die beiden Kerzen, die sie extra gekauft und angezündet hatte, verloschen waren. Am nächsten Morgen hatte sie sich wieder beruhigt und streichelte mir sanft die Stirn.

Zwar flüchtete ich nicht gleich wieder, doch ich fühlte mich an diesem zweiten Tag in ihrer Gegenwart erheblich unwohler als am ersten. Und ich fing mit meinem Tick an. Ich sagte ständig so etwas wie: *Du solltest dich nicht in mich verlieben! Was willst du eigentlich von mir? Und überhaupt, was wir hier machen, hat doch gar keinen Sinn. Wo kann das schon hinführen?* Sie lächelte nur und sagte: »You never know where things lead us!« Ich wurde richtig aggressiv, als sie das sagte, und blaffte sie an. Dabei hatte sie so Recht.

Am dritten Tag erklärte ich ihr, ich müsse leider nach Hause fahren. Sie begleitete mich zum Gare de l'Est. Das war mir nicht wirklich recht. Ich wollte sie nicht mehr dabeihaben. Am Gleis kramte sie aus ihrer Tasche eine samtene Schachtel hervor und überreichte sie mir.

»Farewell Slatki!« Und als der Zug einfuhr, sagte Ksjusha: »Tim, I'm pregnant. It happened in Tours!« Sie sah mich mit weit aufgerissenen, funkelnden, ängstlichen und gleichzeitig irgendwie flehenden Augen an. Und als ich nicht sofort reagierte, verschwand sie zwischen den herumstehenden Menschen. Und ich begriff überhaupt nicht, was mir da offenbart worden war, und stieg nur verärgert in den Zug. Erst auf der Fahrt wurde mir bewusst, was sie eigentlich gesagt hatte, tat es jedoch als lächerlichen, verzweifelten Versuch ab, mich irgendwie in Paris zu halten. Doch nach einigen Tagen in Berlin machte sich in mir die absolute Gewissheit breit, dass Ksjusha die Wahrheit gesagt hatte. Leider hatte ich, als ich in Berlin angekommen war, ihre E-Mail-Adresse weggeschmissen, sämtliche E-Mails und all ihre Fotos gelöscht und mich bemüht, sie aus meiner Erinnerung zu streichen. Aber wann immer ich meine E-Mails checkte, hegte ich die Hoffnung, dass sie mir geschrieben haben könnte. Und ich zuckte zusammen, als eines Tages ein Brief von Theresa, meiner Ansprechpartnerin von den Germanistentagen, ankam, dem ein Zeitungsartikel über meinen Aufenthalt in Rostov beigelegt war. Unter dem Artikel befand sich ein Bild, das mich zeigte, tanzend bei der Abschlussfeier in der Diskothek. Und neben mir sah man Ksjusha tanzen. Ich brachte es nicht über mich, die Schachtel wegzuschmeißen. In Momenten der Sehnsucht und auch in Momenten der Verzweiflung und Verbitterung nahm ich die Schachtel zur Hand, öffnete sie mit zittrigen Fingern, steckte meine Nase hinein und sog den Rosenduft tief in meine Lungen. Und alles war wieder da: Rostov, die Germanistenkonferenz, die Tschetschenen, Theresa, Philipp, die Abschlussfeier, der Ford Galaxy, Tours, ein kleines Studentenwohnheimzimmer, Paris, der funkelnde Eiffelturm und Ksjusha, immer wieder Ksjusha, Ksjusha tanzend, lachend, Ksjusha, wie sie *Slatki* sagte, ihre drei Muttermale über der linken Achselhöhle, russische Kräcker, ein prächtiges Hotelzimmer, eine von Kerzen beschienene Badewanne. So lange eben, bis kein Duft mehr aus der Schachtel strömte. Aber ich tat nichts, um von meiner Seite aus den Kontakt wieder aufzunehmen. Gar nichts. Schon allein der Gedanke daran lähmte mich vollkommen.

Jetzt, nach meiner Reise mit Tanja, wieder zurück in Berlin (immer wieder zurück in Berlin), verschmelzen ihre Gesichter manchmal in meinem Kopf, Tanjas und das von

Ksjusha. Und das Gefühl, das ich dabei habe, ist igendwie friedlich. Neben dem Computer, auf dem ich diese Zeilen schreibe, liegt schon der Zettel mit Theresas Telefonnummer bereit. Pfadfinder stellen sich den Dingen eben. Das habe ich von Tanja gelernt.

46

Nachdem wir am Flughafen Berlin/Tegel gelandet waren und unsere Rucksäcke vom Rollband gezogen hatten, ging ich mit Tanja am Arm zur *Sixt*-Autovermietung.

»Was hast du vor?«

»Ich miete ein Auto«, sagte ich. »Damit du bequem durch die Gegend kutschiert werden kannst. Ohne dich irgendwie anstrengen zu müssen.«

»Ist das notwendig?«

»Aber sicher.«

Ich hatte die Wahl zwischen der *Mercedes A-Klasse* und einem *VW Passat*, beide sogar mit Navigationssystem. Ich entschied mich für die *A-Klasse*. Als Erstes fuhr ich zu einer Tankstelle und kaufte mir drei Dosen *Red Bull* und trank eine sofort aus. Dann setzte ich mich in den Wagen. Los geht's, dachte ich. Bist du bereit? Ich war bereit. Ich fuhr auf die Autobahn. Tanja saß neben mir und schlief. Ihr Kopf war gegen die Scheibe gesunken. Ich fuhr ziemlich schnell, fast ständig auf der Überholspur. Ließ leise Radio laufen. Ab und an flüsterte Tanja im Schlaf. Einmal fragte sie mit geschlossenen Augen: »Sind wir jetzt endlich da?«

»Ja, bald«, sagte ich. Ihr Zustand war perfekt für mein Vorhaben. Es fing heftig zu regnen an. Der Regen hämmerte aufs Dach. Über die Seitenfenster rannen die Tropfen. Der Scheibenwischer arbeitete unverdrossen. Der Regen wurde stärker und stärker. Ich musste langsamer fahren. Irgendwann sagte Tanja mit lauter Stimme und geschlossenen Augen: »Warum traue ich mich nicht? Warum traue ich mich nicht?«

Ich streichelte ihr über den Oberschenkel. »Alles wird gut«, flüsterte ich. »Alles wird gut!« Der Verkehr staute sich aufgrund eines Unfalls, aber bald ging es wieder besser voran. Und es hörte auf zu regnen. Ich wurde müde. Ich fuhr nicht gerade oft Auto. Das letzte Mal war ich mit Matthias zusammen gefahren. Unser Vater hatte uns seinen Wagen geliehen, um Lebensmittel einzukaufen. Ich weiß noch, dass ich beim Fahren eine Coladose trank und ein bisschen davon auf dem Sitz verschüttete, was uns nachher Ärger einbrachte. Das ging mir jetzt häufig so. Wenn ich mich fragte, wann ich irgendeine Sache das letzte Mal gemacht hatte, musste ich feststellen, das letzte Mal hatte ich die Sache zusammen mit Matthias gemacht.

Ich machte an einer Raststätte Halt. Und was ist, wenn sie aufwacht?, fragte ich mich, bevor ich aus dem Auto stieg. Und wenn schon! Dann wacht sie eben auf! Früher oder später wird sie merken, wohin wir fahren. Wenn sie das nicht sowieso schon lange weiß! Ich ging auf die Toilette und trank danach einen Kaffee. Dann fuhren wir weiter. Tanja schlief immer noch. Der Wagen fraß die Kilometer. Ich bekam Kopfschmerzen, wurde unruhiger und unruhiger, trat aufs Gas. Drehte die Musik lauter. Ich kippte die zweite Dose *Red Bull* hinunter, kurz darauf die dritte. Das war meiner Unruhe natürlich nicht gerade zuträglich. Endlich erreichten wir Bremen. Und Tanja war noch nicht aufgewacht. Ich wusste nicht, ob ich sie jetzt wecken sollte. War das normal, dass man so lange schlief? War sie ernsthaft krank? Sehr bald würde das nicht mehr *meine* Sorge sein.

Ich hielt an einer Telefonzelle und blätterte im Telefonbuch nach ihrem Namen. Birk. Da stand auch die Adresse. Ich erinnerte mich an den Straßennamen, weil ich ihr einmal eine Postkarte geschickt hatte. Ich gab ihn ein, und das Navigationssystem führte mich quer durch die Stadt, bis wir in eine Gegend kamen, die sehr grün war und in der wenige, dafür äußerst große, prächtige Häuser standen. *Sie haben Ihr Ziel erreicht!* Ich spürte eine Last von mir abfallen. Bald ist es vorbei, sagte ich mir. Bald hast du's hinter dir!

Nummer 17. Ein hohes, eindrucksvolles Gittertor, dahinter ein Garten und ein großes, weißes Haus mit blank geputzter Fassade und blank geputzten Fensterrahmen, zwei Erkern, zwei riesigen Balkonen. Ein einwandfrei gekehrter Weg, an dessen Rändern runde, graue Steine platziert waren, führte zum Eingang des Hauses. Hinter den Fenstern zugezogene Gardinen. In zweien allerdings, einem im unteren und einem im oberen Stockwerk, konnte man einen Lampenschirm sehen. An der Häuserwand prangte ein ovales, goldenes Schild, in das eine Jahreszahl eingeprägt war: 1892. Direkt am Gittertor erhob sich ein Ahornbaum mit mächtigem Stamm. Auf dem Rasen, gegen das Haus hin, stand ein runder, weißer Tisch mit drei feingliedrigen weißen Stühlen drum herum. Stühle und Tisch machten den Eindruck, als würden feine Damen aus dem 18. Jahrhundert, mit großen Hüten und weiten, raschelnden Kleidern, jeden Nachmittag dort um dieselbe Uhrzeit ihren Tee kredenzt bekommen. Ich bildete mir ein, ihre Stimmen, ihr Gelächter zu hören.

Rechts neben dem Gittertor befand sich eine goldverzierte Klingel. Ich läutete. Nichts geschah. Ich läutete erneut. Wieder nichts. Mir fiel ein, dass Tanja erzählt hatte, dass ihre Mutter nur ganz selten zu Hause sei. Und von ihrem Stiefvater hatte sie gesagt, dass er alt wäre und seltsame Dinge tat. Vielleicht öffnete er nie, wenn jemand läutete. War das Gittertor überhaupt verschlossen? Ich rüttelte daran. Es *war* verschlossen. Und nun? Dass die beiden nicht da sein könnten, hatte ich gar nicht in Erwägung gezogen.

Ich setzte mich auf den Bordstein. Hörte den Vögeln zu, wie sie sangen. Hörte dem Wind zu, wie er in den Blättern rauschte. Am Himmel eine Armee von treibenden Wolken. Dann erhob ich mich und klingelte wieder. Und tatsächlich, dieses Mal drang aus dem kleinen Lautsprecher unter der Klingel ein Knacken, dann hörte man eine Frauenstimme:

»Hallo?«

»Frau Birk?«

»Ja.«

»Guten Tag. Hier ist Tim Gräter. Mit dem Ihre Tochter die Interrailreise gemacht hat. Wir sind gerade angekommen, Tanja und ich. Sie schläft im Auto. Kann ich vielleicht kurz …«

»Aber natürlich. Einen Augenblick!«

Es dauerte fünf Sekunden, und dann trippelte eine schmale, blonde Gestalt in hochhackigen Schuhen über den mit Steinen gesäumten Weg in Richtung Gittertor. Und während sie näher kam, überlegte ich zum ersten Mal, was ich ihr sagen sollte. Was ich ihr über Tanja erzählen sollte.

Tanjas Mutter war etwa Mitte fünfzig. Sie trug einen dunkelblauen Anzug. Um ihren Hals hatte sie ein orange und rotgesprenkeltes Seidentuch gebunden, und ihre blonden Haare waren zu einem Dutt hochgesteckt. Sie war einmal eine überaus hübsche Frau gewesen. Und sie war noch immer hübsch. Ihre blauen Augen waren noch strahlender als Tanjas. Ich bildete mir ein, dass Tanjas Mutter mit jedem Jahr, das verstrichen war, immer ein bisschen mehr Mühe darauf verwendet hatte, sich besser und besser zu schminken, sodass sie es im Schminken inzwischen zur absoluten Meisterschaft gebracht hatte. Sie hatte keineswegs zu viel Schminke aufgetragen, sondern gerade genug, um ihr Gesicht perfekt zur Geltung zu bringen. Schon allein daran, wie ihr Tuch saß, konnte man erkennen, dass ihr jedes Detail an ihrem Erscheinungsbild viel Zeit und viele Überlegungen abverlangte. Sicher waren ihre Züge früher weicher gewesen. Sie strahlten jetzt etwas Strenges, Kaltes aus. Aber auch Eleganz. Eine Eleganz, die wahrscheinlich erst über die Jahre vollständig zum Vorschein gekommen war. Bestimmt hatte sie schon von Geburt an etwas Elegantes an sich gehabt, und ihre Aufgabe war es, sich das für ihre Eleganz angemessene Umfeld zu schaffen. Ich wusste nicht, ob ihr das geglückt war.

»Haben Sie vorhin schon mal geläutet?«, fragte Tanjas Mutter, als sie ans Gittertor trat. Sie musste irgendeinen Schalter gedrückt haben, denn das Tor öffnete sich elektrisch.

»Mhm«, machte ich und trat auf sie zu. War es an mir, ihr jetzt gleich die Hand zu drücken?

»Dachte ich es mir doch, dass ich etwas gehört habe. Ich war oben und habe gelesen. Und mein Mann, nun, der …«, sie machte eine abwinkende Handbewegung, »… hört ja nie etwas.«

Jetzt streckte sie mir ihre Hand entgegen. Ein bisschen zu schnell ergriff ich sie.

»Ich bin Claudia Birk. Tanjas Mutter. Es freut mich sehr, Sie kennen zu lernen.«

Ganz meinerseits, wollte ich entgegnen, aber sie ließ mir keine Zeit zu antworten. »Ich habe ja schon so viel von Ihnen und auch über Sie gelesen! Ganz zu schweigen von den Dingen, die mir Tanja über Sie erzählt hat. Mein Gott, hat die vielleicht geschwärmt!« Sie stieß einen tiefen Seufzer aus, dann sagte sie: »Und das liebe Kind schläft also wieder. Das passt zu ihr. Sie ist so verschlafen. Na ja, dann wollen wir sie mal aufwecken!« Schließlich fragte sie: »Wieso seid ihr überhaupt mit dem Auto unterwegs?«

»Frau Birk«, traute ich mich endlich zu sagen. »Frau Birk, ich würde gerne mit Ihnen über etwas sprechen. Etwas, das Tanja betrifft. Können wir sie einfach schlafen lassen und so lange hineingehen, damit ich das mit Ihnen bereden kann? Bitte! Das wäre mir sehr recht.«

Sie blickte mich verblüfft an. Dann sagte sie leicht stockend:

»Aber sicher!«

47

Das Haus, in dem Tanja mit ihrer Mutter und ihrem Stiefvater lebte, war bis oben hin voll gestopft mit teuren Sachen. Allerdings teure Sachen von der schrecklichsten Sorte: goldene Spiegel, blank geputzte, wuchtige Möbel, hässliche Teppiche, hässliche Lampen, Familienportraits in Goldrahmen, kitschige Figuren, bombastische Blumenvasen, glotzende Puppen und Teddybärchen. Tanja hatte mir erzählt, dass bei ihr zu Hause alles beengend sei. Die Wirklichkeit übertraf jedoch meine Vorstellungen von dieser Enge. Es war erstickend.

Sie bat mich an einem langen Tisch aus Teakholz im Wohnzimmer Platz zu nehmen, in dem sich auch ein weißer Flügel befand. An der Wand hing ein gerahmtes, großes Foto, das Mutter Birk zeigte, wie sie neben dem Präsidenten der Vereinigten Staaten stand. Ein süßlicher Geruch hing in der Luft, so als hätte eine Dame, die für Liebliches, Blumiges schwärmt, viel zu viel Parfüm aufgetragen.

Frau Birk holte ihren Mann, und ich konnte spüren, dass sie sich überaus darüber freute, einen Grund zu haben, zu ihm ins Arbeitszimmer zu gehen. Natürlich tat sie so, als sei das etwas vollkommen Selbstverständliches, als würde sie ganz häufig sein Arbeitszimmer betreten, aber die Wahrheit war, dass sie nie zu ihm hineinging, es überhaupt nicht wagte, und dass die beiden ausschließlich in Gegenwart eines Dritten zusammenkamen. Er trug wirklich, genau wie Tanja es erzählt hatte, einen schwarzen Anzug aus Seide, eine orangefarbene Krawatte und schwarze Lederschuhe. In der Seitentasche seines Jacketts hatte er sogar ein weißes Tuch stecken. Und auf der anderen Brust prangte eine kleine goldene Nadel.

»Das ist Tim Gräter«, rief sie begeistert, als sie mit ihrem Gatten zurück ins Wohnzimmer kam, »der berühmte Autor. Mit dem Tanja gerade verreist ist, und über den wir schon so viele tolle Sachen gehört haben.«

»Soso«, sagte er und schüttelte mir die Hand. Seine Hand war ganz feucht.

Sein Gesicht sah wahnsinnig alt aus. Er wirkte wie ein Mann, der sein ganzes Leben lang Wert auf seinen Namen gelegt hatte und dessen größter Ehrgeiz es immer gewesen war, Würde zu bewahren. Und der daran schließlich schlicht und ergreifend zugrunde gegangen war. Natürlich war er ausgesprochen höflich. Aber er machte auf mich den Eindruck eines gebrochenen, eines vollkommen desillusionierten, erschöpften Mannes, der zu keiner Person mehr eine Verbindung aufbauen kann und das auch gar nicht mehr möchte. Der sich in die wenig Kraft raubende stille Höflichkeit hüllt, *soso* sagt und nickt. Viel mehr tat er an diesem Tisch nicht. Und auf seiner Stirn glänzte Schweiß.

Mutter Birk war dafür umso leidenschaftlicher. Sie zeigte auf die *FAZ*, die auf dem Tisch lag und auf der Titelseite eine große Schlagzeile und ein halbseitiges Bild des gestrigen Terroranschlags brachte.

»Ist das nicht furchtbar? Das beweist wieder einmal, dass wir alle Schläfer sind. Bewusst oder unbewusst. Wir warten auf den Moment, in dem wir explodieren können. Meinst du nicht auch, Paul?«

Nach langem Zögern sagte er: »Ich glaube nicht, dass wir alle darauf warten zu explodieren. *Du* vielleicht.«

Sie lachte gekünstelt und fügte so scherzhaft wie nur irgend möglich hinzu: »Ja, ja, da könntest du Recht haben.« Schließlich wandte sie sich wieder mir zu:

»Tim, dürfte ich Sie mal etwas fragen. Sie haben früher doch auch Artikel für die *Süddeutsche* geschrieben, nicht wahr?«

»Ja.«

»Ist Ihnen der Name Martin Henning ein Begriff?«

»Henning?«, wiederholte ich. Ich überlegte. »Jetzt gerade sagt er mir nichts. Warum?«

»Ach, ich habe ihm eine Idee angeboten für eine neue Rubrik. Und sie hat ihm auch gefallen. Und ich sollte sie ausarbeiten und ihm schicken. Das habe ich getan. Aber er hat sich seitdem nicht mehr bei mir gemeldet. Und jetzt würde ich gern wissen, ob das bei diesem Henning so üblich ist.«

»Nein«, seufzte ich, »leider keine Ahnung.«

»Sie haben demnach nur gute Erfahrungen mit der *Süddeutschen* gemacht?«

Ein *Ja* presste ich hervor. Ich merkte, dass ich nervöser und nervöser wurde. Wie lange saß ich jetzt schon an diesem Tisch? Wie lange musste ich schon *ihr* Geschwätz und *seinen* verschleierten Blick ertragen? Ich lehnte mich zurück.

»Frau Birk, Herr Birk, um zur Sache zu kommen …« Meine Stimme zitterte. Ich holte einmal tief Luft. »Ihre Tochter braucht Hilfe. Sie ist krank. Ich meine nicht körperlich. Körperlich geht es ihr zwar auch alles andere als gut. Sie hat hohes Fieber. Aber worüber ich mir mehr Sorgen machen würde, das ist ihre Seele.«

Ein kurzes Schweigen, das von Mutter Birks Stimme durchbrochen wurde. Auf einmal schien sie gereizt zu sein. »Ihre Seele«, sagte sie. »Ihre Seele also. Und was soll damit sein?«

»Genau kann ich es nicht sagen«, entgegnete ich und bemühte mich, weder sie noch ihn ansehen. Ich hatte das dringende Bedürfnis, die Augen ganz zu schließen. »Auf jeden Fall braucht sie Hilfe. Sie weiß nicht, dass ich sie hierher gefahren habe.«

»Ich bitte Sie«, sagte Frau Birk. »Ich kenne sie doch zu gut. Sie ist manchmal ein bisschen traurig, vielleicht depressiv, okay. Aber das ist nichts, worüber man sich ernsthaft Gedanken zu machen bräuchte. Wissen Sie, mir ging es damals genauso. Dass um den seelischen Zustand und vor allem um die Selbstfindung der jungen Leute heutzutage so ein Tamtam gemacht wird, verstehe ich überhaupt nicht. Uns ging es damals, wie gesagt, keinen Deut besser. Eher schlechter. Der Unterschied ist nur, dass wir einfach darüber hinweggesehen und weitergemacht haben! Wir wollten uns was aufbauen, was erreichen! Und uns nicht bis fünfzig damit auseinandersetzen, wer wir eigentlich sind!«

»Jetzt ist eben eine andere Zeit«, sagte ich in einem Tonfall, der eine Diskussion ausschloss.

»Nun gut«, meinte sie und spielte mit den Fingern der rechten Hand an einem Eck der Zeitung herum, »wie auch immer. Es ist nett von Ihnen, dass Sie uns gegenüber Ihre Besorgnis geäußert haben, aber ich verspreche Ihnen, egal, welche Erfahrungen Sie mit meiner Tochter gemacht haben, das wird sich alles sehr bald wieder einrenken.«

»Ich finde, Tanja sollte in eine psychosomatische Klinik gehen«, sagte ich. »Vielleicht kann ihr da geholfen werden. Von diesen Kliniken gibt es viele in Deutschland. Es gibt bestimmt auch eine in Bremen.«

»Natürlich gibt es eine in Bremen«, sagte sie. »Aber meine Tochter wird in keine Klinik gehen.« In ihren Augen sah ich absolute Entschlossenheit. »Wissen Sie«, sagte sie und machte eine wegwerfende Geste, »diese ganze Psychogeschichte, das haben wir alles schon hinter uns.«

»Es ist *Ihre* Sache«, sagte ich und stand auf. »Ich wollte Ihnen das alles nur sagen.« Ich kramte meine Taschenuhr hervor und blickte aufs Ziffernblatt, ohne wirklich die Zeit abzulesen. »Ich muss mich jetzt leider langsam auf den Weg machen«, sagte ich schließlich und steckte die Uhr wieder ein. »Vielleicht kommen Sie noch mit nach draußen, um Tanja aufzuwecken.«

»Wollen Sie denn wirklich schon fahren? Sie können gerne bei uns übernachten, das wissen Sie doch. Es wäre uns eine große Freude.«

»Nein, das geht leider nicht.«

Ich lief voraus in den Gang.

Dort sagte Herr Birk: »Ich verabschiede mich von Ihnen. Es war nett, Sie kennen zu lernen.« Er drückte mir die Hand und verschwand durch eine Tür.

Es hatte leicht zu regnen begonnen. Blätter raschelten. Während ich hinter Frau Birk den schmalen Weg entlanglief, der zum Gittertor führte, warf ich einen Blick zu dem runden Tisch und den Stühlen, die im Wind klapperten. Die Krähe war fort.

Ich öffnete den Wagen.

»Tanja, Liebes«, sagte die Mutter. »Wach auf!«

Sie half ihr beim Aussteigen. Tanja hatte ganz wirres Haar und Druckstellen im Gesicht. Sie sah mich an. Sie sah mich völlig verwundert an, mit verschleierten Augen.

Frau Birk sagte: »Machen Sie's gut, Herr Gräter!«, und schüttelte mir die Hand. Und in diesem Moment überkam mich das Gefühl, Tanja verraten zu haben, ausgeliefert zu haben. Aber es gab nichts, was ich für sie hätte tun können. Nichts, was ich für sie hätte tun wollen.

Weg hier!, dachte ich.

»Komm mit rein, Tanja!«, hörte ich die Mutter. »Na, komm schon!«

»Mhm«, machte Tanja leise. Und mit einem friedlichen Gesichtsausdruck und einem ganz zarten Lächeln ging sie mit ihrer Mutter mit.

Das Rascheln im Blätterwerk wurde lauter und lauter, und die Regentropfen klatschten mir auf die Schultern.

Wenn ich traurig bin, versuche ich an die Fotoalben zu denken. Wahrscheinlich wird es bald keine Fotoalben mehr geben. Schon jetzt machen die meisten Menschen ihre Fotos mit Digitalkameras oder Handys. Sie laden sie auf ihren Computer und sehen sie sich am Bildschirm an. Bald sind all die gebannten Lebensmomente nur noch winzige Daten in elektrischen Geräten. Aber sie sind noch immer da, oder? Auf Ksjushas Zettel steht geschrieben: *Each instant paints its own picture in the eternity!* Lass uns einfach so weitermachen.

Die in diesem Buch auftauchenden Figuren sind auch dann, wenn ihre Namen mit denen von tatsächlich existierenden übereinstimmen, frei erfunden.
Angaben über diese Figuren, deren Handlungen sowie Ereignisse des Zeitgeschehens sind nichts als Behauptungen des Autors.

Rainer Schmidt. Wie lange noch. Roman. KiWi 1029

Bei seinen Freunden geht es um Abhängen, Trinken und Sprüche klopfen. Man muss hart sein und zusehen, dass man nicht alleine bleibt, um zwischen den Schlägerbanden auf den Straßen zu überleben. Aber eigentlich träumt Felix nur von der großen Liebe und dem echten, aufregenden Leben. Deshalb zieht er radikale Konsequenzen.